Bajo el brillo de la luna

JULIA QUINN

Argentina • Chile • Colombia • España
Estados Unidos • México • Perú • Uruguay

Título original: *Everything and the Moon*
Editor original: Avon. An Imprint of HarperCollins*Publishers*, New York
Traducción: Victoria E. Horrillo Ledesma

2.ª edición Marzo 2022

Copyright © 1997 by Julie Cotler Pottinger
Published by arrangement with Avon. An Imprint of HarperCollins*Publishers*
All Rights Reserved
© Copyright de la traducción 2022 *by* Victoria E. Horrillo Ledezna
© 2022 *by* Ediciones Urano, S.A.U.
Plaza de los Reyes Magos, 8, piso 1.º C y D – 28007 Madrid
www.titania.org
atencion@titania.org

ISBN: 978-84-17421-49-6
E-ISBN: 978-84-9944-390-4
Depósito legal: B-1.232-2022

Fotocomposición: Ediciones Urano, S.A.U.

Impreso por: Romanyà-Valls – Verdaguer, 1 – 08786 Capellades (Barcelona)

Impreso en España – *Printed in Spain*

*Para Lyssa Keusch, excelentísima editora y defensora de todo
lo verde bilis, pardusco y lima. Este cachito de pintura es para ti.
Y para Paul, aunque se empeñe en que titule la continuación*
Bajo el brillo de la mona.

1

Robert Kemble, conde de Macclesfield, nunca había sido muy dado a dejar volar la imaginación y, sin embargo, cuando vio a la chica junto al lago, se enamoró de ella al instante.

Y no por su belleza. Era ciertamente atractiva, con su cabello negro y su airosa nariz, pero Robert había visto mujeres más bellas en los salones de Londres.

Tampoco fue por su inteligencia. Robert no tenía motivos para sospechar que fuera estúpida, pero como no había cruzado ni dos palabras con ella, tampoco podía responder de su intelecto.

Y, desde luego, no fue por su gracilidad de movimientos. La primera vez que la vio, ella estaba agitando los brazos mientras resbalaba por una piedra húmeda. Aterrizó en otra piedra con un fuerte golpe, seguido por un «¡Ay, Dios!» igualmente estentóreo, y al levantarse se sacudió el dolorido trasero.

Robert no sabía decir qué era. Solo sabía que era perfecta.

Se acercó, escondido entre los árboles. Ella avanzaba pisando de piedra en piedra y cualquiera se habría dado cuenta de que iba a resbalar, porque la piedra que estaba pisando estaba recubierta de musgo y...

¡Plas!

—¡Ay, Dios! ¡Ay, Dios! ¡Ay, Dios!

Robert no pudo menos que sonreír mientras ella se incorporaba de forma bochornosa con el bajo del vestido empapado, y sus zapatitos tenían que estar para tirarlos.

Robert se inclinó hacia delante y vio que sus zapatos estaban al sol, seguramente donde los había dejado antes de ponerse a brincar de piedra en piedra. *Chica lista*, pensó complacido.

Ella se sentó en la ribera cubierta de hierba y empezó a retorcer el vestido para escurrirlo, ofreciendo de paso a Robert el delicioso espectáculo de sus pantorrillas desnudas. ¿Qué habría hecho de sus medias?, se preguntaba Robert.

Y entonces, como impulsada por ese sexto sentido que solo las mujeres parecían poseer, levantó la cabeza bruscamente y miró alrededor.

—¿Robert? —llamó—. ¡Robert! Sé que estás ahí.

El hombre se quedó helado: estaba seguro de que no la había visto nunca antes, de que jamás los habían presentado, y más seguro aún de que, si así hubiera sido, ella no le llamaría por su nombre de pila.

—Robert —dijo ella, casi gritando—, insisto en que te muestres.

Robert dio un paso adelante.

—Como desee mi señora —repuso el intruso con una caballerosa reverencia.

Ella se quedó boquiabierta. Parpadeó y se levantó con torpeza. Entonces debió de darse cuenta de que todavía tenía entre las manos el bajo de su vestido y las rodillas desnudas y a la vista de todo el mundo. Soltó la falda.

—¿Quién demonios es usted?

Él le dedicó su mejor sonrisa de soslayo.

—Robert.

—Usted no es Robert —balbució ella.

—Lamento disentir —respondió él, sin intentar siquiera disimular su regocijo.

—Pues no es mi Robert.

Él se sintió recorrido por un inesperado arrebato de celos.

—¿Y quién es su Robert?

—Es... es... No creo que eso sea de su incumbencia.

Robert ladeó la cabeza, fingiendo considerar largamente la cuestión.

—Cabría alegar como argumento que, puesto que estas son mis tierras y dado que sus faldas están mojadas con agua de mi lago, es, en efecto, asunto de mi incumbencia.

Ella se quedó pálida.

—¡Ay, Señor! ¿No será usted el amo?

Él sonrió.

—Lo soy.

—Pero... pero se supone que el amo es viejo. —Parecía sumamente perpleja y aturdida.

—¡Ah! Ya veo cuál es el problema. Soy el hijo del amo. El otro amo. ¿Y usted es...?

—Estoy en un buen lío —balbució ella.

Robert cogió su mano, que ella no le había tendido, e hizo una reverencia.

—Es un inmenso honor para mí conocerla, señorita Lío.

Ella soltó una risita.

—Señorita Buenlío, si no le importa.

Si Robert tenía alguna duda respecto a la perfección de la mujer que tenía delante, se desvaneció bajo la fuerza de su sonrisa y su evidente sentido del humor.

—Muy bien —dijo—, señorita Buenlío. No quisiera ser descortés, ni privarla de su nombre completo. —Tiró de su mano y la llevó junto a la orilla—. Venga, sentémonos un rato.

Ella pareció vacilar.

—Mi madre, que en paz descanse, falleció hace tres años, pero tengo la sensación de que me habría dicho que es una idea muy poco aconsejable. Tiene usted aires de libertino.

Aquello llamó la atención de Robert.

—¿Conoce usted a muchos?

—No, claro que no. Pero si conociera a alguno, estoy segura de que se parecería a usted.

—¿Y eso por qué?

Ella frunció los labios con expresión sagaz.

—Vamos, ¿acaso busca usted cumplidos, milord?

—En absoluto. —Le sonrió, se sentó y dio unas palmaditas sobre el suelo, a su lado—. No hay de qué preocuparse. Mi reputación no es muy negra. Es más bien gris oscura.

Ella volvió a reírse, y Robert se sintió el Rey del Universo.

—La verdad es que soy la señorita Lyndon —dijo ella al sentarse a su lado.

Robert se reclinó, apoyándose en los codos.

—¿La señorita Buenlío Lyndon, supongo?

—Eso piensa mi padre, desde luego —contestó ella con viveza. Luego puso mala cara—. Debería irme. Si me ve aquí con usted...

—Tonterías —dijo Robert, ansioso de pronto por retenerla junto a él—. No hay nadie por aquí.

Ella se recostó, todavía algo indecisa. Tras un largo silencio preguntó por fin:

—¿De veras se llama Robert?

—De veras.

—Imagino que el hijo de un marqués tendrá una larga ristra de nombres.

—Me temo que sí.

Ella suspiró teatralmente.

—¡Pobre de mí! Yo solo tengo dos.

—¿Y cuáles son?

Ella le miró de reojo con expresión decididamente coqueta. El corazón de Robert batió sus alas.

—Victoria Mary —contestó ella—. ¿Y los suyos? Si me permite el atrevimiento de preguntárselo.

—Se lo permito. Robert Phillip Arthur Kemble.

—Olvida usted su título —le recordó ella.

Robert se inclinó hacia ella y murmuró:

—No quería asustarla.

—¡Oh! No me asusto tan fácilmente.

—Muy bien. Conde de Macclesfield, pero es solo un título de cortesía.

—¡Ah, sí! —dijo Victoria—. No tendrá un verdadero título hasta que muera su padre. Los aristócratas son gente extraña.

Él levantó las cejas.

—Es probable que, en ciertas partes del país, aún pudieran detenerla por profesar semejantes ideas.

—¡Ah! Pero no aquí —dijo ella con una sonrisa astuta—. No en sus tierras, junto a su lago.

—No —repuso él, y al mirar sus ojos azules halló el cielo—. No aquí, desde luego.

Victoria pareció no saber cómo responder al ansia de su mirada, y desvió los ojos. Estuvieron callados un largo minuto; luego, Robert volvió a hablar.

—Lyndon. Mmm... —Ladeó la cabeza, pensativo—. ¿De qué me suena ese nombre?

—Mi padre es el nuevo vicario de Bellfield —contestó Victoria—. Puede que su padre le haya hablado de él.

El padre de Robert, el marqués de Castleford, estaba obsesionado con su título y sus tierras, y a menudo sermoneaba a su hijo acerca de la importancia de ambos. A Robert no le cabía ninguna duda de que le habría mencionado la llegada del nuevo vicario en alguno de sus sermones diarios. Tampoco le cabía duda de que no le había hecho caso.

Se inclinó hacia Victoria con interés.

—¿Y le gusta la vida aquí, en Bellfield?

—¡Oh, sí! Antes estábamos en Leeds. Echo de menos a mis amigos, pero el campo es mucho más bonito.

Él se quedó callado un momento.

—Dígame, ¿quién es ese Robert tan misterioso?

Ella ladeó la cabeza.

—¿De veras le interesa?

—De veras. —Cubrió la mano de Victoria con la suya—. Conviene que sepa su nombre, puesto que, al parecer, tal vez tenga que darle una paliza si alguna vez vuelve a intentar verla a solas en el bosque.

—¡Oh, basta! —se rio ella—. No sea tonto.

Robert se llevó su mano a los labios y besó con fervor la parte interior de su muñeca.

—Hablo muy en serio.

Victoria hizo un débil intento de apartar la mano, pero no puso mucho empeño. Había algo en la forma en que la miraba aquel joven señor... Sus ojos brillaban con una intensidad que la asustaba y la entusiasmaba a un tiempo.

—Es Robert Beechcombe, mi señor.

—¿Y la pretende, acaso? —murmuró él.

—Robert Beechcombe tiene ocho años. Íbamos a ir a pescar. Supongo que no habrá podido venir. Dijo que, tal vez, su madre le encargara alguna tarea.

Robert se rio de repente.

—Estoy sumamente aliviado, señorita Lyndon. Detesto los celos. Es una emoción de lo más desagradable.

—No-no entiendo por qué habría de sentir celos —tartamudeó Victoria—. No me ha hecho usted ninguna promesa.

—Pero pienso hacérsela.

—Ni yo le he hecho ninguna a usted —añadió ella, y su tono sonó firme al fin.

—Cosa a la que tendré que ponerle remedio —repuso él con un suspiro. Volvió a levantar su mano y le besó los nudillos—. Me gustaría muchísimo, por ejemplo, que me prometiera que no volverá a mirar a otro hombre.

—No sé de qué está hablando —contestó Victoria, completamente atónita.

—No quisiera compartirla.

—¡Milord! ¡Acabamos de conocernos!

Robert se volvió hacia ella, y aquella expresión de ligereza abandonó sus ojos con asombrosa rapidez.

—Lo sé. Mi cabeza sabe que la vi por primera vez hace solamente diez minutos, pero mi corazón la conoce de toda la vida. Y mi alma desde hace más tiempo aún.

—No-no sé qué decir.

—No diga nada. Quédese aquí sentada, a mi lado, y disfrute del radiante sol.

Y allí se quedaron, sentados sobre la hierba de la orilla, mirando las nubes, el agua y el uno al otro. Estuvieron callados unos minutos, hasta que Robert clavó la mirada en un punto distante y de pronto se levantó de un salto.

—No se mueva —ordenó, y una sonrisa bobalicona quitó gravedad a su voz—. No se mueva ni un palmo.

—Pero...

—¡Ni un palmo! —dijo él por encima del hombro mientras cruzaba el claro a la carrera.

—¡Robert! —protestó Victoria, olvidando por completo que debía llamarle «señor».

—¡Casi he acabado!

Victoria estiró el cuello, intentando ver lo que hacía. Él se había ido corriendo detrás de los árboles, y solo vio que estaba inclinado. Se miró la muñeca, y casi le sorprendió ver que no tenía al rojo vivo el lugar donde él la había besado.

Había sentido aquel beso atravesarle el cuerpo entero.

—Ya estamos aquí. —Robert salió de la arboleda e hizo una reverencia; en la mano derecha llevaba un ramo de violetas silvestres—. Para mi señora.

—Gracias —susurró Victoria, notando el picor de las lágrimas en los ojos. Se sentía increíblemente conmovida, como si aquel hombre tuviera el poder de trasladarla al otro lado del mundo. Al otro lado del universo.

Robert le dio todas las violetas, menos una.

—Si las he cogido, ha sido por esto, en realidad —murmuró mientras le prendía la flor detrás de la oreja—. Ya está. Ahora está perfecta.

Victoria se quedó mirando el ramo que tenía en la mano.

—Nunca había visto nada tan hermoso.

Robert la miraba fijamente.

—Yo tampoco.

—Huelen a gloria. —Se inclinó y las olfateó de nuevo—. Adoro el olor de las flores. En casa tengo una madreselva justo al lado de la ventana.

—¿Ah, sí? —preguntó él, distraído, y alargó la mano para tocar su cara, pero se refrenó justo a tiempo.

—Gracias —dijo Victoria, levantando la vista de pronto.

Robert se levantó de un salto.

—¡No se mueva! Ni un palmo.

—¡¿Otra vez?! —exclamó ella, y una amplísima sonrisa afloró a su cara—. ¿Adónde va?

Robert sonrió.

—A buscar a un retratista.

—¿A un qué?

—Quiero inmortalizar este momento.

—Pero milord... —dijo Victoria, y al ponerse de pie la risa hizo temblar su cuerpo.

—Robert —la corrigió él.

—Robert. —Estaba siendo terriblemente informal, pero su nombre de pila le salió con toda naturalidad—. Es usted tan divertido... No recuerdo la última vez que me reí tanto.

Él se inclinó y besó de nuevo su mano.

—¡Ay, Dios! —dijo Victoria, mirando el cielo—. ¡Qué tarde se ha hecho! Puede que papá venga a buscarme, y si me encuentra a solas con usted...

—Lo más que podría hacer sería obligarnos a contraer matrimonio —la interrumpió Robert con una sonrisa perezosa.

Ella le miró con fijeza.

—¿Y no bastaría eso para hacerle huir a otro condado?

Robert se inclinó y besó suavísimamente sus labios.

—¡Chist! Ya he decidido que voy a casarme contigo.

Ella se quedó boquiabierta.

—¿Está loco?

Él se apartó y la miró con una expresión entre divertida y perpleja.

—La verdad, Victoria, es que no creo que haya estado más cuerdo en toda mi vida.

Victoria empujó la puerta de la casa que compartía con su padre y su hermana pequeña.

—¡Papá! —gritó—. Siento llegar tarde. He estado por ahí, explorando. Todavía hay muchas cosas que no he visto por esta zona.

Se asomó al despacho. Su padre estaba sentado detrás del escritorio, enfrascado en su nuevo sermón. Agitó la mano en el aire, indicándole presumiblemente que no tenía importancia y que no quería que le molestaran. Ella salió de puntillas de la habitación.

Se fue a la cocina a preparar la cena. Su hermana Eleanor y ella se turnaban para cocinar, y esa noche le tocaba a ella. Probó el estofado de ternera que había puesto al fuego esa mañana, añadió una pizca de sal y a continuación se dejó caer en una silla.

Robert quería casarse con ella.

Tenía que estar soñando, no había duda. Robert era conde. ¡Conde! Y con el tiempo se convertiría en marqués. Los hombres con títulos tan elevados no se casaban con hijas de vicario.

Aun así, la había besado. Victoria se tocó los labios, y no le sorprendió comprobar que le temblaban las manos. No concebía que aquel beso pudiera significar tanto para él como había significado para ella: a fin de cuentas, era mucho mayor que ella. Seguramente había besado a docenas de mujeres.

Se puso a dibujar con los dedos círculos y corazones sobre el tablón de la mesa mientras rememoraba la tarde con expresión soñadora. Robert. Robert. Murmuró su nombre, y lo escribió luego sobre la mesa con el dedo. Robert Phillip Arthur Kemble. Trazó todos sus nombres.

Era terriblemente guapo. Tenía el pelo moreno y ondulado, y un poco más largo de lo que dictaba la moda. Y sus ojos... Era de esperar que un hombre de cabello tan oscuro tuviera los ojos casi negros, pero los suyos eran azules y claros. De un azul pálido que habría parecido gélido de no ser porque su carácter los templaba.

—¿Qué estás haciendo, Victoria?

Victoria levantó los ojos y vio a su hermana en la puerta.

—Hola, Ellie.

Eleanor, a la que Victoria le sacaba tres años justos, cruzó la cocina y le levantó la mano de la mesa.

—Te vas a clavar una astilla. —Soltó su mano y se sentó frente a ella.

Victoria miraba la cara de su hermana, pero solo veía la de Robert. Sus labios finamente dibujados, siempre listos para sonreír, y aquel leve asomo de barba en su mentón. Se preguntó si tendría que afeitarse dos veces al día.

—¡Victoria!

Levantó la vista, pasmada.

—¿Has dicho algo?

—Te estaba preguntando, por segunda vez, si mañana quieres ir conmigo a llevar comida a la señora Gordon. Papá va a compartir el diezmo con su familia mientras esté enferma.

Victoria asintió con la cabeza. Como vicario, su padre recibía en concepto de diezmo una décima parte de los productos agrícolas de su circunscripción. Vendía la mayor parte para ocuparse de la iglesia del pueblo, pero siempre había comida más que de sobra para la familia Lyndon.

—Sí, sí —dijo Victoria distraídamente—. Claro que iré contigo.

Robert. Suspiró. Tenía una risa tan encantadora...

—¿... un poco?

Victoria levantó los ojos.

—Perdona. ¿Me estabas hablando?

—Estaba diciendo —dijo Ellie con decidida impaciencia— que he probado el estofado. Le falta sal. ¿Quieres que le ponga un poco?

—No, no. Le puse una pizca hace unos minutos.

—¿Se puede saber qué te pasa, Victoria?

—¿Qué quieres decir?

Ellie lanzó un suspiro exasperado.

—No has oído ni dos palabras de lo que te he dicho. Intento hablar contigo y tú no haces más que mirar por la ventana y suspirar.

Victoria se inclinó hacia delante.

—¿Puedes guardar un secreto?

Ellie se inclinó hacia ella.

—Ya sabes que sí.

—Creo que me he enamorado.

—No me lo creo ni por un segundo.

Victoria se quedó con la boca abierta por la consternación.

—Acabo de decirte que he sufrido la transformación más decisiva de la vida de una mujer y no te lo crees?

Ellie soltó un bufido.

—¿De quién ibas a enamorarte en Bellfield?

—¿Puedes guardar un secreto?

—Ya te he dicho que sí.

—De lord Macclesfield.

—¿El hijo del marqués? —preguntó Ellie casi gritando—. Pero si es conde, Victoria.

—¡Baja la voz! —Victoria miró hacia atrás para ver si su padre les estaba prestando atención—. Ya sé que es conde.

—Ni siquiera le conoces. Estaba en Londres cuando el marqués nos invitó a Castleford.

—Le he conocido hoy.

—¿Y crees que estás enamorada? Victoria, solo los tontos y los poetas se enamoran a primera vista.

—Entonces supongo que soy una tonta —dijo Victoria altivamente—, porque bien sabe Dios que poetisa no soy.

—Estás loca, hermana. Completamente chiflada.

Victoria levantó la barbilla y miró a su hermana con aire de superioridad.

—La verdad, Eleanor, no creo haber estado más cuerda en toda mi vida.

Victoria tardó horas en dormirse esa noche, y cuando por fin concilió el sueño, soñó con Robert.

Él la besaba. Con dulzura, en los labios y luego en la mejilla. Y susurraba su nombre.

—Victoria...

—Victoria...

Se despertó de pronto.

—Victoria...

¿Seguía soñando?

—Victoria...

Salió de debajo de las mantas y se asomó por la ventana que daba sobre su cama. Robert estaba allí.

—¿Robert?

Él sonrió y la besó en la nariz.

—El mismo. No sabes cuánto me alegro de que tu casa solo tenga una planta.

—¿Qué estás haciendo aquí, Robert?

—¿Enamorarme perdidamente?

—¡Robert! —Intentó no echarse a reír, pero el buen humor de Robert era contagioso—. En serio, milord. ¿Qué hace aquí?

Él dobló el cuerpo en una reverencia galante.

—He venido a cortejarla, señorita Lyndon.

—¿En plena noche?

—No se me ocurría un momento mejor.

—Robert, ¿y si te hubieras equivocado de habitación? Mi reputación quedaría hecha jirones.

Él se apoyó en el alféizar de la ventana.

—Hablaste de una madreselva. Estuve olfateando hasta dar con tu habitación. —Husmeó para demostrárselo—. Tengo un olfato muy fino.

—Eres incorregible.

Él asintió con la cabeza.

—O puede que solo esté enamorado.

—No puedes estar enamorado de mí, Robert. —Pero mientras decía aquello, Victoria oyó que su corazón suplicaba que la contradijera.

—¿No? —Alargó el brazo a través de la ventana y la tomó de la mano—. Ven conmigo, Torie.

—Na-nadie me llama Torie —dijo ella, intentando cambiar de tema.

—A mí me gustaría llamarte así —susurró él. Acercó la mano a su barbilla y la atrajo hacia él—. Voy a besarte.

Victoria asintió, trémula, incapaz de negarse el placer con el que había estado soñando toda la noche.

Los labios de Robert acariciaron los suyos con la suavidad de una pluma. Victoria se estremeció, sintiendo que un escalofrío recorría su espalda.

—¿Tienes frío? —susurró él, y sus palabras sonaron como un beso sobre sus labios.

Ella sacudió la cabeza sin decir nada.

Robert se echó hacia atrás y tomó su cara entre las manos.

—Eres tan hermosa... —Tomó entre los dedos un mechón de su pelo y examinó su tersura de seda. Luego volvió a acercar los labios a los de ella, frotándolos adelante y atrás para que Victoria se acostumbrara a su cercanía antes de seguir adelante. La sentía temblar, pero ella no hizo amago de apartarse, y Robert comprendió que estaba tan emocionada por su encuentro como él.

Robert puso la mano sobre su nuca, hundió los dedos en su espesa melena y sacó la lengua para trazar con ella el contorno de sus labios. Victoria sabía a menta y limón, y le costó un esfuerzo inmenso no sacarla por la ventana y hacerle el amor allí mismo, sobre la hierba mullida. Nunca, en sus veinticuatro años de vida, había sentido aquel deseo. Porque era deseo, sí, pero entrelazado con una efusión de ternura asombrosamente intensa.

Se apartó de mala gana, consciente de que quería mucho más de lo que podía pedirle esa noche.

—Ven conmigo —susurró.

Ella se llevó la mano a los labios.

Robert volvió a tomarla de la mano y tiró de ella hacia la ventana abierta.

—Robert, estamos en plena noche.

—El mejor momento para estar solos.

—Pero... ¡pero estoy en camisón! Se miró como si acabara de reparar en su impúdico atuendo. Cogió las mantas e intentó envolverse en ellas.

Robert intentó no reírse.

—Ponte la capa —le ordenó con dulzura—. Y date prisa. Tenemos mucho que ver esta noche.

Victoria dudó un momento. Irse con él era el colmo de la insensatez, pero sabía que, si cerraba la ventana ahora, se preguntaría el resto de su vida qué habría ocurrido esa noche de luna llena.

Salió apresuradamente de la cama y sacó del armario un manto largo y oscuro. Era muy grueso para el calor que hacía, pero no podía ir a pasear por el campo en camisón. Se abrochó el manto, volvió a subirse a la cama y con ayuda de Robert se deslizó por el alféizar.

Soplaba una brisa enérgica, cargada del olor de la madreselva, pero Victoria solo tuvo tiempo de respirar hondo una vez antes de que Robert tirara de su mano y echara a correr. Se rio en voz baja mientras cruzaban el prado a la carrera y se adentraban en el bosque. Quería gritar su alegría a las copas de los árboles, pero no se olvidaba de la ventana abierta del cuarto de su padre.

Unos minutos después salieron a un pequeño claro. Robert se paró en seco, y Victoria estuvo a punto de chocar con él. La sujetó con fuerza, apretándose indecentemente contra ella.

—Torie... —murmuró—. ¡Oh, Torie...!

Y la besó de nuevo, la besó como si fuera la última mujer sobre la faz de la tierra, la única jamás nacida.

Pasado un rato ella se apartó, los ojos azules oscuros llenos de confusión.

—Todo va tan deprisa... No sé si lo entiendo bien.

—Yo tampoco lo entiendo —dijo Robert con un suspiro de felicidad—. Pero no quiero hacerme preguntas. —Se sentó en el suelo, tirando de ella. Luego se tumbó de espaldas.

Victoria, todavía agachada, le miraba con un asomo de duda.

Robert dio unas palmadas sobre la tierra, a su lado.

—Túmbate a mirar el cielo. Es espectacular.

Victoria miró su cara, iluminada por la dicha, y se tendió sobre la tierra. El cielo le parecía inmenso.

—¿No son las estrellas lo más asombroso que has visto? —preguntó Robert.

Victoria asintió con la cabeza y, al acercarse a él, el calor de su cuerpo le pareció extrañamente atrayente.

—Están ahí para ti, ¿sabes? Estoy convencido de que Dios las puso en el cielo solo para que pudieras verlas esta noche.

—¡Qué imaginación tienes, Robert!

Él se tumbó de lado y, apoyándose en el codo, usó la mano libre para apartarle un mechón de la cara.

—Nunca la he tenido, hasta hoy —dijo en tono serio—. Nunca he querido tenerla. Pero ahora... —Hizo una pausa, como si buscara esa combinación imposible de palabras capaz de expresar lo que sentía su corazón—. No puedo explicarlo. Es como si pudiera contarte cualquier cosa.

Ella sonrió.

—Claro que puedes.

—No, es más que eso. Nada de lo que digo suena extraño. Ni siquiera con mis mejores amigos puedo ser del todo franco. Por ejemplo... —Se puso en pie de un salto—. ¿No te parece asombroso que los humanos puedan sostenerse sobre los pies?

Victoria intentó incorporarse, pero la risa la obligó a tumbarse de nuevo.

—Piénsalo —dijo él, bamboleándose sobre los talones—. Mira tus pies. Son muy pequeños comparados con el resto de tu cuerpo. Lo lógico sería que nos cayéramos cada vez que intentáramos levantarnos.

Esta vez, ella pudo sentarse, y se miró los pies.

—Supongo que tienes razón. Es bastante sorprendente.

—Nunca se lo había dicho a nadie —dijo él—. Llevo toda la vida pensándolo, pero no se lo había dicho a nadie hasta ahora. Imagino que me preocupaba que la gente pensara que es una estupidez.

—A mí no me lo parece.

—No. —Se agachó a su lado y tocó su mejilla—. No, ya lo sé.

—Yo creo que eres brillante solo por haberlo pensado —dijo ella lealmente.

—Torie, Torie... No sé cómo decirlo, y desde luego no lo entiendo, pero creo que te amo.

Ella volvió bruscamente la cabeza para mirarle.

—Sé que te amo —añadió él con más ímpetu—. Nunca me había pasado nada parecido, y que me aspen si dejo que la prudencia mande sobre mí.

—Robert —susurró ella—, creo que yo también te quiero.

Él notó que se quedaba sin aire. Se sintió poseído por una felicidad tan poderosa que no pudo estarse quieto. La hizo levantarse.

—Dímelo otra vez —imploró.

—Te quiero. —Victoria sonreía, atrapada por la magia del momento.

—Otra vez.

—¡Te quiero! —Las palabras se mezclaron con su risa.

—¡Oh, Torie, Torie! Voy a hacerte tan feliz... Te lo prometo. Quiero dártelo todo.

—¡Quiero la luna! —gritó ella, creyendo de pronto que tales fantasías eran posibles.

—Te lo daré todo, y además la luna —dijo él con vehemencia.

Y luego la besó.

2

Pasaron dos meses. Robert y Victoria se veían cada vez que podían. Salían a explorar el campo y, cuando les era posible, a explorarse el uno al otro.

Robert le hablaba de su fascinación por la ciencia, de su pasión por las carreras de caballos y de su temor a no llegar a ser nunca el hombre que esperaba su padre.

Victoria le hablaba de su debilidad por las novelas de amor, de su habilidad para hacer un pespunte más recto que una vara de medir y de su miedo a no estar a la altura de las estrictas exigencias morales de su padre.

A ella le encantaban los dulces.

Él odiaba los guisantes.

Robert tenía la espantosa costumbre de poner los pies en alto cada vez que se sentaba: encima de una mesa, en la cama, donde fuese.

Victoria siempre ponía los brazos en jarras cuando se acaloraba y jamás lograba parecer tan severa como esperaba.

A él le encantaba cómo fruncía los labios cuando se enojaba, el hecho de que pensara siempre en lo que necesitaban los otros y la picardía con que se burlaba de él cuando se daba importancia.

A ella le encantaba cómo se pasaba la mano por el pelo cuando se irritaba, que le gustara pararse a examinar la forma de una flor silvestre y que a veces se hiciera el dominante solo para ver si ella se enfadaba.

Lo tenían todo (y nada en común).

Encontraban el uno en el otro su propia alma, y compartían secretos y pensamientos que hasta entonces les había sido imposible expresar.

—Sigo buscando a mi madre —dijo Victoria una vez.

Robert la miró extrañado.

—¿Cómo dices?

—Tenía catorce años cuando murió. ¿Cuántos tenías tú?

—Siete. Mi madre murió de parto.

El tierno semblante de Victoria se enterneció aún más.

—Lo siento mucho. Casi no tuviste ocasión de conocerla, y perdiste también a un hermanito. ¿El bebé era niño o niña?

—Niña. Mi madre vivió el tiempo justo para llamarla Anne.

—¡Qué pena!

Él sonrió melancólicamente.

—Recuerdo lo que sentía cuando me abrazaba. Mi padre solía decirle que me mimaba demasiado, pero ella no le hacía caso.

—El médico dijo que mi madre tenía cáncer. —Victoria tragó saliva penosamente—. Su muerte no fue apacible. Me gusta pensar que está ahí arriba, en alguna parte... —señaló con la cabeza el cielo—, donde ya no siente ningún dolor.

Robert tocó su mano, profundamente conmovido.

—Pero a veces todavía la necesito. Me pregunto si alguna vez dejamos de necesitar a nuestros padres. Y hablo con ella. Y la busco.

—¿Qué quieres decir? —preguntó él.

—Pensarás que soy tonta.

—Tú sabes que jamás pensaría eso.

Se hizo el silencio un momento, y luego Victoria continuó:

—Digo cosas como «Si mi madre me está escuchando, que el viento agite las hojas de esa rama». O «Mamá, si me estás viendo, haz que el sol se esconda detrás de esa nube. Solo para que sepa que estás conmigo».

—Está contigo —murmuró Robert—. Lo noto.

Victoria se dejó acunar entre sus brazos.

—Nunca se lo había dicho a nadie. Ni siquiera a Ellie, y sé que ella añora a nuestra madre tanto como yo.

—A mí siempre podrás contármelo todo.

—Sí —dijo ella, feliz—. Lo sé.

Fue imposible impedir que el padre de Victoria se enterara de su noviazgo. Robert visitaba la casa del vicario casi todos los días. Le dijo que estaba enseñando a Victoria a montar a caballo, lo cual era técnicamente cierto, como podía atestiguar cualquiera que la viera cojear por la casa después de una clase.

Pero aun así saltaba a la vista que la joven pareja compartía sentimientos más profundos. El reverendo Lyndon se oponía enérgicamente a la relación, y se lo hacía saber a Victoria cada vez que tenía oportunidad.

—¡Jamás se casará contigo! —bramó el vicario con su mejor voz de predicador. Aquel tono nunca dejaba de intimidar a sus hijas.

—Papá, Robert me quiere —protestó ella.

—Da igual que te quiera o que no te quiera. No se casará contigo. Es conde y algún día será marqués. No se casará con la hija de un vicario.

Victoria respiró hondo, intentando no perder los nervios.

—Él no es así, padre.

—Es como cualquier hombre. Te utilizará y te abandonará.

La franqueza de su padre la hizo sonrojar.

—Papá, yo...

El vicario la cortó diciendo:

—No vives en una de esas estúpidas novelas que lees. Abre los ojos, niña.

—No soy tan ingenua como piensas.

—¡Tienes diecisiete años! —vociferó él—. Es imposible que no seas ingenua.

Victoria soltó un bufido y pestañeó, consciente de que su padre odiaba aquellos gestos tan poco propios de una dama.

—No sé por qué me molesto en hablar de esto contigo.

—¡Porque soy tu padre! Y porque vas a obedecerme, vive Dios. —El vicario se inclinó hacia ella—. Yo he visto el mundo, Victoria. Sé cómo es. Las intenciones del conde no pueden ser honorables, y si permito que siga cortejándote acabarás siendo una perdida. ¿Me he expresado con claridad?

—Mamá lo habría entendido —masculló Victoria.

Su padre se puso colorado.

—¿Qué has dicho?

Victoria tragó saliva antes de repetir sus palabras.

—He dicho que mamá lo habría entendido.

—Tu madre era una mujer temerosa de Dios que sabía cuál era su lugar en el mundo. No me habría llevado la contraria en este asunto.

Victoria recordó que su madre solía contarles chistes a Ellie y a ella cuando el vicario no estaba escuchando. La señora Lyndon no era tan seria y circunspecta como su marido pensaba. No, resolvió Victoria, su madre lo habría entendido.

Se quedó mirando el mentón del vicario un rato antes de levantar por fin los ojos y preguntar:

—¿Vas a prohibirme que le vea?

Pensó que la mandíbula de su padre iba a partirse en dos, tan tensa era su expresión facial.

—Sabes que no puedo prohibírtelo —contestó él—. Una sola queja a su padre y me despedirá sin referencias. Has de ser tú quien rompa con él.

—No —dijo Victoria, desafiante.

—Tienes que romper con él. —El vicario pareció no haberla oído—. Y debes hacerlo con extremo tacto y elegancia.

Victoria le miró soliviantada.

—Robert vendrá a buscarme dentro de dos horas. Vamos a ir a dar un paseo.

—Dile que no puedes volver a verle. Díselo esta misma tarde o por Dios que haré que lo lamentes.

Victoria empezó a sentirse débil. Hacía años que su padre no le pegaba (desde que era una niña), pero parecía furioso hasta el punto de perder los nervios completamente. Ella no dijo nada.

—Bien —dijo su padre con aire satisfecho, tomando su silencio por un sí—. Y llévate a Eleanor contigo, no lo olvides. No saldrás de esta casa en compañía de ese joven sin llevar a tu hermana.

—Sí, papá. —Al menos en eso obedecería. Pero solo en eso.

Robert llegó a la casa dos horas después. Ellie abrió la puerta tan rápidamente que ni siquiera le dio tiempo a llamar por segunda vez con la aldaba.

—Hola, milord —dijo con una sonrisa un tanto descarada. Y no era de extrañar: Robert le había pagado una libra por cada paseo en el que se las ingeniaba para desaparecer. Ellie había creído siempre de todo corazón en el soborno, cosa de la que Robert estaba infinitamente agradecido.

—Buenas tardes, Ellie —contestó—. Confío en que haya pasado un día agradable.

—¡Oh! Mucho, milord. Y espero que dentro de poco sea aún más agradable.

—Mocosa impertinente —masculló Robert. Pero no lo decía en serio. Le tenía simpatía a la hermana pequeña de Victoria. Compartía con ella cierto pragmatismo y cierta inclinación a planificar el futuro. Si hubiera estado en su lugar, habría exigido dos libras por paseo.

—¡Ah! Estás aquí, Robert. —Victoria irrumpió en el pasillo—. No sabía que habías llegado.

Él sonrió.

—Eleanor ha abierto la puerta con notable rapidez.

—Sí, ya me imagino. —Victoria lanzó a su hermana una mirada ligeramente mordaz—. Siempre se da mucha prisa cuando vienes.

Ellie levantó la barbilla y se permitió esbozar una media sonrisa.

—Me gusta cuidar mis inversiones.

Robert rompió a reír. Luego le tendió el brazo a Victoria.

—¿Nos vamos?

—Solo tengo que ir a buscar un libro —dijo Ellie—. Tengo la impresión de que esta tarde voy a tener mucho tiempo para leer. —Corrió por el pasillo y desapareció en su dormitorio.

Robert miró a Victoria mientras ella se anudaba el sombrero.

—Te quiero —susurró.

Los dedos de ella se enredaron con las cintas del sombrero.

—¿Debería decirlo más alto? —murmuró él, y una sonrisa malévola cruzó su cara.

Victoria sacudió la cabeza enérgicamente, mirando la puerta cerrada del despacho de su padre. El vicario había dicho que Robert no la quería, que no podía quererla. Pero se equivocaba. Victoria estaba segura. Solamente había que ver el brillo de los ojos azules de Robert para darse cuenta.

—¡Romeo y Julieta!

Victoria parpadeó y levantó la vista al oír la voz de su hermana; por un momento, había pensado que Ellie se refería a Robert y a ella al mencionar a aquellos malhadados amantes. Entonces vio el delgado volumen de Shakespeare que su hermana llevaba en la mano.

—Una lectura bastante deprimente para una tarde tan soleada —comentó Victoria.

—No estoy de acuerdo —contestó Ellie—. A mí me parece de lo más romántico. Si no fuera porque al final mueren todos, claro.

—Sí —murmuró Robert—. Es lógico que esa parte no te parezca tan romántica.

Victoria sonrió y le dio un codazo en el costado.

Salieron los tres, cruzaron la explanada y se dirigieron al bosque. Pasados unos diez minutos, Ellie suspiró y dijo:

—Supongo que aquí es donde os dejo. —Extendió una manta sobre el suelo y miró a Robert con una sonrisa sagaz.

Él le lanzó la moneda y dijo:

—Eleanor, tienes alma de banquero.

—Sí, ¿verdad? —murmuró ella. Luego se sentó y simuló no enterarse cuando Robert tomó a Victoria de la mano y salió corriendo hasta perderse de vista.

Diez minutos después llegaron a la orilla cubierta de hierba del lago donde se habían conocido. Victoria apenas tuvo tiempo de extender una manta antes de que Robert la tumbara en el suelo.

—Te quiero —dijo él, besando una de las comisuras de sus labios—. Te quiero —dijo besando la otra—. Te...

—¡Lo sé, lo sé! —Victoria se rio por fin, e intentó detenerlo al ver que se disponía a arrancarle todas las horquillas.

Él se encogió de hombros.

—Bueno, es la verdad.

Pero las palabras del vicario resonaban aún en la cabeza de Victoria. «Te utilizará.»

—¿Lo dices de verdad? —preguntó, mirándole intensamente a los ojos—. ¿De veras me quieres?

Robert la agarró del mentón con extraña fuerza.

—¿Cómo puedes dudarlo siquiera?

—No lo sé —murmuró ella y, levantando la mano, tocó su mano, que al instante se aflojó—. Lo siento. Lo siento mucho. Sé que me quieres. Y yo te quiero a ti.

—Demuéstramelo —dijo él con voz apenas audible.

Victoria se lamió los labios con nerviosismo y luego acercó su cara a la de él.

En cuanto sus labios se tocaron, Robert pareció arder. Hundió las manos en su pelo, apretándola contra él.

—¡Dios mío, Torie! —dijo con voz ronca—. Me encanta tocarte, me encanta tu olor...

Ella respondió besándole con renovado ardor y trazando sus labios carnosos con la lengua, como él le había enseñado.

Robert se estremeció; un ansia ardiente le atravesaba. Quería hundirse en ella, que le rodeara la cintura con las piernas y no le soltara. Buscó con los dedos los botones de su vestido y empezó a desabrocharlos.

—Robert... —Victoria se apartó, sobresaltada por aquella nueva intimidad.

—¡Chist, cariño! —dijo él con voz enronquecida por la pasión—. Solo quiero tocarte. No sueño con otra cosa desde hace semanas. —Tocó sus pechos a través de la fina tela del vestido de verano y los apretó.

Victoria gimió de placer y se relajó, dejándole que acabara de desabrocharle el vestido.

Le temblaban los dedos de emoción, pero Robert logró desabrochar suficientes botones para que el corpiño se abriera. Victoria levantó inmediatamente las manos para cubrir su desnudez, pero él se las apartó con delicadeza.

—No —susurró—. Son perfectos. Eres perfecta.

Y entonces, como si quisiera demostrárselo, adelantó la mano y rozó su pezón con la palma. Movió la mano en círculos una y otra vez, y contuvo el aliento al notar que el pezón se crispaba, convertido en un brotecillo duro.

—¿Tienes frío? —susurró.

Ella asintió con un gesto, luego dijo que no y volvió a asentir.

—No lo sé —dijo.

—Yo te daré calor. —Cubrió con la mano uno de sus pechos, imprimiendo en él el calor de su piel—. Quiero besarte —dijo con la voz ronca—. ¿Me dejas que te bese?

Victoria intentó humedecer su garganta, que se había quedado seca. Robert la había besado un centenar de veces. Un millar, seguramente. ¿Por qué de pronto le pedía permiso?

Lo averiguó cuando la lengua de él dibujó lentamente un círculo alrededor de su pezón.

—¡Dios mío! —exclamó, apenas capaz de creer lo que él estaba haciendo—. ¡Robert!

—Te necesito, Torie. —Escondió la cara entre sus pechos—. No sabes cuánto te necesito.

—Creo que deberíamos parar —dijo ella—. No puedo hacer esto... Mi reputación... —No sabía cómo expresar lo que pensaba. Las advertencias de su padre resonaban constantemente en sus oídos. «Te utilizará y te abandonará.»

Vio la cabeza de Robert sobre sus pechos.

—No, Robert...

Él inhaló entrecortadamente y le cerró el corpiño. Intentó abrocharle los botones, pero le temblaban las manos.

—Yo lo haré —se apresuró a decir ella, volviéndose para que él no viera que estaba colorada de vergüenza. Sus dedos también temblaban, pero demostraron más habilidad que los de él, y al final logró enderezarse el vestido.

Pero Robert vio sus mejillas sonrosadas, y casi se sintió morir al pensar que Victoria se avergonzaba de su propia conducta.

—Torie —dijo dulcemente. Al ver que ella no se volvía, tiró de su barbilla con delicadeza hasta que ella le miró.

Tenía los ojos llorosos y brillantes.

—¡Oh, Torie...! —dijo Robert, y deseó ardientemente estrecharla en sus brazos, pero se conformó con acariciar su mejilla—. Por favor, no te fustigues.

—No debería haberte dejado.

Él esbozó una sonrisa.

—No, seguramente no. Y seguramente yo no debería haberlo intentado. Pero estoy enamorado. No tengo excusa, pero no he podido refrenarme.

—Lo sé —susurró ella—. Pero a mí no debería haberme gustado tanto.

Al oír aquello, Robert soltó una carcajada tan fuerte que Victoria pensó que Ellie cruzaría corriendo la arboleda para ver qué pasaba.

—¡Ah, Torie! —dijo él, intentando recobrar el aliento—. Nunca te disculpes por disfrutar de mis caricias. Por favor.

Victoria intentó lanzarle una mirada recriminatoria, pero sus ojos eran demasiado cálidos. Dejó que su buen humor aflorara de nuevo.

—Mientras tú no te disculpes por disfrutar de las mías...

Robert la cogió de la mano y la atrajo hacia él bruscamente. Sonrió, seductor, como el libertino que una vez Victoria le había acusado de ser.

—De eso, querida mía, no hay peligro.

Ella se rio un poco y sintió que su tensión se disipaba. Cambió de postura, recostándose contra su pecho. Robert jugueteaba distraído con su pelo, y ella se sentía en la gloria.

—Pronto nos casaremos —susurró él, y el ansia con que habló sorprendió a Victoria—. Pronto nos casaremos y entonces podré enseñártelo todo. Te demostraré cuánto te quiero.

Victoria se estremeció de emoción. Robert hablaba junto a su piel, y ella sentía su aliento junto al oído.

—Nos casaremos —repitió él—. En cuanto podamos. Pero hasta entonces no quiero que te avergüences de nada de lo que hemos hecho. Nos amamos, y no hay nada más hermoso que dos personas expresando su amor. —La hizo darse la vuelta hasta que sus ojos se encontraron—. Yo no lo sabía antes de conocerte. Yo... —Tragó saliva—. He estado con mujeres, pero no lo sabía.

Profundamente conmovida, Victoria le tocó la mejilla.

—Nadie podrá tachar de impropio nuestro amor antes de estar casados —continuó él.

Victoria no sabía si se refería al amor físico o al espiritual, pero solamente se le ocurrió decir:

—Nadie, excepto mi padre.

Robert cerró los ojos.

—¿Qué te ha dicho?

—Que no debo volver a verte.

Robert juró en voz baja y abrió los ojos.

—¿Por qué? —preguntó con voz algo más ronca de lo que pretendía.

Victoria consideró varias respuestas, pero al final optó por ser sincera.

—Dice que no te casarás conmigo.

—¿Y él qué sabe? —replicó Robert.

Victoria se echó hacia atrás.

—¡Robert!

—Lo siento. No quería levantar la voz. Es solo que... ¿Cómo puede saber tu padre lo que pienso?

Ella puso su mano sobre la de él.

—No lo sabe. Pero él cree que sí, y me temo que eso es lo que importa ahora mismo. Tú eres conde. Yo soy la hija de un vicario rural. Tienes que admitir que es un enlace muy poco frecuente.

—Muy poco frecuente —contestó él con ardor—, pero no imposible.

—Para él, sí —dijo Victoria—. Jamás creerá que tus intenciones son honorables.

—¿Y si hablo con él, y si le pido tu mano?

—Puede que eso le tranquilice. Le he dicho que quieres casarte conmigo, pero creo que piensa que me lo estoy inventando.

Robert se levantó, tirando de ella, y le besó la mano con galantería.

—Entonces tendré que pedirle formalmente tu mano mañana mismo.

—¿Hoy no? —preguntó Victoria con una mirada burlona.

—Primero debo informar a mi padre de mis intenciones —contestó Robert—. Le debo esa cortesía.

Robert aún no había hablado de Victoria a su padre. Y no porque el marqués pudiera impedir su boda. A sus veinticuatro años, Robert tenía edad de tomar decisiones. Pero sabía que su padre podía ponerle las cosas difíciles si se oponía. Y teniendo en cuenta con cuánta frecuencia le urgía a contraer matrimonio con la hija de este duque o aquel conde, Robert tenía la sensación de que su padre no estaba pensando precisamente en la hija de un vicario.

Así pues, al llamar a la puerta del despacho del marqués, Robert lo hizo con firme resolución y cierto nerviosismo.

—Adelante. —Hugh Kemble, marqués de Castleford, estaba sentado detrás de su escritorio—. ¡Ah, Robert! ¿Qué ocurre?

—¿Tiene unos minutos, señor? Necesito hablar con usted.

Castleford levantó la vista con impaciencia.

—Estoy muy ocupado, Robert. ¿No puede esperar?

—Es muy importante, señor.

Castleford dejó su pluma con gesto de fastidio. Al ver que Robert no empezaba a hablar inmediatamente, dijo:

—¿Y bien?

Robert sonrió con la esperanza de templar el humor de su padre.

—He decidido casarme.

El marqués sufrió una transformación radical. Todo rastro de enojo desapareció de su semblante, reemplazado por una expresión de puro deleite. Se levantó de un salto y dio un fuerte abrazo a su hijo.

—¡Excelente! ¡Excelente, hijo mío! Ya sabes cuánto lo deseaba...

—Sí, lo sé.

—Eres joven, claro, pero tus responsabilidades son muy serias. Me mataría que el título no quedara en la familia. Si no engendras un heredero...

Robert prefirió no hacerle notar que, si el título no quedaba en la familia, él ya estaría muerto, así que de todos modos no se enteraría de semejante tragedia.

—Lo sé, señor.

Castleford se sentó en el borde del escritorio y cruzó los brazos jovialmente.

—Bueno, y dime, ¿quién es ella? No, déjame adivinar. La hija de Billington, esa rubita.

—Señor, yo...

—¿No? Entonces ha de ser lady Leonie. Eres muy listo, muchacho. —Dio un codazo a su hijo—. La única hija del viejo duque. Heredaré un buen pellizco.

—No, señor —dijo Robert, intentando ignorar el brillo avaricioso de los ojos de su padre—. Usted no la conoce.

Castleford puso cara de pasmo.

—¿No? Entonces, ¿quién demonios es?

—La señorita Victoria Lyndon, señor.

Castleford parpadeó.

—¿De qué me suena ese nombre?

—Su padre es el nuevo vicario de Bellfield.

El marqués no dijo nada. Luego rompió a reír a carcajadas. Pasaron unos instantes antes de que lograra decir:

—¡Santo cielo, hijo! Por un momento me lo he creído. ¡La hija de un vicario! ¡Qué ocurrencia!

—Hablo muy en serio, señor —gruñó Robert.

—La hija de un... eh... eh... ¿Qué has dicho?

—He dicho que hablo muy en serio. —Hizo una pausa—. Señor.

Castleford clavó la mirada en su hijo, buscando frenéticamente en su expresión algo que indicara que estaba de broma. Al no encontrarlo, dijo casi gritando:

—¿Estás loco?

Robert cruzó los brazos.

—Estoy perfectamente cuerdo.

—Te lo prohíbo.

—Le ruego me perdone, señor, pero no veo cómo puede prohibírmelo. Soy mayor de edad. Y —añadió, pensándolo mejor, con la esperanza de apelar al lado tierno de su padre— estoy enamorado.

—¡Rayos y centellas, muchacho! Te desheredaré.

Al parecer, su padre no tenía un lado tierno. Robert levantó una ceja y prácticamente sintió cómo sus ojos pasaban de azul claro a gris acero.

—Adelante —dijo con tranquilidad.

—¿Adelante? —farfulló Castleford—. ¡Te pondré de patitas en la calle! ¡Te dejaré sin un penique! ¡Te...!

—Lo que harás será quedarte sin heredero. —Robert sonrió con una determinación que no sabía poseer—. Fue una desgracia que mi madre no pudiera darte otro hijo. Ni siquiera una hija.

—¡Tú...! ¡Tú...! —El marqués empezaba a ponerse rojo de rabia. Respiró hondo un par de veces y añadió con más calma—: Puede que no hayas reflexionado lo suficiente sobre lo poco que te conviene esa chiquilla.

—Me conviene perfectamente, señor.

—No... —Castleford se interrumpió al darse cuenta de que estaba gritando otra vez—. No sabrá cumplir con los deberes de una dama de la nobleza.

—Es muy inteligente. Y sus modales son impecables. Ha recibido una educación refinada. Estoy seguro de que será una excelente condesa. —Su expresión se suavizó—. Su carácter honrará nuestro apellido.

—¿Se lo has pedido ya a su padre?

—No. Pensé que primero debía informarle a usted de mis planes.

—¡Gracias a Dios! —exclamó Castleford—. Aún tenemos tiempo.

Robert cerró los puños, pero refrenó su lengua.

—Prométeme que no le pedirás su mano aún.

—No pienso hacer tal cosa.

Castleford advirtió la firme resolución de la expresión de su hijo y clavó en él una mirada llena de dureza.

—Escúchame bien, Robert —dijo en voz baja—. Esa chica no puede quererte.

—No alcanzo a comprender cómo puede usted saber eso, señor.

—¡Maldita sea, hijo! Lo único que quiere es tu dinero y tu título.

Robert sintió que la rabia se agitaba dentro de él. Nunca había sentido nada parecido.

—Victoria me quiere —replicó entre dientes.

—Nunca sabrás si te quiere de verdad. —El marqués golpeó la mesa con las manos para enfatizar sus palabras—. Nunca.

—Lo sé ya —dijo Robert en voz baja.

—¿Qué tiene de especial esa chica? ¿Por qué ella? ¿Por qué no una de las muchas que has conocido en Londres?

Robert se encogió de hombros.

—No lo sé. Saca lo mejor de mí, supongo. Con ella a mi lado, puedo hacer cualquier cosa.

—¡Santo Dios! —le espetó su padre—. ¿Cómo es posible que haya criado a un hijo capaz de decir semejantes memeces románticas?

—Veo que esta conversación es inútil —contestó Robert, crispado, y dio un paso hacia la puerta.

El marqués suspiró.

—Robert, no te vayas.

El joven se volvió, incapaz de desairar a su padre desobedeciendo una petición expresa.

—Escúchame, Robert, por favor. Tienes que casarte con una muchacha de nuestra clase. Es el único modo de asegurarte de que no se casa contigo por dinero o posición social.

—Sé por experiencia que las mujeres de la alta sociedad están muy interesadas en casarse por dinero o posición social.

—Sí, pero eso es distinto.

Robert pensó que era un argumento muy débil, y así se lo hizo saber.

Su padre se pasó una mano por el pelo.

—¿Cómo puede saber esa muchacha lo que siente por ti? Es imposible que no esté deslumbrada por tu título, por tu riqueza.

—Padre, Victoria no es así. —Robert cruzó los brazos—. Y voy a casarme con ella.

—Estarás cometiendo el mayor error...

—¡Ni una palabra más! —estalló Robert. Era la primera vez que le levantaba la voz a su padre. Se volvió para marcharse de la habitación.

—¡Dile que te he dejado sin un penique! —gritó Castleford—. A ver si te acepta entonces. A ver si te quiere cuando no tengas nada.

Robert se volvió y entornó los ojos.

—¿Me está diciendo que estoy desheredado? —preguntó con voz gélida y suave.

—Estás peligrosamente cerca, sí.

—¿Estoy desheredado o no? —Su tono exigía una respuesta.

—Puede que sí. No me contradigas en este asunto.

—Eso no es una respuesta.

El marqués se inclinó hacia delante con los ojos clavados en Robert.

—Si le dices que al casarte con ella perderás una enorme fortuna, no le estarás mintiendo.

Robert odió a su padre en ese momento.

—Entiendo.

—¿Sí?

—Sí. —Y luego, casi como si se lo pensara mejor, añadió—: Señor.

Era la última vez que se dirigía a su padre con ese tratamiento de respeto.

3

Tap. Tap, tap, tap.

Victoria se despertó de golpe y se enderezó en un segundo.

—¡Victoria! —se oyó un susurro detrás de la ventana.

—¿Robert? —Saltó de la cama y se asomó.

—Necesito hablar contigo. Es urgente.

Victoria paseó la mirada por su cuarto, le pareció que todos los habitantes de la casa dormían y dijo:

—Muy bien. Entra.

Si a Robert le extrañó que le invitara a entrar en su alcoba (cosa que no había hecho nunca antes), no lo mencionó. Pasó por la ventana y se sentó en la cama. Curiosamente, no intentó besarla ni estrecharla en sus brazos, sus formas habituales de saludarla cuando estaban a solas.

—¿Qué ocurre, Robert?

Él no dijo nada al principio; se quedó mirando la estrella del norte por la ventana.

Victoria posó la mano sobre su manga.

—¿Robert?

—Tenemos que escaparnos —dijo él, apesadumbrado.

—¿Qué?

—He estudiado la situación desde todos los ángulos. No queda otro remedio.

Victoria le tocó el brazo. Robert siempre se enfrentaba a la vida científicamente: trataba cada decisión como un problema a resolver. Enamorarse de ella era, probablemente, la única cosa ilógica que había hecho en toda su vida, y Victoria le amaba aún más por ello.

—¿Qué ha pasado, Robert? —preguntó con dulzura.

—Mi padre me ha desheredado.

—¿Estás seguro?

Robert la miró a los ojos, se asomó a sus fabulosas profundidades azules y tomó entonces una decisión de la que no se sentía orgulloso.

—Sí —dijo—, estoy seguro. —No le dijo, sin embargo, que su padre solamente había dicho «casi seguro». Pero tenía que estar seguro. No creía que fuera posible, pero ¿y si Victoria de veras estaba más deslumbrada por sus posesiones materiales que por su persona?

—Pero eso es inconcebible, Robert. ¿Cómo puede un padre hacer tal cosa?

—Victoria, tienes que escucharme. —Agarró sus manos, apretándolas con feroz intensidad—. Todo eso no importa. Tú eres mucho más importante para mí que el dinero. Lo eres todo.

—Pero los derechos que te corresponden por nacimiento... ¿Cómo voy a pedirte que renuncies a eso?

—Soy yo quien ha de decidirlo, no tú, y te elijo a ti.

Victoria sintió el escozor de las lágrimas. Nunca había soñado que por culpa suya Robert pudiera perder tanto. Y sabía lo importante que era para él el respeto de su padre. Toda la vida se había esforzado por impresionar al marqués de Castleford, y siempre, pese a sus esfuerzos constantes, se había quedado corto.

—Has de prometerme una cosa —susurró ella.

—Lo que sea, Torie. Ya sabes que haría cualquier cosa por ti.

—Has de prometerme que intentarás arreglar las cosas con tu padre después de la boda. Yo... —Tragó saliva, apenas capaz de creer que estuviera poniendo condiciones para aceptar su proposición de matrimonio—. No me casaré contigo a no ser que me lo prometas. No podría soportar saber que soy la causa de vuestra ruptura.

Una expresión extraña cruzó la cara de Robert.

—Mi padre es sumamente terco, Torie. No...

—No he dicho que tengas que conseguirlo —se apresuró a decir ella—. Solo que debes intentarlo.

Robert se llevó sus manos a los labios.

—Muy bien, mi señora. Te doy mi palabra.

Ella le ofreció una sonrisa que simulaba ser severa.

—Aún no soy tu señora.

Robert se limitó a sonreír y volvió a besar su mano.

—Me iría contigo esta misma noche, si pudiera —dijo—, pero necesito algún tiempo para reunir dinero y provisiones. No tengo intención de llevarte campo a través solo con lo puesto.

Ella le tocó la mejilla.

—Tú siempre planificándolo todo...

—No me gusta dejar nada al azar.

—Lo sé. Es una de las cosas que más me gustan de ti. —Sonrió tímidamente—. A mí siempre se me olvidan las cosas. Cuando mi madre vivía, siempre decía que olvidaría hasta mi cabeza si no tuviera cuello.

Robert sonrió.

—Me alegro de que lo tengas —dijo—. Le tengo mucho cariño.

—No seas tonto —dijo ella—. Solamente intentaba decir que es agradable saber que te tendré a ti para mantener mi vida en orden.

Robert se inclinó y besó sus labios con toda delicadeza.

—Eso es lo único que quiero. Hacerte feliz.

Victoria le miró con los ojos húmedos y escondió la cara en el hueco de su hombro.

Robert descansó la barbilla sobre su cabeza.

—¿Estarás lista dentro de tres días?

Victoria asintió sin decir nada y pasaron la hora siguiente haciendo planes.

Robert se estremeció, azotado por el viento de la noche, y miró su reloj de bolsillo por enésima vez. Victoria llegaba cinco minutos tarde. No había por qué alarmarse; era muy desordenada y a menudo llegaba cinco o diez minutos tarde cuando salían de paseo.

Pero aquel no era un paseo cualquiera.

Robert había planeado su huida hasta el último detalle. Había sacado su calesa de los establos de su padre. Habría preferido un vehículo más práctico para el largo viaje a Escocia, pero la calesa era suya, no de su padre, y no quería sentirse en deuda con él.

Victoria tenía que encontrarse con él allí, al final del camino que llevaba a su casa. Habían decidido que saliera sola de casa a escondidas. Robert haría demasiado ruido si acercaba la calesa a la casa, y no quería dejarla sin vigilancia. Ella solo tardaría cinco minutos en llegar, y aquella zona siempre había sido muy segura.

Pero ¿dónde estaba, maldita sea?

Victoria escudriñó su habitación, buscando algo que pudiera haber pasado por alto. Llegaba tarde. Robert la esperaba desde hacía cinco minutos, pero en el último momento había pensado que tal vez necesitara un vestido más abrigado y había tenido que rehacer la maleta. No todos los días se iba una de casa en plena noche. Al menos debía estar segura de que llevaba todo lo necesario en el equipaje.

¡La miniatura! Victoria se dio una palmada en la frente al darse cuenta de que no podía marcharse sin el pequeño retrato de su madre. La señorita Lyndon había mandado hacer dos, y el señor Lyndon siempre había dicho que Victoria y Ellie se llevarían uno cada una cuando se casaran, para que no olvidaran nunca a su madre. Eran muy pequeñitos; el de Victoria cabía en la palma de su mano.

Sujetando aún su bolso de tela, Victoria salió de puntillas de su habitación y entró en el pasillo. Fue al cuarto de estar y cruzó con sigilo la alfombra hasta el velador donde reposaba el pequeño retrato. Lo cogió, se lo guardó en el bolso y dio media vuelta para regresar a su cuarto, por cuya ventana pensaba salir.

Pero al volver su bolso golpeó una lámpara de bronce que cayó al suelo con estruendo.

Unos segundos después, el reverendo Lyndon apareció de sopetón en la puerta.

—¿Qué diablos está pasando aquí? —Sus ojos se clavaron en Victoria, paralizada por el miedo en medio de la habitación—. ¿Qué haces levantada, Victoria? ¿Y por qué te has vestido?

—Yo... yo... —Temblaba de miedo y no lograba articular palabra.

El vicario vio su bolso.

—¿Qué es eso? —Cruzó en dos zancadas la habitación y se lo arrebató. Empezó a sacar ropa, una biblia... Y su mano se posó luego en la miniatura—. Ibas a escaparte —susurró. La miró como si no pudiera creer que una de sus hijas pudiera desobedecerle—. Ibas a escaparte con ese hombre.

—¡No, papá! —sollozó ella—. ¡No!

Pero nunca había sabido mentir.

—¡Por Dios que te lo pensarás dos veces antes de volver a desobedecerme! —gritó el señor Lyndon.

—Papá, yo... —Victoria no pudo acabar la frase: su padre le cruzó la cara con tal fuerza que cayó al suelo. Al levantar la vista vio a Ellie inmóvil en la puerta, con la expresión petrificada. Victoria lanzó a su hermana una mirada suplicante.

Ellie se aclaró la garganta.

—Papá —dijo en tono apaciguador—, ¿ocurre algo?

—Tu hermana ha decidido desobedecerme —bramó el vicario—. Y ahora va a descubrir las consecuencias de sus actos.

Ellie volvió a aclararse la garganta, como si fuera el único modo de armarse de valor para seguir hablando.

—Papá, estoy segura de que ha habido un grave malentendido. ¿Y si llevo a Victoria a su habitación?

—¡Silencio!

Se quedaron las dos calladas.

Tras un silencio interminable, el vicario agarró a Victoria por el brazo y la hizo levantarse bruscamente.

—Tú —dijo, tirando de ella con ferocidad— no vas a ir a ninguna parte esta noche. —La llevó a rastras a su habitación y la empujó hacia la cama. Ellie los siguió, asustada, y se quedó rondando por un rincón del cuarto.

El señor Lyndon clavó un dedo en el hombro de Victoria y gruñó:

—No te muevas. —Dio unos pasos hacia la puerta, pero aquello bastó para que Victoria se lanzara corriendo hacia la ventana abierta. El vicario, sin embargo, era rápido, y la ira alimentaba su fuerza. Volvió a arrojarla sobre la cama y le asestó otra furiosa bofetada.

—¡Eleanor! —rugió—. Tráeme una sábana.

Ellie parpadeó.

—¿Co-cómo dices?

—¡Una sábana! —vociferó él.

—Sí, papá —dijo Ellie, y se escabulló al armario de la ropa blanca. Unos segundos después reapareció llevando una sábana blanca y limpia. Se la dio a su padre y este empezó a rasgarla metódicamente en largas tiras. Ató los tobillos de Victoria y luego sus manos por delante.

—Ya está —dijo mientras inspeccionaba su obra—. Esta noche no irá a ninguna parte.

Victoria le miró desafiante.

—Te odio —dijo en voz baja—. Te odiaré eternamente por hacerme esto.

Su padre sacudió la cabeza.

—Algún día me darás las gracias.

—No, no lo haré. —Victoria tragó saliva, intentando que no le temblara la voz—. Antes pensaba que solo Dios era superior a ti, que eras bueno, amable y puro. Pero ahora... Ahora veo que solo eres un hombrecillo de ideas mezquinas.

Temblando de rabia, el señor Lyndon levantó la mano para golpearla de nuevo. Pero en el último momento la dejó caer.

Ellie, que había estado mordiéndose el labio en el rincón, se adelantó tímidamente y dijo:

—Va a coger un resfriado, papá. Déjame que la tape. —Arropó el cuerpo tembloroso de Victoria con las mantas y al inclinarse le susurró—: Lo siento mucho.

Victoria la miró agradecida y luego se volvió de cara a la pared. No quería dar a su padre la satisfacción de verla llorar.

Ellie se sentó al borde de la cama y miró al vicario con una expresión que confiaba pareciera tierna.

—Me quedo con ella, si no te importa. No creo que convenga que esté sola en este momento.

El señor Lyndon entornó los ojos con suspicacia.

—Eso es lo que te gustaría, ¿eh? —dijo—. Pero no voy a permitir que la desates para que se escape con ese maldito embustero. —Tiró del brazo de Ellie, obligándola a levantarse—. Ni que fuera a casarse con ella —añadió, lanzando una mirada airada a su hija mayor.

Sacó entonces a Ellie de la habitación y procedió a atarla.

—¡Maldita sea! —masculló Robert—. ¿Dónde demonios se ha metido?

Victoria llegaba más de una hora tarde. Robert se la imaginaba violada, golpeada, asesinada, aunque era extremadamente improbable que nada de eso hubiera ocurrido en aquel corto trecho de camino. Su corazón, sin embargo, seguía helado por el miedo.

Decidió por fin mandar la precaución al diablo y, dejando su calesa y sus pertenencias sin vigilancia, corrió por el camino que llevaba a casa de los Lyndon. Las ventanas estaban a oscuras y, pegado a la pared, Robert se acercó con sigilo a la ventana de Victoria. Estaba cerrada y las cortinas se agitaban suavemente empujadas por la brisa.

Sintió náuseas al inclinarse hacia delante. Allí, en la cama, estaba Victoria. Se hallaba de espaldas a él, pero era imposible no reconocer aquella hermosa cabellera negra. Parecía dormir, bien arropada bajo su colcha.

Robert se dejó caer al suelo y aterrizó con un golpe suave y sordo.

Dormida. Se había ido a la cama y le había dejado esperando en plena noche. Ni siquiera le había enviado una nota.

Notó que algo se revolvía en sus tripas al darse cuenta de que su padre debía de tener razón, a fin de cuentas. Victoria había decidido que, sin su dinero y su título, no era tan buen partido.

Pensó en cómo le había suplicado que arreglara las cosas con su padre, lo cual se traduciría en la recuperación de su fortuna. Creía que se lo había pedido porque estaba preocupada por su bienestar, pero ahora se daba cuenta de que nunca le había preocupado el bienestar de nadie, excepto el suyo propio.

Él le había entregado su alma, su corazón, y no había sido suficiente.

Dieciocho horas después, Victoria corría por el bosque. Su padre la había mantenido prisionera toda la noche y el día siguiente, hasta bien entrada la tarde. Al desatarla, la había sermoneado severamente diciéndole que debía comportarse y honrar a su padre, pero veinte minutos después Victoria salió por la ventana y echó a correr.

Robert estaría frenético. O furioso. Victoria no lo sabía, y le daba no poco miedo averiguarlo.

Cuando Castleford Manor apareció ante su vista, se forzó a aminorar el paso. Nunca había estado en casa de Robert; era siempre él quien iba a la suya. Ahora se daba cuenta de que Robert temía que su padre se pusiera grosero con ella, tras la vehemente oposición que mostró a su posible enlace.

Llamó a la puerta con mano temblorosa.

Abrió un criado de librea, y Victoria le dio su nombre y añadió que deseaba ver al conde de Macclesfield.

—No está aquí, señorita —contestó el criado.

Victoria parpadeó.

—¿Cómo dice?

—Se fue a Londres esta mañana temprano.

—Pero eso no es posible.

El criado la miró con condescendencia.

—El marqués ha pedido verla, si venía usted.

¿El padre de Robert quería hablar con ella? Aquello era aún más increíble que el hecho de que Robert se hubiera ido a Londres. Aturdida, se dejó llevar por el inmenso vestíbulo, hasta una salita de estar. Paseó la mirada a su alrededor. Su familia nunca había tenido muebles tan opulentos y, sin embargo, supo instintivamente que no la habían llevado al mejor salón de la casa.

Unos minutos después apareció el marqués de Castleford. Era alto y se parecía mucho a Robert, salvo por las arruguitas que tenía en torno a la boca. Y sus ojos también eran distintos: más inexpresivos.

—Usted debe de ser la señorita Lyndon —dijo.

—Sí —contestó ella, muy erguida. Su mundo se estaba derrumbando, pero no iba a permitir que aquel hombre se diera cuenta—. He venido a ver a Robert.

—Mi hijo se ha marchado a Londres. —El marqués hizo una pausa—. A buscar esposa.

Victoria dio un respingo. No pudo evitarlo.

—¿Se lo ha dicho él?

El marqués no dijo nada; prefirió tomarse un momento para sopesar la situación. Su hijo le había confesado que pensaba escaparse con aquella muchacha, pero que ella había faltado a su promesa. La presencia de Victoria en Castleford y su actitud casi desesperada parecían indicar lo contrario. Era evidente que Robert no estaba al tanto de lo sucedido cuando recogió sus cosas como un loco y juró no regresar nunca a aquella comarca. Pero el marqués no pensaba permitir que su hijo arrojara su vida por la ventana por culpa de aquella muchachita insignificante.

Así pues, dijo:

—Sí. Ya es hora de que se case, ¿no le parece?

—No puedo creer que me esté preguntando eso.

—Mi querida señorita Lyndon, usted no ha sido más que una diversión. Sin duda es consciente de ello.

Victoria no dijo nada; se limitó a mirarle, horrorizada.

—Ignoro si mi hijo se salió con la suya con usted o no. Pero, francamente, tampoco me importa.

—No puede hablarme así.

—Mi querida niña, yo puedo hablarle como se me antoje. Como le iba diciendo, ha sido usted un entretenimiento. No puedo justificar la actuación de mi hijo, desde luego. Es de muy mal gusto desflorar a la hija de un vicario de pueblo.

—¡Robert no ha hecho tal cosa!

El marqués la miró con condescendencia.

—Sea como sea, es usted quien ha de preocuparse por mantener su virtud intacta, no él. Y si no lo consiguió, bueno, es problema suyo. Mi hijo no le prometió nada.

—Sí que lo hizo —dijo Victoria en voz baja.

Castleford levantó una ceja.

—¿Y usted le creyó?

Victoria sintió de pronto las piernas entumecidas y tuvo que agarrarse al respaldo de una silla para no caerse.

—¡Dios mío! —murmuró. Su padre había tenido razón desde el principio. Robert no pensaba casarse con ella. Si no, habría esperado para ver por qué no había ido a reunirse con él. Seguramente la habría seducido de camino a Gretna Green y entonces...

No quería pensar en el destino que había estado a punto de abrazar. Recordaba que Robert le había pedido que le «demostrara» cuánto le quería, con qué avidez había intentado convencerla de que sus intimidades no eran pecaminosas.

Se estremeció; en el espacio de un segundo había perdido la virginal inocencia.

—Sugiero que abandone usted la comarca, querida —dijo el marqués—. Le doy mi palabra de que no hablaré con nadie de su pequeño desliz, pero no puedo prometerle que mi hijo vaya a ser tan discreto como yo.

Robert... Victoria tragó saliva. La idea de volver a verle la acongojaba. Sin decir una palabra más, dio media vuelta y salió de la habitación.

Más tarde, esa noche, extendió un periódico sobre su cama y leyó los anuncios de trabajo en busca de colocación. Al día siguiente envió varias cartas solicitando puestos de institutriz.

Dos semanas después se había marchado.

4

Norfolk, Inglaterra
Siete años después

Victoria corría por el césped detrás del niño de cinco años, trastabillándose en las faldas tan a menudo que terminó por levantárselas sin importarle que todo el mundo pudiera ver sus tobillos desnudos. Se esperaba de las institutrices que se comportaran con circunspección extrema, pero llevaba casi una hora persiguiendo a aquel pequeño tirano, y estaba a punto de mandar al diablo el decoro.

—¡Neville! —gritó—. ¡Neville Hollingwood! ¡Deja de correr inmediatamente!

Neville no mostró la menor intención de aflojar el paso.

Victoria dobló la esquina de la casa y se detuvo, intentando deducir por dónde se había ido el pequeño.

—¡Neville! —gritó—. ¡Neville!

No hubo respuesta.

—Monstruito —masculló Victoria.

—¿Qué ha dicho, señorita Lyndon?

Victoria se dio la vuelta bruscamente y se encontró cara a cara con lady Hollingwood, su ama.

—¡Ay! Le ruego me perdone, señora. No sabía que estaba usted aquí.

—Eso salta a la vista —dijo la señora ácidamente—. Si no, no estaría dedicándole a mi hijo insultos repugnantes.

Victoria no creía que «monstruito» pudiera considerarse un insulto repugnante, pero se mordió la lengua y dijo:

—Se lo digo con cariño, lady Hollingwood. Sin duda usted lo sabe.

—No me gustan las palabras cariñosas cargadas de sarcasmo, señorita Lyndon. Le sugiero que pase la tarde reflexionando sobre lo presuntuoso de sus modales. No le corresponde a usted poner motes a sus superiores. Buenos días.

Victoria tuvo que hacer un esfuerzo para no quedarse boquiabierta cuando lady Hollingwood giró sobre sus talones y se alejó. Le importaba muy poco que el marido de lady Hollingwood fuera barón. Por nada del mundo iba a considerar su superior a Neville Hollingwood, un crío de cinco años.

Rechinó los dientes y gritó:

—¡Neville!

—¡Señorita Lyndon!

Victoria gruñó para sus adentros. Otra vez no.

Lady Hollingwood dio un paso hacia ella, luego se detuvo y levantó imperiosamente la barbilla. Victoria no tuvo más remedio que acercarse y decir:

—¿Sí, señora?

—No me gusta que dé esos gritos, son de mala educación. Una dama jamás levanta la voz.

—Lo siento, señora. Solamente intentaba encontrar al señorito Neville.

—Si le hubiera vigilado como es debido, no se encontraría en esta situación.

En opinión de Victoria, aquel pequeñuelo era más escurridizo que una anguila: ni el mismísimo almirante Nelson habría conseguido que se estuviera quieto más de dos minutos. Pero Victoria se guardó lo que pensaba. Por fin dijo:

—Lo siento, señora.

Lady Hollingwood achicó los ojos, lo cual indicaba claramente que no creía ni por un instante que su disculpa fuera sincera.

—Procure comportarse con más decoro esta noche.

—¿Esta noche, señora?

—La fiesta, señorita Lyndon —suspiró lady Hollingwood como si se lo hubiera dicho ya veinte veces, cuando en realidad jamás le había hablado de ello. Y los criados nunca hablaban con Victoria, así que rara vez se enteraba de los rumores que circulaban por la casa.

—Vamos a tener invitados unos días —prosiguió lady Hollingwood—. Invitados muy importantes. Varios barones, unos cuantos vizcondes y hasta un conde. Lord Hollingwood y yo nos movemos en círculos elevados.

Victoria se estremeció al recordar la única vez que había tenido ocasión de codearse con la nobleza. Sus miembros no le habían parecido especialmente nobles.

Robert... El recuerdo se le apareció de repente.

Habían pasado siete años y aún le recordaba con todo detalle. El arco de sus cejas. Los pliegues de su boca cuando sonreía. Cómo intentaba siempre decirle que la quería cuando ella menos se lo esperaba.

Robert... ¡Cuánta falsedad había demostrado!

—¡Señorita Lyndon!

Victoria salió bruscamente de su ensoñación.

—¿Sí, señora?

—Le agradecería que procurara evitar a nuestros invitados, pero, si le resulta imposible, intente comportarse con el decoro apropiado.

Victoria asintió con la cabeza, deseando de todo corazón no necesitar tanto aquel empleo.

—Lo cual significa que no alce usted la voz.

Como si tuviera algún motivo para alzar la voz que no fuera el pérfido Neville.

—Sí, señora.

Victoria vio alejarse de nuevo a lady Hollingwood, pero esta vez se aseguró de que la perdía completamente de vista. Luego, mientras retomaba la búsqueda de Neville, se dio el gusto de decir:

—Voy a encontrarte, bestezuela infernal.

Entró en el jardín del lado oeste y a cada paso que daba soltaba una maldición para sus adentros. ¡Ay, si su padre pudiera oír lo que pensaba! Victoria suspiró. Hacía siete largos años que no veía a su familia. Todavía se carteaba con Eleanor, pero nunca había regresado a Kent. No podía perdonar a su padre por haberla atado aquella noche fatídica, ni soportaba enfrentarse a él sabiendo que había acertado al juzgar a Robert.

Pero trabajar de institutriz no resultaba fácil, y en aquellos siete años había estado en tres casas. Al parecer, a las señoras no les gustaba, en su mayoría, que las institutrices de sus hijos tuvieran el cabello sedoso y azabache y los ojos azules oscuros. Tampoco les gustaba, ciertamente, que fueran tan jóvenes y bonitas. Victoria se había vuelto una experta en el arte de rechazar atenciones indeseadas.

Sacudió la cabeza mientras miraba la pradera de césped buscando a Neville. En ese sentido, al menos, Robert no había demostrado ser distinto a los demás jóvenes de su clase. Lo único que parecía importarles era llevarse a la cama a jovencitas. Sobre todo, a jovencitas cuyas familias no tenían influencia suficiente para exigir que se casaran con ellas tras consumar el acto.

El empleo en casa de los Hollingwood le había parecido caído del cielo. A lord Hollingwood no le interesaba nada fuera de sus caballos y sus perros, y no tenía hijos mayores que pudieran acosarla cuando tenían vacaciones en la universidad e iban de visita a casa.

Por desgracia, sin embargo, estaba Neville, que se había comportado como un diablillo desde el primer día. Consentido y maleducado, aquel crío mandaba prácticamente en la casa, y lady Hollingwood había prohibido a Victoria que le castigara.

Victoria suspiró mientras cruzaba el césped, rezando por que Neville no se hubiera metido en el laberinto de setos.

—¡Neville! —gritó, intentando no levantar mucho la voz.

—¡Estoy aquiiií, Lyndon!

Aquel mocoso siempre se negaba a llamarla señorita Lyndon. Victoria se lo había dicho a lady Hollingwood, la cual se había limitado a reírse y a comentar lo listo y original que era su hijito.

—¿Neville? —Por favor, el laberinto no. Todavía no había aprendido cómo se salía de él.

—¡Estoy en el laberinto, bobalicona!

Victoria soltó un gruñido y masculló:

—Odio ser institutriz. —Y era cierto. Lo odiaba. Odiaba cada segundo de aquella servidumbre embrutecedora, odiaba tener que aguantar a niños mimados. Pero más que cualquier otra cosa odiaba haberse visto obligada a aceptar aquella posición. No le habían dado elección. No había creído ni por un instante que el padre de Robert no fuera a difundir rumores repugnantes sobre ella. El marqués quería que se marchara de la comarca.

Era o ser institutriz o enfrentarse a la ruina y la deshonra.

Victoria entró en el laberinto.

—¿Neville? —preguntó cautelosamente.

—¡Por aquí!

Parecía estar a su izquierda. Victoria dio unos pasos en esa dirección.

—¡Eh, Lyndon! —gritó él—. ¡Me apuesto algo a que no me encuentras!

Victoria dobló una esquina, y luego otra y otra.

—¡Neville! —gritó—. ¿Dónde estás?

—Aquí, Lyndon.

Victoria estuvo a punto de gritar de rabia. Neville parecía estar justo al otro lado del seto, a su derecha. El único problema era que no tenía ni idea de cómo llegar a ese lado. Tal vez si doblaba aquella esquina...

Dobló unos cuantos recodos más, consciente de que se había perdido por completo. De pronto oyó un sonido horrible.

La risa de Neville.

—¡Estoy libre, Lyndon!

—¡Neville! —gritó ella con voz cada vez más aguda—. ¡Neville!

—Me voy a casa —le espetó él, provocador—. ¡Buenas noches, Lyndon!

Victoria se dejó caer al suelo. Cuando lograra salir de allí, iba a matar a aquel crío. Y disfrutaría haciéndolo.

Ocho horas después, Victoria aún no había encontrado la salida. Tras pasarse dos horas buscando, se sentó por fin y se echó a llorar. Últimamente lloraba cada vez más de frustración. Era imposible que el servicio no hubiera notado su ausencia, pero dudaba de que Neville hubiera confesado que la había llevado al laberinto. El muy perverso seguramente habría mandado en la dirección contraria a quien la estuviera buscando. Tendría suerte si pasaba solamente una noche al raso.

Suspiró y miró el cielo. Eran posiblemente las nueve, pero el crepúsculo permanecía aún suspendido en el aire. Por suerte a Neville no se le había ocurrido gastarle aquella broma en invierno, cuando los días eran cortos.

Un tintineo de música flotaba en el ambiente, señal de que la fiesta había empezado ya en la casa, sin que nadie se acordara de la institutriz desaparecida.

—Odio ser institutriz —masculló Victoria por enésima vez ese día. Decirlo en voz alta no hacía que se sintiera mejor, pero lo decía de todos modos.

Y luego, por fin, cuando había empezado a fantasear con el escándalo que se armaría cuando los Hollingwood descubrieran su cadáver en el laberinto tres meses después, Victoria oyó voces.

¡Gracias al cielo! Estaba salvada. Se levantó de un salto y abrió la boca para saludar a gritos.

Entonces oyó lo que decían las voces.

Cerró la boca.

—Ven aquí, grandísimo semental —dijo una voz de mujer riéndose por lo bajo.

—Tú siempre tan original, Helene. —Aquella voz viril encarnaba el hastío de la civilización, pero su dueño parecía levemente interesado en lo que la dama tenía que ofrecerle.

¡Qué mala suerte la suya! Ocho horas en el laberinto y las primeras personas con las que se encontraba eran una pareja de amantes furtivos. Dudaba de que les agradara saber que estaba allí. Conociendo a la nobleza, seguramente encontrarían algún modo de hacer que aquella situación tan embarazosa pareciera culpa suya.

—Odio ser institutriz —murmuró con vehemencia, volviendo a sentarse en el suelo—. Y odio a la nobleza.

La mujer dejó de reírse el tiempo justo para decir:

—¿Has oído algo?

—Cállate, Helene.

Victoria suspiró y apoyó la frente en la mano. La pareja empezaba a hacerse arrumacos, a pesar de la perezosa rudeza de él.

—No, me ha parecido oír algo. ¿Y si es mi marido?

—Tu marido sabe cómo eres, Helene.

—¿Acabas de insultarme?

—No lo sé. ¿Lo he hecho?

Victoria se lo imaginó con los brazos cruzados, apoyado contra el seto.

—Te portas muy mal, ¿lo sabías? —repuso Helene.

—A ti te gusta mucho recordármelo, de eso no hay duda.

—Y haces que a mí también me den ganas de portarme mal.

—No creo que en ese aspecto hayas necesitado nunca ayuda.

—¡Vaya por Dios, caballero! Voy a tener que castigarle.

Por favor, pensó Victoria, tapándose los ojos con la mano.

Helene soltó otro trémolo de agudas risitas.

—¡Agárrame, si puedes!

Victoria oyó un compás de pasos a la carrera y suspiró, pensando que iba a quedarse una eternidad encerrada en el laberinto con aquella pareja, lo cual resultaría extremadamente violento. Entonces los pasos empezaron a acercarse. Victoria levantó la vista justo a tiempo de ver que una mujer rubia torcía la esquina. Ni siquiera tuvo tiempo de gritar antes de que Helene tropezara con ella y aterrizara abruptamente en el suelo.

—¡¿Qué demonios...?! —gritó Helene.

—Vamos, vamos, Helene —dijo el hombre desde el otro lado de la esquina—. Ese lenguaje no le sienta bien a tu linda boca.

—Cállate, Macclesfield. Aquí hay una chica. Una chica. —Helene se volvió hacia Victoria—. ¿Quién demonios eres tú? ¿Te ha mandado mi marido?

Pero Victoria no la escuchaba. ¿Macclesfield? ¿Macclesfield? Cerró los ojos, angustiada. ¡Santo cielo! Robert, no. Por favor, cualquiera menos Robert.

Los pasos pesados de unas botas doblaron la esquina.

—¿Qué diablos está pasando, Helene?

Victoria levantó la vista lentamente, con sus ojos azules enormes y llenos de espanto.

Robert.

La boca se le quedó seca. No podía respirar. ¡Dios santo! Robert. Parecía más mayor. Su cuerpo seguía siendo fornido y duro como una roca, pero su cara tenía arrugas que siete años antes no estaban allí, y sus ojos tenían una expresión amarga.

Al principio no la vio: seguía concentrado en la exasperada Helene.

—Será seguramente esa institutriz extraviada de la que hablaba Hollingwood. —Se volvió hacia Victoria—. No la encuentran desde...

Su cara palideció.

—¡Tú!

Victoria tragó saliva con nerviosismo. Creía que jamás volvería a verle, ni siquiera había intentado prepararse para lo que sentiría si sus caminos volvían a cruzarse. Notó una extraña sensación física y de pronto deseó cavar un hoyo en el suelo y meterse dentro.

Bueno, eso no era del todo cierto. También tenía ganas de gritar de furia y de arañarle las mejillas.

—¿Qué demonios haces tú aquí? —le espetó él.

Victoria hizo acopio de orgullo y le miró desafiante.

—Soy la institutriz extraviada.

Helene le dio un puntapié en la cadera.

—Más vale que le llames «señor» si en algo valoras tu empleo, muchacha. Es un conde, y te conviene no olvidarlo.

—Sé muy bien lo que es.

Helene miró a Robert.

—¿Conoces a esta chica?

—La conozco, sí.

Victoria tuvo que esforzarse por no hacer una mueca al oír su voz gélida. Ahora era más sensata que siete años antes. Y más fuerte también. Se levantó, se puso muy derecha y le miró a los ojos diciendo:

—Robert.

—Bonita forma de saludar —contestó él con sorna.

—¿Qué significa esto? —preguntó Helene—. ¿Quién es esta? ¿Y qué...? —Se volvió hacia Robert—. ¿Te ha llamado Robert?

Él no le quitaba ojo a Victoria.

—Será mejor que te vayas, Helene.

—Ni pensarlo. —Cruzó los brazos.

—Helene —repitió él con una nota de advertencia.

Victoria advirtió la furia velada de su voz, pero Helene, en cambio, no pareció notarla, porque dijo:

—No entiendo qué puedes tener que decirle a esta... a esta institutriz.

Robert se volvió hacia ella y bramó:

—¡Déjanos!

Helene pestañeó.

—No sé por dónde se sale.

—Un giro a la derecha, dos a la izquierda y otro a la derecha —contestó Robert a regañadientes.

Helene abrió la boca como si se dispusiera a decir algo más, pero luego se lo pensó mejor. Lanzando a Victoria una última mirada cargada de veneno, se marchó de allí. Victoria sintió el impulso de ir tras ella.

—Tú no vas a ninguna parte —gruñó Robert.

Su tono imperioso bastó para convencerla de que era absurdo intentar conversar con él.

—Si me disculpas... —dijo, pasando a su lado tranquilamente.

Robert la agarró del brazo con la rapidez de una centella.

—Vuelve aquí, Victoria.

—A mí no me des órdenes —estalló ella, girándose para mirarle—. Y no me hables en ese tono.

—¡Santo cielo! —contestó, burlón—. ¡Cuántas exigencias de respeto! Es de lo más curioso, viniendo de una mujer cuya idea de la lealtad...

—¡Basta! —gritó ella. No estaba segura de a qué se refería, pero no soportaba oír su tono mordaz y desdeñoso—. ¡Basta! ¡Basta!

Sorprendentemente, él se calló. Su estallido parecía haberle impresionado. A Victoria no le extrañó. La chica a la que él había conocido siete años antes jamás había gritado así. Nunca había tenido motivos para hacerlo. Intentó desasirse y dijo:

—Por favor, déjame en paz.

—No quiero.

Victoria levantó bruscamente la cabeza.

—¿Qué has dicho?

Robert se encogió de hombros y la miró de arriba abajo groseramente.

—Quiero saber qué me perdí hace siete años. Eres muy bonita.

Ella se quedó boquiabierta.

—Como si...

—Yo que tú no me daría tanta prisa en rechazarme —la cortó él—. Naturalmente, no puedes esperar que me case contigo, pero ya no hay riesgo de que me deshereden. Ahora soy escandalosamente rico, querida.

Su padre, el marqués, la había llamado «querida». Y había empleado aquel mismo tono condescendiente. Victoria refrenó el impulso de escupirle a la cara y dijo:

—¡Qué maravilla!

Robert siguió como si no la hubiera oído.

—Debo decir que nunca imaginé que volvería a verte en estas circunstancias.

—Yo esperaba no volver a verte —replicó ella.

—La institutriz —dijo él en tono extrañamente pensativo—. ¡Qué posición tan curiosa y precaria ocupa entre los habitantes de una casa! Ni parte de la familia, ni parte del servicio.

Victoria le fulminó con la mirada.

—Dudo que sepas tan bien como yo lo «curiosa» que es la posición de una institutriz.

Él ladeó la cabeza con gesto engañosamente cordial.

—¿Cuánto tiempo hace que te dedicas a esto? Tiene gracia que la flor y nata de Inglaterra te confíe a ti la educación moral de sus hijos.

—Estoy más capacitada para ello que tú, eso desde luego.

Él soltó una brusca risotada.

—Pero yo nunca he fingido ser bueno y leal. Nunca he simulado ser el sueño de un muchacho. —Se inclinó hacia ella y le acarició la mejilla con el dorso de la mano. Su contacto era suave y helado—. Nunca me he hecho pasar por un ángel.

—Sí —contestó ella con voz estrangulada—. Claro que sí. Tú eras todo lo que yo había soñado, todo lo que deseaba. Y lo único que querías...

Los ojos de Robert brillaron peligrosamente cuando la atrajo hacia sí.

—¿Qué es lo que quería, Victoria?

Ella volvió la cabeza, negándose a contestar.

Robert la soltó bruscamente.

—Supongo que no tiene sentido reincidir en ilusiones absurdas.

Ella se rio sin ganas.

—¿Ilusiones, tú? Lamento mucho que no pudieras llevarme a la cama. Sin duda te rompió el corazón.

Él se inclinó hacia delante con mirada amenazadora.

—Nunca es tarde para soñar, ¿no crees?

—Ese sueño nunca lo verás cumplido.

Robert se encogió de hombros, y Victoria comprendió por su expresión que aquello le traía sin cuidado.

—¡Dios mío, qué poco significaba para ti!, ¿verdad?

Robert se quedó mirándola, incapaz de creer lo que estaba oyendo. Victoria lo había sido todo para él. Todo. Él le había prometido la luna, y de todo corazón. La había amado tanto que habría encontrado un modo de arrancar del cielo aquella esfera y entregársela en bandeja, si ella se lo hubiera pedido.

Pero Victoria nunca le había querido, en realidad. Solo la seducía la idea de casarse con un conde rico.

—Torie... —dijo, preparándose para reprenderla con toda severidad.

Ella no le dio oportunidad.

—¡No me llames Torie! —estalló.

—Si no recuerdo mal, fui yo quien te puso ese apelativo —le recordó Robert.

—Y renunciaste al derecho a usarlo hace siete años.

—¿Que yo renuncié? —preguntó él, atónito por que ella intentara echarle la culpa de lo sucedido. El recuerdo de aquella noche patética cruzó velozmente por su cabeza. La había esperado en medio del frío de la noche. La había esperado más de una hora, lleno de amor, de deseo, de ilusiones. Y ella se había ido a dormir. Se había ido a dormir sin preocuparse por él lo más mínimo.

Presa de la furia, clavó los dedos en su carne y la atrajo hacia sí.

—Pareces haber olvidado oportunamente lo que sucedió entre nosotros, Torie.

Ella apartó el brazo con una fuerza que le sorprendió.

—He dicho que no me llames así. Ya no soy esa. Hace años que no lo soy.

Él torció la boca sin humor.

—¿Y ahora quién eres, entonces?

Victoria le miró un momento, intentando a todas luces decidir si debía o no responder a su pregunta. Por fin dijo:

—Soy la señorita Lyndon. O Lyndon a secas, últimamente. Ya ni siquiera soy Victoria.

Robert recorrió su cara con la mirada. Apenas reconocía lo que veía en ella. Su semblante poseía ahora cierta fortaleza que no tenía a los diecisiete años. Y la firmeza de sus ojos le ponía nervioso.

—Tienes razón —dijo, encogiéndose de hombros a propósito—. Tú no eres Torie. Seguramente nunca lo fuiste.

Victoria frunció los labios y se negó a contestar.

—Y te estoy muy agradecido por ello —prosiguió él con voz grandilocuente y burlona.

Ella posó los ojos en su cara.

Robert levantó la mano como si brindara.

—¡Por Victoria Mary Lyndon! Por darme una educación que no debería faltarle a ningún hombre.

Victoria sintió una náusea y dio un paso atrás.

—No hagas esto, Robert.

—Por demostrarme que las mujeres son vanidosas y necias...

—No, Robert.

—... y que solo sirven para una cosa. —Pasó el pulgar por los labios de Victoria con penosa lentitud—. Aunque admito que cumplen esa labor admirablemente.

Victoria se quedó muy quieta. Intentaba con todas sus fuerzas que su corazón no diera un vuelco al sentir los dedos de Robert sobre sus labios.

—Pero, sobre todo, debo dar las gracias a la señorita Victoria Mary Lyndon por mostrarme el verdadero valor del corazón. Verás, el corazón no es lo que yo pensaba.

—Robert, no quiero oír esto.

Él se movió con sorprendente celeridad y, agarrándola brutalmente por los hombros, la apretó contra el seto.

—Pero vas a oírlo, Victoria. Vas a oír todo lo que tengo que decirte.

Como no podía cerrar los oídos, Victoria cerró los ojos, aunque ello le sirvió de poco: no podía dejar de sentir su arrolladora presencia.

—He aprendido que el corazón solo existe para el dolor. El amor es el sueño de un poeta, pero el dolor... —Sus dedos se crisparon sobre los hombros de Victoria—. El dolor es real.

Sin abrir los ojos, ella susurró:

—Yo sé más del dolor de lo que sabrás tú nunca.

—¿Te dolió no conseguir hacerte con una fortuna, Victoria? No estoy hablando precisamente de eso. Pero... —Levantó las manos con una floritura—. Ya no siento dolor.

Victoria abrió los ojos.

Él miró fijamente su cara.

—Ya no siento nada.

Ella le sostuvo la mirada, sus ojos tan duros como los de él. Aquel era el hombre que la había traicionado. Le había prometido la luna, y al final le había robado el alma. Quizá ella no fuera muy noble, porque se alegraba de que se hubiera vuelto tan amargado, de que su vida fuera infeliz.

¿Ya no sentía nada? Ella dijo exactamente lo que sentía.

—Muy bien.

Él levantó una ceja al detectar una nota de picardía en su voz.

—Veo que no te he juzgado mal.

—Adiós, Robert. —Un giro a la derecha, dos a la izquierda y otra vez a la derecha. Victoria dio media vuelta y se alejó de allí.

Robert pasó una hora en el laberinto con la mirada perdida y el cuerpo inerme.

Torie... El solo eco de su nombre le hacía temblar.

Había mentido al decirle que ya no sentía nada. Al verla de nuevo allí sentada, en el laberinto, había experimentado tal arrebato de placer y alegría como si ella pudiera llenar el vacío que se había apoderado de él hacía siete años.

Pero, naturalmente, era ella quien le había vaciado el corazón.

Él había intentado borrar su recuerdo con otras mujeres, aunque nunca, para desespero de su padre, con ninguna susceptible de convertirse en su esposa. Se había relacionado con viudas, cortesanas y cantantes de ópera. Incluso había pagado por la compañía de mujeres parecidas a Victoria, como si una densa cabellera negra y unos ojos azules pudieran cerrar la grieta que sentía en el alma. Y a veces, cuando el dolor era especialmente intenso, perdía el dominio de sí mismo y la llamaba en el ardor de la pasión. Era embarazoso, aunque ninguna de sus amantes había cometido la indiscreción de mencionarlo. Siempre recibían una gratificación mayor cuando eso sucedía, y se limitaban a redoblar sus esfuerzos por complacerle.

Pero ninguna de aquellas mujeres le había hecho olvidar. No pasaba un solo día sin que pensara en Victoria. En su risa, en sus sonrisas.

En su traición. La única cosa que jamás podría perdonar.

Torie... Aquella espesa melena negra. Aquellos ojos azules y brillantes. Los años solo la habían vuelto más hermosa.

Y él la deseaba.

Que el cielo se apiadara de él: aún la deseaba.

Pero también quería venganza.

No sabía, sin embargo, cuál de aquellas dos cosas ansiaba más.

5

Al despertar a la mañana siguiente, Victoria solo pensaba en una cosa: quería mantenerse lo más alejada posible de Robert Kemble, conde de Macclesfield.

No buscaba venganza. Ni disculpas. Solo quería no tener que verle.

Confiaba en que Robert sintiera lo mismo. Bien sabía Dios que la noche anterior parecía extrañamente furioso con ella. Victoria se encogió de hombros; no se explicaba por qué estaba tan enfadado. Imaginaba que había herido su orgullo viril. Seguramente ella era la única con la que sus artes de seducción habían fracasado.

Se vistió rápidamente y mientras lo hacía intentó mentalizarse para desayunar con Neville, una tarea siempre ingrata. Aquel crío había aprendido a quejarse de una experta en remilgos: su madre. Cuando los huevos no estaban demasiado fríos, el té estaba demasiado caliente o...

Llamaron enérgicamente a la puerta y Victoria se giró al instante. Los latidos de su corazón se habían triplicado de pronto. Sin duda, Robert no tendría la audacia de ir a buscarla a su cuarto. Se mordió el labio inferior al acordarse de su actitud bochornosa. Quizá sí: tal vez metiera hasta aquel punto la pata.

Victoria se puso furiosa. Algo así podía costarle el empleo, y a diferencia de Robert ella no era escandalosamente rica. Cruzó la habitación con paso vivo y abrió la puerta de golpe.

—¿Qué? —preguntó en tono seco.

—¿Cómo dice, señorita Lyndon?

—¡Ah! Lady Hollingwood, discúlpeme. Creía que era... Quiero decir que... —Abatida, dejó la frase a medias. A ese paso, no haría falta que la despidieran gracias a Robert. Se las estaba ingeniando muy bien ella solita.

Lady Hollingwood inclinó la cabeza imperiosamente y entró en el cuarto sin esperar invitación.

—He venido a hablarle sobre su desafortunada desaparición de anoche.

—El señorito Neville me llevó al laberinto, señora. No pude salir.

—No intente obligar a un niño de cinco años a cargar con las culpas de sus propios actos.

Victoria cerró los puños.

—¿Se da usted cuenta —continuó lady Hollingwood— de las muchas molestias que me causó? Tenía la casa llena de invitados a los que atender y me vi obligada a ausentarme para acostar a mi hijo. Cosa que debería haber hecho usted.

—Lo habría hecho, señora —repuso Victoria, intentando no rechinar los dientes—, pero estaba atrapada en el laberinto. Seguramente sabrá...

—Puedo considerarlo mi última advertencia, señorita Lyndon. Estoy muy descontenta con su trabajo. Un error más y me veré obligada a echarla. —Lady Hollingwood giró sobre sus talones y salió al pasillo. Luego se volvió para decir—: Sin carta de recomendación.

Victoria se quedó mirando el vano de la puerta varios segundos antes de lanzar por fin un profundo suspiro. Tendría que buscar otro empleo. Aquello era inaceptable. Insoportable. Era...

—Victoria. —Robert apareció en la puerta.

—El día va de mal en peor —masculló ella.

Robert levantó una ceja con insolencia, mirando el reloj de su mesita de noche.

—Vamos, tan mal no puede ir a estas horas de la mañana.

Ella intentó pasar a su lado.

—Tengo que ir a trabajar.

—¿A dar de comer al pequeño Neville? —La agarró del brazo y cerró la puerta con el pie a su espalda—. No hace falta. Neville ha ido a montar a caballo con mi buen amigo Ramsay, que se ha ofrecido amablemente a entretener al mocoso toda la mañana.

Victoria cerró los ojos un momento y soltó el aire. Los recuerdos la embargaron de repente. Robert siempre había sido tan ordenado, siempre tan atento a los más pequeños detalles... Debería haber sabido que, si quería verla a solas, encontraría un modo de entretener a Neville.

Cuando volvió a abrir los ojos, Robert estaba examinando distraídamente un libro que había sobre su mesita de noche.

—¿Ya no lees novelas de amor? —preguntó levantando el libro, un tratado de astronomía bastante árido.

Ella levantó la barbilla un ápice.

—No, ya no me interesan.

Robert siguió hojeando el libro.

—No sabía que te gustara la astronomía.

Victoria tragó saliva; no quería decirle que la luna y las estrellas hacían que se sintiera más próxima a él. O, mejor dicho, a la persona que había creído que era.

—Milord —dijo con un suspiro—, ¿por qué hace esto?

Él se encogió de hombros al sentarse sobre la pequeña cama.

—¿El qué?

—¡Esto! —Levantó los brazos—. Venir a mi habitación. Sentarte en mi cama. —Parpadeó como si acabara de darse cuenta de lo que estaba haciendo Robert—. Estás en mi cama. ¡Levántate, por el amor de Dios!

Él sonrió despacio.

—Oblígame.

—No vas a hacerme caer en la trampa. No soy tan infantil.

—¿No? —Se recostó en la almohada y cruzó los tobillos—. Descuida. Mis botas están limpias.

Victoria entornó los ojos; luego recogió la jofaina llena de agua que usaba para lavarse y la vació sobre la cabeza y el pecho de Robert.

—Lo retiro —dijo ácidamente—. Puedo ser muy infantil cuando la ocasión lo exige.

—¡Santo cielo, mujer! —farfulló Robert, levantándose de un salto. El agua le caía a chorros por la cara y empapaba su corbata y su camisa.

Victoria se apoyó en la pared y cruzó los brazos, muy satisfecha de su obra.

—¿Sabes? —dijo con una sonrisa de complacencia—. Creo que tal vez las cosas no vayan tan mal, después de todo.

—¡No te atrevas a volver a hacer algo así! —bramó él.

—¿Por qué? ¿Acaso he mancillado tu honor? No sabía que lo tuvieras.

Robert se acercó a ella con aire amenazador. Victoria habría huido como una cobarde, posiblemente, de no haber estado de espaldas a la pared.

—Vas a lamentar lo que has hecho —dijo él con ferocidad.

Victoria no pudo evitarlo. Soltó una risita.

—Robert —dijo, usando su nombre sin darse cuenta—, nada conseguirá que me arrepienta de lo que he hecho. Guardaré para siempre este recuerdo en mi memoria. Será como un tesoro. De hecho, puede que sea lo que menos lamento de...

—Victoria, cállate —le ordenó él.

Ella obedeció, pero no dejó de sonreír con satisfacción.

Robert recorrió el corto trecho que los separaba, hasta que estuvieron muy cerca.

—Ya que me has mojado —le recriminó con un murmullo ronco—, bien podrías secarme.

Victoria se hizo a un lado.

—Necesitas una toalla... Te prestaré una encantada.

Robert volvió a colocarse delante de ella y le tocó la barbilla con los dedos. Su cuerpo estaba caliente, pero sus ojos lo estaban aún más.

—He esperado esto una eternidad —murmuró, apretándose contra la joven.

El agua de su ropa empapó el vestido de Victoria, pero ella solo sintió el ardor de su cuerpo.

—No —susurró—. No lo hagas.

Robert tenía una extraña mirada de desesperación.

—No puedo evitarlo —replicó con aspereza—. Que Dios me ayude, no puedo evitarlo.

Sus labios se acercaron a los de ella con agónica lentitud. Se detuvo un momento cuando estaba a un suspiro de su boca, como si intentara refrenarse en el último instante. Luego apartó las manos de sus brazos con asombrosa velocidad y, asiendo la cabeza de Victoria, besó su boca.

Hundió las manos en su densa cabellera sin darse cuenta de que las horquillas caían al suelo con un tintineo. Su cabello parecía el mismo: sedoso y espeso, dotado de un olor capaz de enloquecerle. Murmuró su nombre una y otra vez, olvidando por un momento que la odiaba, que ella le había abandonado antaño, que era el motivo por el que su corazón llevaba muerto siete largos años. Llevado únicamente por el instinto, su cuerpo no podía hacer otra cosa que reconocer a Torie, que comprender que la tenía entre sus brazos y que aquel era el lugar al que pertenecía.

La besó con violencia, intentando saciarse de su esencia para compensar los años perdidos. La apretaba con las manos, recorría su cuerpo, intentaba recordar y guardar en la memoria cada curva.

—Torie —murmuró mientras besaba la línea de su cuello—, nunca he... Ninguna otra mujer...

Victoria dejó caer la cabeza hacia atrás. Su sensatez se había dado a la fuga al primer contacto de los labios de Robert. Creía haber olvidado lo que era estar en sus brazos, sentir el roce de sus labios sobre la piel.

Pero no lo había olvidado. Cada caricia le resultaba dolorosamente familiar, sorprendentemente excitante. Y cuando él la tumbó sobre la cama, ni siquiera pudo protestar.

El peso del cuerpo de Robert la hundía en el colchón. Él deslizó una mano alrededor de su pantorrilla y, apretándola, comenzó a acariciarla por encima de la rodilla.

—Voy a amarte, Torie —dijo con fiereza—. Voy a amarte hasta que no puedas moverte. Voy a amarte hasta que no puedas pensar. —Subió más aún la mano y alcanzó la piel caliente de la parte alta de su muslo, donde acababan las medias—. Voy a amarte como debí hacerlo entonces.

Victoria gimió de placer. Había pasado los últimos siete años sin un solo abrazo, y ansiaba un poco de afecto físico. Sabía lo que era sentirse besada y acariciada, pero hasta ese momento ignoraba cuánto lo había echado de menos. Robert movió la mano, y ella se dio cuenta vagamente de que estaba manipulando sus pantalones, de que se los abría y...

—¡Dios mío, no! —gritó, y le empujó por los hombros. Se vio a sí misma con él desde lo alto. Tenía las piernas abiertas y Robert se había acomodado entre ellas—. No, Robert —repitió al tiempo que luchaba por desasirse de él—. No puedo.

—No me hagas esto —la advirtió él con los ojos todavía vidriosos por la pasión—. No me provoques y...

—Esto es lo único que has querido siempre, ¿verdad? —preguntó ella, escapando de la cama—. Lo único que querías de mí.

—Era una de las cosas que quería, desde luego —masculló él con expresión dolorida.

—¡Dios mío! Soy tan estúpida... —Cruzó los brazos sobre el pecho en una maniobra defensiva—. A estas alturas ya debería haber escarmentado.

—Lo mismo digo —contestó él con amargura.

—Márchate, por favor.

Él se detuvo de camino a la puerta, solo por llevarle la contraria.

—¿Por favor? ¡Cuánta amabilidad!

—Robert, te lo estoy pidiendo lo más amablemente que puedo.

—Pero ¿por qué pedirme que me marche? —Dio un paso hacia ella—. ¿Por qué resistirse, Torie? Me deseas y tú lo sabes.

—¡Eso no es lo que importa! —Victoria se dio cuenta horrorizada de lo que acababa de confesar. Hizo un esfuerzo por bajar la voz y, sin saber muy bien cómo había logrado articular palabra, dijo—: ¡Por amor de Dios, Robert! ¿Eres consciente de lo que estás haciendo? Estoy a un paso de que me despidan. No puedo permitirme perder este empleo. Si te encontraran en mi habitación, me pondrían de patitas en la calle.

—¿De veras? —Parecía intrigado por aquella posibilidad.

Ella habló lentamente, midiendo con cuidado sus palabras.

—Me doy cuenta de que no me tienes mucho aprecio. Pero vete, por favor, aunque solo sea por simple decencia. —Odiaba que pareciera estar suplicándole, pero no tenía otro remedio. Al acabar la fiesta, Robert se marcharía y retomaría su vida. La vida de ella, en cambio, estaba allí.

Él se inclinó hacia delante.

—¿Y qué más te da? Es imposible que estés a gusto trabajando aquí.

Victoria saltó.

—Claro que no me gusta. ¿Crees que disfruto ocupándome de las necesidades del niño de cinco años más monstruoso del mundo? ¿Crees que me gusta que su madre me hable como si fuera un perro? Usa tu cerebro, Robert. Lo que quede de él, al menos.

Robert ignoró el insulto.

—Entonces, ¿por qué te quedas?

—¡Porque no tengo elección! —estalló ella—. ¿Tienes idea de lo que es eso? ¿La tienes? No, claro que no. —Le volvió la espalda, incapaz de mirarle mientras temblaba de emoción.

—¿Por qué no te casas?

—Porque... —Tragó saliva. ¿Cómo iba a decirle que no se había casado porque sabía que ningún hombre podía compararse con él? Aunque su noviazgo hubiera sido una falacia de principio a fin, había sido perfecto, y ella era consciente de que jamás encontraría a nadie que pudiera hacerla tan feliz como había sido durante esos dos meses escasos.

—Vete —dijo con voz apenas audible—. Vete.

—Esto no ha acabado, Torie.

Ella prefirió ignorar que había vuelto a usar su diminutivo intencionadamente.

—Tiene que acabar. No debió empezar nunca.

Robert estuvo mirándola un minuto.

—Has cambiado —dijo por fin.

—No soy la misma chiquilla de la que intentaste aprovecharte, si te refieres a eso. —Se enderezó, alta y erguida—. Han pasado siete años, Robert. Ahora soy otra. Lo mismo que tú, al parecer.

El conde salió de la habitación sin decir una palabra más y recorrió rápidamente el camino entre los aposentos del servicio y el ala de invitados, donde le habían dado una habitación.

¿En qué demonios estaba pensando?

En nada; no había pensado. Esa era la única explicación. ¿Por qué, si no, se las había ingeniado para mantener entretenido al pupilo de Victoria toda la mañana para luego colarse en su habitación?

—Porque ella hace que me sienta vivo —murmuró para sí mismo.

No recordaba la última vez que sus sentidos se habían afinado hasta aquel punto, la última vez que había sentido un arrebato de emoción tan exquisito y embriagador.

No, eso no era del todo cierto. Lo recordaba muy bien. Fue la última vez que la estrechó entre sus brazos. Hacía siete años.

Era en parte un consuelo saber que ella tampoco había sido feliz durante aquellos años. Se había comportado como una pérfida calculadora, empeñada en casarse con un hombre rico, y al final solo había encontrado un mísero puesto de institutriz.

Las cosas le habían ido mal, no había duda. Él podía sentirse muerto por dentro, pero al menos tenía la libertad de hacer lo que quería y cuando quería. Victoria, en cambio, intentaba ansiosamente conservar un empleo que detestaba, con el temor constante de verse despedida sin referencias.

Fue entonces cuando se le ocurrió. Podía tenerla a ella y vengarse al mismo tiempo.

Se le enervó el cuerpo al pensar en estrecharla entre sus brazos, en besar cada palmo de aquel cuerpo delicioso.

Se le aceleró el pensamiento al darse cuenta de que los empleadores de Victoria podían descubrirles con las manos en la masa y de que jamás permitirían que volviera a cuidar de su adorado Neville.

Victoria sería despedida inmediatamente. Robert dudaba de que volviera con su padre. Tenía demasiado orgullo para eso. No, se quedaría sola, sin nadie a quien recurrir.

Salvo a él.

Esta vez necesitaba un plan excelente.

Llevaba dos horas tumbado en la cama, inmóvil, ignorando las llamadas a la puerta, haciendo caso omiso del reloj, que indicaba que ya no le servirían el desayuno. Sencillamente, puso las manos detrás de la cabeza, se quedó mirando el techo y empezó a maquinar.

Si quería llevarse a Victoria a la cama, tendría que engatusarla. Eso no era problema. Había pasado los siete años anteriores en Londres y sabía perfectamente cómo mostrarse encantador.

Se le consideraba, de hecho, uno de los hombres más encantadores de toda Gran Bretaña, razón por la cual nunca le faltaba compañía femenina.

Pero Victoria planteaba un nuevo desafío. Desconfiaba profundamente de él y parecía pensar que lo único que quería era seducirla. Lo cual no estaba muy lejos de la verdad, desde luego, pero permitir que siguiera convencida de que sus motivos eran tan impuros no contribuiría a su causa.

Primero tendría que ganarse de nuevo su amistad. La idea le resultaba extrañamente atractiva, a pesar de que se excitaba físicamente con solo pensar en ella.

Victoria intentaría rechazarle. De eso estaba seguro. Mmm... Tendría que ser encantador y persistente. De hecho, posiblemente tendría que ser más persistente que encantador.

Por fin se levantó de la cama, se echó un poco de agua helada en la cara y salió de su habitación con un único objetivo.

Encontrar a Victoria.

Estaba sentada a la sombra de un árbol, tan bonita y candorosa que verla rompía el corazón, pero Robert intentó ignorar esto último. Neville estaba a unos veinte metros de allí, gritando algo acerca de Napoleón y blandiendo como un loco un sable de juguete. Victoria vigilaba al niño con un ojo y con el otro miraba un cuadernillo en el que iba escribiendo despacio.

—No parece un trabajo tan odioso —comentó Robert al acomodarse en el suelo, junto a ella—. Sentarse a la sombra de un árbol, disfrutar del sol de la tarde...

Ella suspiró.

—Creía haberte dicho que me dejaras en paz.

—No exactamente. Creo que dijiste que me fuera de tu habitación. Cosa que hice.

Victoria le miró como si fuera el mayor tonto del mundo.

—Robert... —dijo sin necesidad de acabar la frase. Su tono acongojado lo decía todo.

Él se encogió de hombros.

—Te echaba de menos.

Al oír aquello, ella se quedó boquiabierta.

—Por favor, intenta decir algo mínimamente creíble.

—¿Disfrutar del aire del campo? —Se recostó hacia atrás, apoyándose en los codos.

—¿Cómo puedes venir y ponerte a charlar tranquilamente?

—Creía que eso era lo que hacían los amigos.

—Nosotros no somos amigos.

Él sonrió con picardía.

—Podríamos serlo.

—No —dijo ella con firmeza—. No podríamos.

—Vamos, vamos, Torie, no te alteres.

—No me estoy... —Se interrumpió, consciente de que se estaba alterando. Carraspeó y consiguió modular la voz con cuidado—. No me estoy alterando.

Robert le sonrió con exasperante condescendencia.

—Robert...

—Me gusta cómo suena mi nombre en tus labios. —Suspiró—. Siempre me ha gustado.

—Milord... —gruñó ella.

—Eso está aún mejor. Implica cierta sumisión que resulta de lo más atrayente.

Victoria dejó de intentar comunicarse con él y le dio la espalda.

—¿Qué estás escribiendo? —preguntó Robert por encima de su hombro.

Victoria se envaró al sentir su aliento en la nuca.

—Nada que te interese.

—¿Es un diario?

—No. Márchate.

Robert prefirió la persistencia al encanto y estiró el cuello para ver mejor.

—¿Estás escribiendo sobre mí?

—Ya te he dicho que no es un diario.

—No te creo.

Victoria se dio la vuelta.

—¿Te importaría dejar de incordiarme...? —Se paró en seco al encontrarse cara a cara con él, con las narices pegadas. Se apartó.

Robert sonrió.

Ella se apartó otra vez.

Él sonrió aún más.

Ella volvió a apartarse. Y se cayó de espaldas.

Robert se levantó de un salto y le ofreció la mano.

—¿Te ayudo?

—¡No! —Victoria se enderezó, agarró su manta y se fue a otro árbol. Allí se sentó con la esperanza de que Robert se diera por aludido, aunque lo dudaba.

Robert, naturalmente, no se inmutó.

—Aún no me has dicho qué estás escribiendo —dijo al sentarse a su lado.

—¡Santo cielo! —Le puso el cuaderno en las manos—. Léelo, si tantas ganas tienes.

Él echó un vistazo a los renglones y levantó una ceja.

—Planes de lecciones.

—Soy institutriz. —Seguramente nunca había usado un tono más sarcástico.

—Pues se te da bastante bien —comentó él.

Ella levantó los ojos al cielo.

—¿Cómo se aprende a ser institutriz? —preguntó él—. No hay ninguna academia de institutrices.

Victoria cerró los ojos un momento, intentando contener una oleada de nostalgia. Aquella era la clase de pregunta que le habría hecho Robert cuando eran más jóvenes.

—No sé cómo lo hacen las demás —contestó finalmente—. Pero yo intento emular a mi madre. Ella nos enseñó a Ellie y a mí antes de morir. Y luego yo la sustituí y seguí dando clases a Ellie hasta que ya no tuve nada más que enseñarle.

—No puedo creer que se te acaben las cosas que enseñar.

Victoria sonrió.

—A los diez años, Ellie me enseñaba matemáticas a mí. Siempre ha sido muy... —Se interrumpió, horrorizada por lo cómoda que se sentía con él desde hacía unos minutos. Se puso rígida y añadió—: Da igual.

Robert levantó una de las comisuras de su boca en una sonrisa sagaz, como si supiera exactamente lo que estaba pensando. Volvió a mirar el cuaderno y pasó una página.

—Está claro que te enorgulleces de lo que haces —dijo él—. Creía que odiabas este empleo.

—Y así es. Pero aun así procuro hacerlo lo mejor posible. Lo contrario sería injusto para Neville.

—Neville es un niño mimado.

—Sí, pero se merece una buena educación.

Robert se quedó mirándola, sorprendido por sus convicciones. Era una bella calculadora cuya única premisa para encontrar marido era el dinero. Sin embargo, se esforzaba con ahínco para asegurarse de que un crío detestable recibía una buena educación.

Le devolvió el cuaderno.

—Ojalá yo hubiera tenido una institutriz como tú.

—Seguro que eras peor que Neville —replicó ella. Pero sonrió al decirlo.

A él le dio un vuelco el corazón, y tuvo que recordarse que no le gustaba Victoria, que estaba allí con el único propósito de seducirla y deshonrarla.

—Imagino que ese pequeñuelo no tiene nada que no pueda arreglarse con un poco de disciplina.

—Ojalá fuera tan fácil. Lady Hollingwood me ha prohibido castigarle.

—Lady Hollingwood es una cabeza de alcornoque, como diría mi primita Harriet.

—¿Por qué has venido a su fiesta, entonces? Estaba fuera de sí por que fuera a venir un conde.

—No lo sé. —Se quedó callado un momento; luego se inclinó hacia ella—. Pero me alegro de haber venido.

Victoria no se movió durante unos segundos; no habría podido moverse aunque su vida hubiera dependido de ello. El roce de su aliento en la mejilla era una sensación tan conocida y dolorosa...

—No me hagas esto —susurró.

—¿El qué? —Se echó un poco hacia delante y rozó su mejilla con los labios en una caricia suave como una pluma.

—¡No! —dijo ella bruscamente, recordando la angustia que le había causado su abandono años antes. No quería que volviera a romperle el corazón. Ni siquiera lo tenía aún remendado por completo desde su último encuentro. Se apartó de él y se levantó, diciendo:

—Tengo que atender a Neville. Es imposible saber en qué líos puede meterse.

—Atiéndele, atiéndele —murmuró él.

—¡Neville, Neville!

El niño se acercó al galope.

—¿Sí, Lyndon? —preguntó con insolencia.

Victoria rechinó los dientes un momento, intentando obviar su grosería. Hacía tiempo que había desistido de intentar que la llamara señorita Lyndon.

—Neville, vamos a...

Pero no pudo acabar, porque en el espacio de un segundo, Robert se levantó y se cernió sobre el pequeño.

—¿Qué has dicho? —preguntó—. ¿Cómo te has dirigido a tu institutriz?

Neville se quedó boquiabierto.

—La he llamado... La he llamado...

—La has llamado Lyndon, ¿no es así?

—Sí, señor. Yo...

—¿Te das cuenta de la falta de respeto que eso supone?

—No, señor. Yo...

—La señorita Lyndon trabaja mucho para ocuparse de ti y darte una educación, ¿no es cierto?

Neville intentó hablar, pero no le salió la voz.

—De ahora en adelante, la llamarás señorita Lyndon. ¿Entendido?

Para entonces, Neville le miraba con una expresión que oscilaba entre el asombro y el terror. Asintió con la cabeza furiosamente.

—Bien —dijo Robert con firmeza—. Ahora, dame la mano.

—¿Darle la mano, señor?

—Sí. Estrechando mi mano, prometes oficialmente dirigirte a la señorita Lyndon como es debido, y un caballero jamás falta a su palabra, ¿verdad?

Neville alargó su manita.

—No, señor.

Se estrecharon las manos y luego Robert le dio una palmadita en la espalda.

—Corre a tu cuarto, Neville. La señorita Lyndon irá enseguida.

Neville volvió a la casa prácticamente a la carrera, dejando a Victoria boquiabierta e inmóvil. Se volvió hacia Robert, atónita.

—¿Qué has...? ¿Cómo has...?

Robert sonrió, radiante.

—Solo intentaba echarte una mano. Espero que no te moleste.

—¡No! —dijo Victoria con gran emoción—. No, no me molesta. Gracias. Gracias.

—Ha sido un placer, te lo aseguro.

—Será mejor que vaya a ver qué hace Neville. —Victoria dio unos pasos hacia la casa, luego se volvió, con expresión todavía aturdida—. ¡Gracias!

Robert se apoyó en el tronco del árbol, muy satisfecho con sus progresos. Victoria no podía parar de darle las gracias. Aquello era sumamente satisfactorio.

Debería haber puesto al niño en su sitio hacía una eternidad.

6

Pasó un día entero antes de que Victoria volviera a verle. Un día entero esperando, haciéndose preguntas, soñando con él, a pesar de que sabía que no debía hacerlo.

Robert Kemble le había roto el corazón una vez, y no había ninguna razón para creer que no pudiera volver a rompérselo.

Robert... Tenía que dejar de pensar en él de aquel modo. Era el conde de Macclesfield, y su título dictaba su conducta de una manera que ella jamás podría entender.

Por eso la había rechazado, por eso no había contemplado seriamente en ningún momento la posibilidad de casarse con la hija de un vicario. Por eso, seguramente, también le había mentido. En los últimos años, Victoria había descubierto que, entre los hombres de la nobleza, seducir a jovencitas inocentes se consideraba una especie de deporte. Robert se había limitado a seguir las reglas del mundo en el que vivía.

Su mundo. No el de ella.

Sin embargo, había resuelto sus problemas con Neville. Y no tenía por qué hacerlo, desde luego. El niño la trataba ahora como si fuera la reina. Victoria no había tenido un día tan tranquilo en toda su carrera como institutriz.

Sabía, naturalmente, que los héroes debían matar dragones, recitar versos y todo eso, pero tal vez, solo tal vez, para ser un héroe únicamente hacía falta conseguir que el niño de cinco años más rebelde del mundo se portara bien.

Victoria sacudió la cabeza. No podía permitirse poner a Robert en un pedestal. Y si él intentaba volver a verla a solas, tendría que rechazarle. Daba igual que su corazón aleteara cada vez que le veía, que su pulso se acelerara, que su...

Se obligó a parar y procuró concentrarse en el asunto que la ocupaba. Neville y ella estaban dando su paseo diario por la finca de los Hollingwood. Por primera vez desde que recordaba, él no la había pisado, ni había atravesado con un palo a algún pobre insecto. Y la llamaba señorita Lyndon cada vez que tenía ocasión. Victoria estaba encantada de que al fin hubiera aprendido modales. Quizá todavía hubiera esperanzas para él, a fin de cuentas.

Neville se adelantó corriendo, luego dio media vuelta y regresó a su lado.

—Señorita Lyndon —dijo, muy serio—, ¿tenemos algún plan especial para hoy?

—Me alegra que me lo preguntes, Neville —contestó ella—. Hoy vamos a practicar un juego nuevo.

—¿Un juego nuevo? —La miró con cierta sospecha, como si ya conociera todos los juegos del mundo.

—Sí —dijo ella enérgicamente—, así es. Hoy vamos a hablar de los colores.

—¿De los colores? —preguntó él con esa nota de fastidio de la que solo un niño de cinco años es capaz—. Ya sé todos los colores. —Empezó a enumerarlos—. Rojo, azul, verde, amarillo...

—Vamos a aprender colores nuevos —le cortó ella.

—... ¡morado, naranja...! —empezó a gritar Neville.

—¡Neville Hollingwood! —dijo Victoria con severidad.

Él se calló, cosa que seguramente no habría hecho antes de la intervención de Robert.

—¿Vas a prestarme atención? —preguntó Victoria.

Neville asintió con la cabeza.

—Excelente. Bien, hoy vamos a estudiar el color verde. Hay muchos tonos distintos de verde. Por ejemplo, las hojas de ese árbol de allí no son del mismo color que la hierba que pisamos, ¿no es cierto?

La cabecita de Neville se movió a un lado y a otro, entre él árbol y la hierba.

—No —contestó, como si no pudiera creer lo que estaba viendo—. No son del mismo color. —Levantó la vista, emocionado—. Y tampoco son del mismo color que la lista de su vestido.

—Muy bien, Neville. Estoy muy orgullosa de ti.

Él sonrió de oreja a oreja.

—Vamos a ver cuántos tonos distintos de verde encontramos. Y cuando hayamos acabado, buscaremos nombres para todos esos verdes.

—En las piedras del estanque hay musgo.

—Sí, en efecto. A ese verde lo llamaremos «verde musgo».

—¿Cómo se llama el verde de su vestido?

Victoria bajó la mirada y observó su oscuro vestido.

—Creo que se llama «verde bosque».

Él entornó los ojos, receloso.

—Es mucho más oscuro que el bosque.

—De noche, no.

—Yo nunca he estado en el bosque de noche.

Victoria sonrió.

—Yo sí.

—¿Sí? —La miró con nuevo respeto.

—Mmm... Bueno, ¿qué otros colores se te ocurren?

—¿Y el vestido que llevaba mi mamá esta mañana? Era de un color asqueroso, pero era verde.

Victoria se inclinaba a darle la razón respecto al vestido de lady Hollingwood, pero no pensaba decírselo.

—El vestido de tu madre no era asqueroso, Neville —dijo diplomáticamente—. Y a ese color vamos a llamarlo... Bueno, supongo que podría llamarse «verde bilis».

—Bilis. —Dejó que la palabra rodara por su lengua un momento antes de señalar a la derecha de Victoria con su dedo gordezuelo—. ¿Y la levita de ese señor? Eso también es verde.

Victoria notó que se le formaba un nudo en el estómago al volver la cabeza. Soltó un gemido. Tenía que ser Robert. Había al menos una docena de señores en la finca para la fiesta, pero no, tenía que ser Robert quien caminaba hacia ellos.

Y no porque pensara que fuera una coincidencia.

—Buenos días, señorita Lyndon, señorito Neville. —Robert hizo una reverencia.

Victoria inclinó la cabeza, intentando ignorar el aleteo de su corazón y la aceleración de su pulso. Dejó escapar un bufido, enojada consigo misma.

—Bonito saludo —dijo Robert, sonriendo al ver su reacción.

Clavó la mirada en ella, y Victoria sintió que se quedaba sin aire. Seguramente se habría quedado allí petrificada toda la tarde, mirándole a los ojos, si Neville no les hubiera interrumpido.

—¡Señor! ¡Señor! —gritaba desde abajo.

Victoria y Robert bajaron la mirada con esfuerzo.

—Estamos estudiando los colores —dijo Neville con orgullo.

—¿Ah, sí? —Robert se agachó hasta que sus ojos quedaron al nivel de los del niño—. ¿Sabías que los objetos tienen color debido a ciertas propiedades de la luz? A oscuras no se ven colores. Los científicos llaman a ese concepto «teoría de las ondas lumínicas». Es un descubrimiento relativamente nuevo.

Neville parpadeó.

—Milord —dijo Victoria, incapaz de contener una sonrisa. A Robert siempre le habían apasionado tanto las ciencias...—, puede que eso esté un poco fuera del alcance de un niño de cinco años.

Él la miró avergonzado.

—Ah, sí, claro.

Neville tosió, esperando visiblemente que la conversación volviera al tema que los ocupaba.

—Hoy —dijo con firmeza—, estamos descubriendo el verde.

—¿El verde, dices? —Robert levantó el brazo y fingió mirarse la manga con gran interés—. Yo voy vestido de verde.

Neville sonrió, encantado por las atenciones de Robert.

—Sí, precisamente estábamos hablando de usted.

Robert lanzó a Victoria una mirada sagaz.

—¿Ah, sí?

—Sí. —Neville también se volvió hacia ella—. Señorita Lyndon, ¿verdad que estábamos hablando de la levita de Su Excelencia?

—Tú sí, desde luego —contestó ella, nada divertida.

El niño le tiró de la manga.

—¿Qué tipo de verde es?

Victoria miró la levita de Robert, una prenda tan bien cortada que podía considerarse una obra de arte.

—Verde botella, Neville. Se llama «verde botella».

—Verde botella —repitió él—. Hasta ahora he aprendido el verde botella, el verde musgo y el verde bilis, que yo llamaré «verde asqueroso»...

—¡Neville! —le reprendió Victoria.

—Está bien —suspiró él—. No lo llamaré «verde asqueroso». Pero... —De pronto miró a Robert—. ¿Sabe de qué color es la lista del vestido de la señorita Lyndon?

Robert posó la mirada sobre la lista, que daba la casualidad de que se hallaba en el corpiño.

—No —dijo, sin mirar de nuevo a Neville—. No lo sé.

Victoria refrenó el impulso de taparse los pechos con las manos. Era absurdo, lo sabía, porque iba completamente vestida, pero tenía la sensación de que Robert veía su piel.

—Es verde bosque —proclamó Neville—. Y la señorita Lyndon lo sabe muy bien porque ha estado en el bosque de noche.

Robert enarcó una ceja.

—¿De veras?

Victoria tragó saliva penosamente y procuró no recordar aquellas noches mágicas en las que salía a hurtadillas de su habitación y corría por los bosques de Kent en compañía de Robert. Era imposible, por supuesto. Aquellos recuerdos desfilaban patéticamente por su cabeza todos los días.

—No se ven los colores en la oscuridad —dijo ella con terquedad—. Lo ha dicho el señor conde.

—Pero usted ha dicho que el verde bosque era tan oscuro como el bosque por la noche —insistió Neville.

—Tal vez, si sale la luna —sugirió Robert—, pueda verse un poco de color. Sería muy romántico.

Victoria le miró con enojo antes de volverse hacia el niño.

—Neville —dijo, y su voz le sonó extraña—, estoy segura de que al conde no le interesan nuestros juegos de colores.

Robert esbozó lentamente una sonrisa.

—Me interesa todo lo que hagan.

Victoria tiró de la mano de Neville.

—No debemos entretener a Su Excelencia. Sin duda tendrá muchas cosas importantes que hacer. Cosas que no nos atañen.

Neville no se movió. Miró a Robert y preguntó:

—¿Está usted casado?

Victoria tosió y logró decir:

—Neville, eso no es asunto nuestro.

—No, Neville, no estoy casado —contestó Robert.

El niño ladeó la cabeza.

—Pues quizá debería pedírselo a la señorita Lyndon. Así podría vivir aquí, con nosotros.

Robert se esforzó visiblemente por contener la risa.

—Se lo pedí una vez.

—¡Ay, Dios! —refunfuñó Victoria. Las cosas no podían ir peor.

—¿En serio? —preguntó Neville.

Robert se encogió de hombros.

—Ella no quiso.

Neville volvió la cabeza bruscamente para mirar a Victoria.

—¿Le dijo que no? —Su voz se elevó hasta un grito agudo al pronunciar la última palabra.

—Yo... yo... yo... —tartamudeó ella, incapaz de articular palabra.

—¿Señorita Lyndon? —insistió Robert, que parecía no habérselo pasado tan bien desde hacía años.

—Yo no dije que... ¡Oh, por el amor de Dios! —Victoria le miró con furia—. Debería darle vergüenza, milord.

Él se hizo el inocente.

—¿Vergüenza?

—Utilizar a un niño así para satisfacer su... su...

—¿Mi qué?

—Su necesidad de molestarme. Es inadmisible.

—Caramba, señorita Lyndon, me ofende que piense que soy capaz de rebajarme hasta ese punto.

—No hace falta que se rebaje —contestó ella con frialdad—. Siempre ha estado usted entre el arroyo y el infierno.

—¿Ha dicho «infierno»? —gritó Neville.

Robert empezó a estremecerse, intentando sofocar la risa.

—Neville, nos vamos a casa ahora mismo —dijo Victoria con gran firmeza.

—Pero ¿y mis colores? Quiero acabar con el verde.

Ella le agarró de la mano y echó a andar hacia la casa llevándole a rastras.

—Tomaremos el té en el saloncito verde. —No se molestó en mirar hacia atrás. No le apetecía ver a Robert partiéndose de risa.

Si lo que pretendía Robert era atormentarla hasta volverla loca, pensó Victoria ese día, algo más tarde, lo estaba haciendo a las mil maravillas.

No se le pasó por la cabeza que pudiera ir a buscarla de nuevo a su habitación; le había dejado bien claro que tal comportamiento era inaceptable. Pero evidentemente a él le traía sin cuidado, porque a la una en punto, mientras Neville daba su clase de equitación, se coló en su cuarto sin poner siquiera cara de mala conciencia.

—¡Robert! —exclamó Victoria.

—¿Estás ocupada? —preguntó él al cerrar la puerta a su espalda con expresión de perfecta inocencia.

—¡Ocupada! —gritó ella—. ¡Sal de aquí!

—Si no querías compañía, deberías haber cerrado con llave.

—Puedes estar seguro de que adoptaré esa costumbre de aquí en adelante. —Victoria hizo una pausa, intentando disimular su azoramiento. No tuvo éxito—. ¿Qué haces aquí? —gruñó.

Él levantó un plato.

—Te traigo un trozo de tarta de chocolate. Sé lo mucho que te gusta, y no creo que lady Hollingwood sea de las que comparten sus dulces con la institutriz.

—Robert, tienes que irte.

Él no hizo caso.

—Aunque estoy seguro de que lady Hollingwood es consciente de que eres mucho más guapa que ella, y no me extrañaría que intentara hacerte engordar a propósito.

—¿Te has vuelto loco?

—Victoria, eres verdaderamente desagradecida. Y muy maleducada. Me sorprendes.

Victoria pensó que debía de estar en medio de una pesadilla espantosa. Era la única explicación. ¿Robert, dándole lecciones de urbanidad?

—Debo de haber perdido el juicio —masculló—. Si no estás loco tú, debo estarlo yo.

—Tonterías. ¿Qué tiene de malo que dos amigos disfruten de su mutua compañía?

—Ese no es nuestro caso y lo sabes muy bien. —Puso los brazos en jarras—. Y voy a tener que pedirte que dejes de jugar conmigo a juegos estúpidos delante de Neville. No está bien.

Él levantó una mano como si hiciera una promesa solemne.

—No más juegos delante de Neville.

—Gracias.

—Pero le convencí para que te llamara señorita Lyndon, ¿no?

Victoria soltó un suspiro. Estaba muy enfadada con él por sus travesuras de esa tarde, pero su sentido de la justicia exigía que le diera las gracias.

—Sí, Robert, gracias por tu intervención de ayer con Neville, pero...

Él sacudió una mano.

—No fue nada, te lo aseguro.

—Aun así, gracias. Pero...

—Ese niño necesita mano firme.

—Estoy de acuerdo contigo, pero...

—Es una lástima que sea yo quien tenga que hacerlo, cuando deberían ser sus padres quienes cumplieran esa labor.

Ella volvió a poner los brazos en jarras.

—¿Por qué tengo la sensación de que intentas que pare de hablar?

—Puede que sea... —se apoyó tranquilamente en el marco de la puerta— porque sé que intentas deshacerte de mí.

—Exacto.

—Mala idea.

—¿Cómo dices?

—Digo que es mala idea. Muy poco aconsejable.

Ella parpadeó, contrariada.

—Posiblemente es la idea más aconsejable que he tenido en mucho tiempo.

—Pero no querrás verte privada de mi compañía —contestó él.

—Ese es precisamente el fin que espero conseguir.

—Sí, pero sin mí serías muy desgraciada.

—Estoy segura de que puedo juzgar mis emociones con mucha más lucidez que tú.

—¿Te gustaría saber cuál es tu problema con Neville?

—¿A ti te gustaría decírmelo? —preguntó ella sin ocultar una gran dosis de sarcasmo.

—No sabes ponerte severa.

—¿Perdona? Soy institutriz. Me gano la vida poniéndome severa.

Robert se encogió de hombros.

—No se te da muy bien.

Victoria abrió la boca, consternada.

—Llevo siete años trabajando como institutriz. Y por si no lo recuerdas, ayer mismo dijiste que se me daba bastante bien.

—Planificar lecciones y ese tipo de cosas. —Agitó la mano en el aire tranquilamente—. Pero la disciplina... En eso nunca brillarás.

—Eso no es cierto.

—Nunca has sabido ponerte firme de verdad. —Se rio y le acarició la mejilla—. Lo recuerdo con toda claridad. Intentabas regañarme, pero siempre tenías una mirada cariñosa. Y tus labios siempre se levantaban un poco por las comisuras. No creo que sepas cómo fruncir el ceño.

Victoria le miró con desconfianza. ¿Qué estaba tramando? La víspera, al colarse en su habitación, estaba furioso. Pero desde entonces se había mostrado muy afectuoso. Absolutamente encantador.

—¿Me equivoco? —preguntó él, interrumpiendo sus cavilaciones.

Ella le lanzó una mirada astuta.

—Estás intentando seducirme otra vez, ¿no es cierto?

Robert no estaba comiendo ni bebiendo, pero aun así se atragantó, y Victoria tuvo que darle una fuerte palmada en la espalda.

—No puedo creer que digas eso —contestó él por fin.

—¿Es cierto?

—Por supuesto que no.

—O sea que sí.

—Victoria, ¿estás escuchando una sola palabra de lo que te digo?

Antes de que ella pudiera contestar, llamaron a la puerta. Victoria fue presa del pánico al instante. Lanzó una mirada angustiada a Robert, que respondió llevándose el índice a los labios; luego agarró el plato con la tarta, se acercó de puntillas al armario ropero y se metió dentro. Victoria parpadeó, incrédula, mientras lo veía introducirse en él. Robert parecía sumamente incómodo.

—¡Señorita Lyndon! ¡Abra la puerta enseguida! —Lady Hollingwood parecía enfadada—. Sé que está ahí.

Victoria se acercó a la puerta a toda prisa, dando gracias al cielo por que Robert hubiera tenido la desfachatez de cerrarla al entrar.

—Disculpe, lady Hollingwood —dijo al abrir—. Estaba echando una siesta. Suelo hacerlo mientras Neville está en los establos.

Lady Hollingwood entornó los ojos.

—Estoy segura de que la he oído hablar.

—Habrá sido en sueños —se apresuró a decir Victoria—. Mi hermana siempre me decía que mascullaba tanto que la tenía despierta la mitad de la noche.

—¡Qué disparate! —dijo lady Hollingwood con aspavientos y manifestaciones de un inmenso fastidio.

Victoria rechinó los dientes al tiempo que sonreía.

—¿Quería algo en particular, lady Hollingwood? ¿Saber cómo van las lecciones de Neville, quizá?

—Ya le preguntaré por sus progresos el miércoles, como tenemos por costumbre. He venido por un motivo más grave.

A Victoria le dio un vuelco el corazón. Lady Hollingwood iba a despedirla. La había visto con Robert. Tal vez incluso le había visto entrar en su cuarto diez minutos antes. Victoria abrió la boca para hablar, pero no se le ocurrió nada que pudiera alegar en su defensa. Al menos, nada que pudiera hacer mella en lady Hollingwood.

—La señorita Hypatia Vinton se ha puesto enferma —anunció lady Hollingwood.

Victoria parpadeó. ¿Eso era todo?

—Confío en que no sea nada serio.

—En absoluto. Una diarrea o algo por el estilo. Opino que estará bien por la mañana, pero ella insiste en marcharse a casa.

—Entiendo —dijo Victoria mientras se preguntaba qué tenía aquello que ver con ella.

—Ahora nos falta una señora para la cena de mañana por la noche. Tendrá que ocupar usted su lugar.

—¡¿Yo?! —gritó Victoria.

—Es una situación espantosa, pero no se me ocurre qué otra cosa podemos hacer.

—Pero ¿y la cena de esta noche? Seguramente necesitará otra señora.

Lady Hollingwood fijó una mirada muy desdeñosa en la nariz de Victoria.

—Se da la circunstancia de que uno de mis invitados se ha ofrecido a acompañar a Hypatia a casa, así que estaremos los justos. No le servirá de nada intentar conseguir otra invitación, señorita Lyndon. No quiero que moleste a mis invitados más de lo necesario.

Victoria se preguntó por qué lady Hollingwood se había molestado en pedírselo si se avergonzaba tanto de ella.

—Solo era una pregunta, señora —murmuró.

Su empleadora arrugó el ceño.

—Sabe usted comportarse en círculos elegantes, ¿verdad?

—Mi madre era toda una dama, lady Hollingwood —contestó ella con frialdad—. Igual que yo.

—Si me decepciona, no vacilaré en echarla a la calle. ¿Entendido?

Victoria no veía cómo podía dejar de entenderla. Lady Hollingwood amenazaba con despedirla todos los días.

—Sí, desde luego, lady Hollingwood.

—Bien. Supongo que no tendrá nada que ponerse.

—Nada apropiado para la ocasión, señora.

—Haré que le suban alguno de mis vestidos viejos. Creo que le quedarán bastante bien.

Victoria omitió mencionar que lady Hollingwood pesaba al menos cinco kilos más que ella. No le pareció conveniente. Optó por contestar ambiguamente:

—Señora...

—El vestido estará un par de años pasado de moda —comentó lady Hollingwood—, pero nadie dirá nada. A fin de cuentas, es usted la institutriz.

—Por supuesto.

—Bien. Serviremos las bebidas a las ocho y la cena media hora después. Por favor, llegue a las ocho y veinticinco. No quiero que mis invitados se vean obligados a conversar con usted más de lo necesario.

Victoria se mordió la lengua para no decir nada.

—Buenos días, entonces. —Lady Hollingwood salió de la habitación.

Victoria apenas había cerrado la puerta cuando Robert salió del armario.

—¡Esa mala bestia! —exclamó—. ¿Cómo puedes soportarla?

—No me queda otro remedio —gruñó ella.

Robert la miró pensativamente.

—No, supongo que no.

Victoria tuvo de pronto ganas de abofetearle. Una cosa era ser consciente de lo desgraciada que era su suerte, y otra muy distinta que él hiciera comentarios al respecto.

—Creo que será mejor que te vayas —dijo.

—Sí, claro —contestó él—. Tienes cosas que hacer, estoy seguro. Cosas de institutriz.

Ella cruzó los brazos.

—No vuelvas a venir aquí.

—¿Por qué no? El armario no es nada incómodo.

—Robert... —le advirtió ella.

—Muy bien. Pero, primero, un pequeño gesto de gratitud por la tarta de chocolate. —Se inclinó y le dio un rápido y fuerte beso—. Esto me ayudará a pasar la tarde.

Victoria se limpió la boca con el dorso de la mano y dijo entre dientes:

—Cerdo despreciable.

Robert se limitó a reírse.

—Estoy deseando que llegue mañana por la noche, señorita Lyndon.

—No me busques.

Él levantó una ceja.

—No creo que vayas a poder esquivarme.

7

Al ver que esa tarde y la mañana siguiente pasaban sin noticias de Robert, Victoria se dejó persuadir de que tal vez hubiera decidido dejarla en paz.

Pero se equivocaba.

Robert apareció un par de horas antes de la cena. Victoria iba caminando enérgicamente por un pasillo cuando Robert se materializó de pronto delante de sus ojos. Ella dio un salto asustada.

—¡Robert! —exclamó, llevándose una mano a la clavícula para aquietar su corazón acelerado. Respiró hondo y miró a un lado y otro del pasillo para asegurarse de que no había nadie por allí.

—Por favor, no vuelvas a aparecer tan de repente.

Él esbozó una sonrisa viril.

—Me gusta sorprenderte.

—Desearía que no lo hicieras —masculló ella.

—Solamente quería saber qué tal van tus preparativos para tu gran debut en sociedad.

—No es mi gran debut —replicó ella—. Para que lo sepas, estoy temiendo cada segundo de la cena. No simpatizo con la nobleza, y la idea de pasar varias horas en vuestras filas hace que se me hiele la sangre y se me acelere el pulso.

—¿Y qué te ha hecho la nobleza para que le tengas tal desagrado? ¿Acaso no se casó contigo? —Entrecerró los ojos hasta formar con ellos dos rendijas—. Es una lástima que se torcieran tus planes. Maniobraste con tanto ahínco para lograr tu meta...

—No sé a qué te refieres —contestó ella, perpleja.

—¿No? —preguntó él, burlón.

—Tengo que irme. —Se movió a la izquierda para intentar pasar a su lado, pero él le cortó el paso—. ¡Robert!

—No me apetece prescindir de tu compañía.

—¡Oh, por favor! —dijo ella desdeñosamente. Jamás había oído mayor embuste. La mirada de Robert mostraba claramente cuánto la despreciaba.

—¿No me crees? —preguntó él.

—Tus palabras y tu mirada no se ponen de acuerdo. Además, aprendí hace mucho tiempo a no fiarme de una sola palabra que salga de tu boca.

Robert pareció arder de furia.

—¿Qué demonios significa eso?

—Lo sabes muy bien.

Él avanzó, obligándola a retroceder hacia la pared.

—No fui yo quien mintió —dijo en voz baja, clavándole el dedo índice en el hombro.

Victoria le miró con enfado.

—Apártate.

—¿Y perderme esta conversación tan edificante? Creo que no.

—¡Robert! Si alguien nos ve...

—¿Por qué demonios te preocupan siempre tanto las apariencias?

La ira de Victoria aumentó hasta tal punto que comenzó a temblar.

—¿Cómo te atreves a preguntarme eso? —siseó.

—Me atrevo a muchas cosas, querida.

Victoria sentía un hormigueo en la mano. Él tenía la mejilla muy cerca, y estaría tan bonita con una hermosa marca roja encima...

—Voy a pedírtelo una vez más...

—¿Una solamente? Estupendo. Te estás volviendo de lo más tediosa.

—Gritaré.

—¿Y alertar a las multitudes a las que tanto te empeñas en evitar? No te creo.

—Robert...

—¡Oh, por el amor de Dios! —Abrió bruscamente una puerta, la agarró de la mano, la hizo entrar en la habitación y cerró a su espalda—. Ya está. Ahora estamos solos.

—¡¿Estás loco?! —gritó ella. Miraba frenética a su alrededor, intentando descubrir dónde estaba.

—Procura calmarte —contestó él, de pie ante la puerta como un dios implacable—. Esta es mi habitación. Aquí no va a sorprendernos nadie.

Victoria soltó un bufido.

—Esta no es el ala de invitados.

—Lady Hollingwood se quedó sin habitaciones —dijo él, encogiéndose de hombros—. Así que me puso cerca de las habitaciones de la familia. Porque soy conde, dijo.

—Soy muy consciente de tu rango y de todo lo que implica —repuso ella con voz gélida.

Robert dejó pasar la pulla.

—Como iba diciendo, ahora estamos solos y podemos acabar esta conversación sin que te preocupes constantemente por que nos descubran.

—¿Se te ha ocurrido pensar que tal vez no seas de mi agrado? ¿Que quizá eres el motivo por el que no quiero estar a solas contigo?

—No.

—Robert, tengo asuntos de los que ocuparme. No puedo estar aquí.

—No veo cómo vas a marcharte —repuso él, apoyándose contra la puerta.

—Deja de poner en peligro mi empleo. Tú puedes volver a tu privilegiada vida en Londres —dijo ella en voz baja y furiosa—, pero yo no tengo esa alternativa.

Él le acarició la mejilla con insolencia.

—La tendrías, si quisieras.

—¡Basta! —Se apartó de él. Se odiaba a sí misma por disfrutar de su contacto, y le odiaba a él por tocarla. Le dio la espalda—. Me estás ofendiendo.

Él posó con delicadeza las manos sobre sus hombros.

—Pretendía ser el mayor de los cumplidos.

—¡Un cumplido! —estalló ella, apartándose de nuevo—. Tienes una moral muy retorcida.

—Una afirmación muy extraña, viniendo de ti.

—No soy yo quien se pasa la vida intentando seducir a jovencitas inocentes.

Robert replicó diciendo:

—Tampoco soy yo quien intentó vender su alma y su cuerpo a cambio de una fortuna y un título.

—Mira quién habla. Tú, que ya has vendido tu alma.

—Explícate —replicó él entre dientes.

Y entonces, enfurecida por su tono, ella dijo:

—No.

—No me desafíes, Victoria.

—«No me desafíes» —se burló ella—. No estás en situación de darme órdenes. Podrías haberlo estado... —Se interrumpió, y tardó un momento en recobrar la compostura—. Podrías, pero renunciaste a ese derecho.

—¿No me digas?

—No tiene sentido hablar contigo. No sé por qué lo intento siquiera.

—¿No?

—No me toques —replicó Victoria. Sentía que él iba acercándose. Robert irradiaba calor y cierta masculinidad que era solo suya. La piel de Victoria comenzó a cosquillear.

—Sigues intentándolo —dijo él dulcemente—, porque sabes que tenemos un asunto pendiente.

Victoria sabía que era cierto. Su relación había acabado intempestivamente. Quizá por eso le resultaba tan difícil verle después de tantos años. Pero no quería enfrentarse a él en ese momento. Quería barrerle debajo de la alfombra y olvidarse de él.

Sobre todo, no quería que volviera a romperle el corazón, y estaba segura de que así sería si pasaba algún tiempo con él.

—Niégalo —murmuró él—, si te atreves.

Victoria no dijo nada.

—No puedes, ¿verdad? —Robert cruzó la habitación y la rodeó con sus brazos, apoyando la barbilla sobre su cabeza. Se habían abrazado así cien veces antes, pero aquel abrazo nunca había sido tan agridulce. Robert ignoraba por qué la estaba abrazando. Solo sabía que no podía remediarlo.

—¿Por qué haces esto? —susurró ella—. ¿Por qué?

—No lo sé. —Y era cierto, que Dios se apiadara de él. Se decía que solo quería arruinar la reputación de Victoria. Una parte de su ser aún quería vengarse. Ella le había hecho trizas el corazón. La había odiado durante años por ello.

Pero era tan delicioso abrazarla... No había otra forma de describirlo. Ninguna otra mujer encajaba con tanta perfección entre sus brazos, y se había pasado los siete años anteriores abrazando a otras en un intento desesperado por borrarla de su recuerdo.

¿Era de veras posible amar y odiar al mismo tiempo? Robert siempre se había burlado de aquella idea, pero ya no estaba tan seguro. Dejó que sus labios trazaran una senda por la cálida piel de su sien.

—¿Has dejado que otros hombres te abrazaran así? —preguntó en voz baja, a pesar de que temía la respuesta. Victoria solo quería su dinero, pero a él aún se le aceleraba el corazón, presa de los celos, cuando se la imaginaba con otro.

Victoria se quedó callada un momento, y Robert se tensó por completo. Luego ella negó con la cabeza.

—¿Por qué? —preguntó él con una nota de desesperación—. ¿Por qué?

—No lo sé.

—¿Por el dinero?

Victoria se envaró.

—¿Qué?

Robert deslizó los labios hasta su cuello y la besó con ferocidad.

—¿No has encontrado a nadie lo bastante rico para satisfacerte?

—¡No! —estalló ella—. Yo no soy así. Tú sabes que no soy así.

Robert contestó con una risa que Victoria sintió sobre la piel.

—¡Oh, Dios mío! —murmuró, desasiéndose de su abrazo—. Creíste...
Creíste...

Él cruzó los brazos y bajó la mirada hacia ella; era la viva imagen de
la buena educación y la elegancia.

—¿Qué es lo que creí, Victoria? Dímelo.

—Creíste que quería tu dinero. Que era una buscona.

Robert no dijo nada; se limitó a enarcar la ceja derecha.

—Tú... tú... —Siete años de furia estallaron dentro de Victoria, que se
lanzó hacia él, golpeándole el pecho con los puños—. ¿Cómo te atreves a
pensar eso? ¡Monstruo! ¡Te odio! ¡Te odio!

Robert levantó los brazos para defenderse de su ataque inesperado y
le sujetó las muñecas con una sola mano.

—Es un poco tarde para hacerte la indignada, ¿no crees?

—Nunca quise tu dinero —contestó ella con vehemencia—. Nunca
me importó.

—Vamos, vamos, Victoria. ¿Crees que no recuerdo cómo me su-
plicaste que arreglara mis diferencias con mi padre? Incluso dijiste
que no te casarías conmigo a menos que intentara hacer las paces
con él.

—Eso fue porque... ¡Oh! ¿Por qué intento siquiera justificarme delante de ti?

Robert acercó la cara a la de ella.

—Lo intentas porque quieres conseguir lo que se te escapó hace siete
años. O sea, a mí.

—Empiezo a darme cuenta de que nunca has sido un buen partido
—replicó ella.

Él soltó una risa amarga.

—Puede que no. Quizá por eso no te presentaste a nuestra cita. Pero
a mi dinero y a mi título nunca les ha faltado atractivo.

Victoria liberó las muñecas y se sorprendió al ver que él no oponía
resistencia. Se sentó en la cama y escondió la cara entre las manos. Los
fragmentos de su vida empezaban a ordenarse, ocupando cada uno su
lugar. Al no presentarse a la cita, Robert pensó que había decidido no

casarse con él porque su padre lo había desheredado. Había pensado que... ¡Santo cielo! ¿Cómo podía haber pensado eso de ella?

—No me conocías —murmuró como si acabara de darse cuenta—. En realidad, no me conocías.

—Quería conocerte —contestó él con aspereza—. ¡Dios, cuánto lo deseaba! Y sigo deseándolo, que el cielo se apiade de mí.

Victoria comprendió que no tenía sentido intentar explicarle lo sucedido. La verdad ya no importaba. Robert no había tenido fe en ella, y eso nada podía repararlo. Se preguntaba si alguna vez había confiado en una mujer.

—¿Meditando sobre tus pecados? —preguntó él con sorna desde el otro extremo de la habitación.

Victoria levantó la cabeza para mirarle. Sus ojos tenían un brillo extraño.

—Eres frío, Robert. Y apuesto a que también estás solo.

Él se puso rígido. Sus palabras, sorprendentes por certeras, le atravesaron hasta la médula. Se acercó a ella bruscamente y la agarró de los hombros.

—Soy lo que soy por tu culpa.

—No —contestó ella, sacudiendo la cabeza con tristeza—. Esto te lo has hecho tú solo. Si hubieras confiado en mí...

—¡Maldita sea! No me diste ningún motivo para confiar en ti —estalló él.

Victoria temblaba.

—Te di motivos de sobra —contestó—. Pero preferiste ignorarlos.

Asqueado, Robert se apartó de ella. Victoria se estaba comportando como una víctima llena de nobleza, y él no tenía paciencia para tal despliegue de hipocresía. Sobre todo porque cada fibra de su ser gritaba de deseo por ella.

Eso era lo que más le atraía. Era tan hipócrita como ella. La deseaba tanto... Deseaba precisamente a Victoria, la única mujer de la que, si hubiera tenido una pizca de sensatez, tendría que haber huido como de la peste.

Empezaba a darse cuenta, sin embargo, de que no podía controlar aquel deseo. ¿Y por qué demonios iba a hacerlo? Victoria le deseaba tanto como él a ella. Se le notaba en los ojos cada vez que le miraba. Robert dijo su nombre con voz ronca, cargada de promesas y deseo.

Victoria se levantó y se acercó a la ventana. Apoyó la cara contra el cristal. No se atrevía a mirarle. Saber que nunca había confiado en ella resultaba más doloroso que pensar que únicamente había querido seducirla.

Robert dijo su nombre de nuevo, y esta vez ella notó que estaba muy cerca. Tan cerca que sentía su aliento en la nuca.

Él la hizo darse la vuelta para mirarla. Sus ojos atravesaron como una llamarada azul el alma de Victoria hasta llegarle a lo más hondo, y ella quedó hipnotizada.

—Voy a besarte —dijo él lentamente, con la respiración entrecortada—. Voy a besarte y no pienso parar. ¿Entendido?

Ella no se movió.

—Una vez mis labios toquen los tuyos...

Sus palabras sonaban vagamente a advertencia, pero Victoria no pudo prestarles atención. Se sentía acalorada... Se sentía arder, en realidad, y sin embargo temblaba. Sus pensamientos discurrían a la velocidad del rayo y, al mismo tiempo, tenía la mente en blanco. Todo en ella se contradecía, seguramente porque de pronto pensaba que besar a Robert tal vez no fuera tan mala idea.

Un bocado del ayer: eso era lo único que quería. Solamente un bocado de lo que habría podido tener. De lo que podría haber sido. De lo que debería haber sido.

Se inclinó hacia delante y Robert no necesitó otra invitación. La estrechó contra su cuerpo en un abrazo furioso mientras devoraba sus labios. Victoria sintió su miembro erecto apretado contra ella, y la excitación se apoderó de ella por completo. Robert podía ser un libertino y un embaucador, pero Victoria no podía creer que alguna vez hubiera deseado a una mujer como la deseaba a ella en aquel instante.

Se sintió de pronto la mujer más poderosa sobre la faz de la tierra. Era una sensación embriagadora, y se arqueó contra él, estremeciéndose al sentir que sus pechos se aplastaban contra su torso.

—Necesito más —gimió él, agarrándola frenéticamente por las nalgas—. Lo necesito todo.

Victoria no habría podido decir que no ni aunque Dios mismo hubiera bajado para ordenárselo. Y, sin duda, se habría entregado por completo a Robert si una voz no hubiera sonado de repente en la habitación.

—Disculpen.

Robert y Victoria se separaron de golpe y se volvieron hacia la puerta. Había allí un caballero extremadamente bien vestido. Victoria no le había visto nunca antes, aunque no le cabía ninguna duda de que era un invitado a la fiesta. Ella apartó la mirada, avergonzada por haberse dejado sorprender en una situación tan comprometedora.

—Eversleigh —dijo Robert con frialdad.

—Le ruego me disculpe, Macclesfield —contestó el caballero—, pero creía que esta era mi habitación.

Victoria miró bruscamente a Robert. ¡El muy embustero! Seguramente no tenía ni idea de quién ocupaba la habitación en la que estaban. Únicamente había querido quedarse con ella a solas. No había pensado ni por un segundo en su reputación. Ni en la amenaza que aquello suponía para su empleo.

Robert la cogió de la mano y tiró de ella hacia la puerta.

—Nos vamos, Eversleigh.

Victoria notaba que lord Eversleigh no era del agrado de Robert, pero en ese momento estaba tan furiosa con él que no pudo detenerse a pensar en las consecuencias.

—Conque la institutriz, ¿eh? —dijo Eversleigh, mirándola con descaro—. Se vería usted en un apuro, si los Hollingwood se enteraran de esta pequeña indiscreción.

Robert se paró en seco y se volvió hacia el lord con expresión tormentosa.

—Si se lo dice a alguien, aunque sea a su perro, le rebano el pescuezo. No lo dude.

Eversleigh soltó una risita.

—Debería usted ocuparse de sus asuntos en su propia alcoba.

Robert sacó a Victoria al pasillo y cerró de un portazo. Ella apartó enseguida el brazo y se volvió hacia él.

—¿Tu habitación? —dijo prácticamente gritando—. ¿Tu habitación? ¡Maldito embustero!

—Era a ti a quien le angustiaba estar en el pasillo. Y más vale que bajes la voz, si no quieres llamar la atención.

—No te atrevas a sermonearme. —Victoria respiró hondo, intentando dominar el temblor de su cuerpo—. Ya ni siquiera sé quién eres. No eres el chico al que conocí hace siete años, eso está claro. Eres cruel, y mezquino, e inmoral y...

—Creo entender la idea general.

La educada indiferencia de Robert solo sirvió para enfurecerla aún más.

—No vuelvas a acercarte a mí —dijo ella en voz baja y trémula—. Nunca más.

Se alejó lamentando no tener una puerta que cerrarle en las narices.

8

Victoria no sabía cómo iba a superar esa tarde. Pasar varias horas en compañía de Robert ya era un calvario de por sí, pero ahora tendría además que verse cara a cara con lord Eversleigh, quien sin duda la consideraba una perdida.

Pensó fugazmente en fingirse con diarrea. Diría que el día anterior se había cruzado con la señorita Hypatia Vinton y que quizá por eso había contraído su mismo mal. Seguramente lady Hollingwood no la obligaría a asistir a la cena estando enferma. Claro que lady Hollingwood era de las que pensarían que había enfermado con el único propósito de fastidiarla. Aquello bastaría para que la despidiera. Tratándose de lady Hollingwood, cualquier cosa justificaba el despido.

Victoria contempló con un suspiro el vestido extendido sobre su cama. No era tan feo como temía, pero sí demasiado grande para ella: le quedaría como un saco. Era, además, amarillo, un color que siempre la hacía parecer cetrina. Dejando a un lado su vanidad femenina, decidió, sin embargo, no permitir que aquello la disgustara: de todos modos no quería llamar la atención. En aquella velada se alegraría de hacer el papel de timorata relegada a los márgenes del salón. Tal muestra de docilidad seguramente impresionaría a su empleadora, lo cual era un aliciente añadido.

Miró el reloj de su cuarto. Eran las ocho menos cuarto: hora de empezar a vestirse si quería llegar abajo en veinticinco minutos. Exactamente a esa hora, pensó con una mueca. Ni un segundo antes, ni un segundo después. No le cabía ninguna duda de que su empleo dependía de ello.

Se peinó lo mejor que pudo. No estaría tan elegante como las otras señoras, pero no tenía doncella que le hiciera tirabuzones o le rizara el flequillo. Un moño sencillo pero elegante fue lo mejor que consiguió.

Cuando volvió a mirar el reloj era ya hora de bajar, de modo que salió de la habitación con sigilo, cerró la puerta y echó la llave. Al llegar al salón, todos los invitados de los Hollingwood estaban ya allí, bebiendo y charlando amigablemente. Lord Eversleigh se hallaba en un rincón, de espaldas a ella, por suerte, flirteando con una joven rubia. Victoria lanzó un suspiro de alivio; el incidente de esa tarde seguía atormentándola.

Robert estaba apoyado contra la pared, y su ceñudo semblante habría bastado para ahuyentar a cualquiera, excepto a los invitados más necios. Su mirada era intensa y estaba clavada en la puerta al entrar ella. Evidentemente, estaba esperándola.

Victoria miró a su alrededor. Nadie parecía inclinado a acercarse a él. Aquella hornada de invitados parecía menos necia que la media.

Robert dio un paso hacia ella, pero lady Hollingwood le cortó el paso, e inmediatamente se acercó a Victoria.

—Gracias por llegar puntual —dijo—. El señor Percival Hornsby será su acompañante durante la cena. Voy a presentárselo.

Victoria siguió a su empleadora, apenas capaz de creer que lady Hollingwood le hubiera dado las gracias. Luego, casi cuando habían cruzado la habitación, oyó la voz de Robert.

—¿Señorita Lyndon? ¿Victoria?

Victoria se volvió con el estómago encogido por el temor.

—¡Santo cielo, eres tú! —La cara de Robert reflejaba incredulidad mientras se acercaba a ellas con paso vivo.

Victoria entornó los ojos. ¿Qué demonios estaba tramando?

—¡Lord Macclesfield! —exclamó lady Hollingwood, un poco falta de aire—. No me diga que conoce a la señorita Lyndon.

—La conozco muy bien.

Victoria se preguntó si alguien más aparte de ella habría notado el doble sentido que ocultaba su tono de voz. Le dieron ganas de montar en cólera y decirle exactamente lo que pensaba de sus jueguecitos.

Pero lady Hollingwood se volvió hacia ella con expresión de reproche.

—Señorita Lyndon, no me había dicho usted que conocía a lord Macclesfield.

—Ignoraba que estuviera invitado, señora. —Si él podía mentir y engañar, ella también.

—Crecimos juntos —añadió Robert—. En Kent.

Bueno, reconoció Victoria para sus adentros, eso no era del todo incierto. Ella se había mudado a Kent a los diecisiete años, pero había madurado mucho estando allí. El desengaño y la traición solían surtir ese efecto sobre las personas.

—¿De veras? —preguntó lady Hollingwood, interesadísima y un poquito perpleja porque su institutriz se hubiera movido alguna vez en los mismos círculos que un conde.

—Sí, nuestras familias son muy amigas.

Victoria tosió tan fuerte que tuvo que excusarse para ir a buscar algo que beber.

—¡Oh, no! Permite que vaya yo —dijo Robert con mucha ceremonia—. No se me ocurre nada que pueda complacerme más.

—A mí sí, muchas cosas —masculló Victoria en voz baja. Estaría muy bien, por ejemplo, darle un pisotón, o vaciar una copa de vino sobre su cabeza. Eso ya lo había hecho una vez, aunque con un jarro de agua, y había sido de lo más gratificante. El vino tenía además el aliciente de ser rojo.

Mientras Robert iba a buscarle un vaso de limonada, lady Hollingwood se volvió hacia ella.

—¿Conoce a Macclesfield? —siseó—. ¿Por qué no me lo dijo?

—Ya se lo he dicho: no sabía que estuviera invitado.

—Que estuviera invitado o no es irrelevante. Lord Macclesfield tiene una enorme influencia. Cuando la contraté, debió usted informarme de que... ¡Ah, hola, lord Macclesfield!

Robert inclinó la cabeza mientras levantaba dos vasos.

—Lady Hollingwood, me he tomado la libertad de traerle limonada a usted también.

Lady Hollingwood le dio las gracias con una sonrisita afectada. Victoria no dijo nada, consciente de que, si abría la boca, diría algo poco apropiado para una reunión elegante. Justo en ese momento se acercó lord Hollingwood para preguntar a su esposa si no era hora de ir a cenar.

—¡Ah, sí! —contestó lady Hollingwood—. Solamente tengo que presentar a la señorita Lyndon y al señor Hornsby.

—Tal vez yo pueda acompañar a la señorita Lyndon durante la cena —dijo Robert.

Victoria se quedó boquiabierta. Sin duda él era consciente de la grave ofensa que suponía aquello para lady Hollingwood. Como el caballero de mayor rango entre los invitados a la fiesta, era su deber acompañar a la anfitriona.

Victoria cerró la boca justo en el instante en que lady Hollingwood abría la suya, consternada.

—Pero... pero...

Robert le dedicó una cálida sonrisa.

—Hace tanto que no nos vemos que tenemos muchísimas cosas de que hablar. Ni siquiera tengo idea de cómo está su señora hermana. —Se volvió hacia Victoria con una expresión cargada de preocupación—. ¿Cómo se encuentra nuestra querida Eleanor?

—Ellie está bien —dijo Victoria entre dientes.

—¿Sigue tan impertinente?

—No tanto como usted —replicó Victoria. Y luego se mordió la lengua.

—¡Señorita Lyndon! —exclamó lady Hollingwood—. ¿Cómo se atreve a hablar en ese tono a lord Macclesfield? Recuerde cuál es su sitio.

Pero Robert se estaba riendo.

—La señorita Lyndon y yo siempre nos hemos hablado con franqueza. Por ese, entre otros motivos, disfrutamos tanto de nuestra mutua compañía.

Victoria seguía fustigándose por haber picado el anzuelo y haber contestado así a Robert, así que refrenó su lengua, a pesar de que ardía en deseos de decirle que ella no disfrutaba lo más mínimo de su compañía.

Visiblemente atónita, lady Hollingwood parecía no saber qué hacer ante aquel imprevisto. Saltaba a la vista, sin embargo, que no le gustaba en absoluto la idea de que su institutriz tuviera como pareja durante la cena al invitado de mayor rango.

Comprendiendo enseguida que aquella afrenta podía derivar en ofensa susceptible de despido, Victoria intercedió.

—Estoy segura de que no es necesario que el conde y yo nos sentemos juntos. Podemos...

—¡Oh! Claro que es necesario —la interrumpió Robert, lanzándoles a ambas una sonrisa—. Hace un siglo que no nos vemos.

—Pero lady Hollingwood ha dispuesto la mesa...

—No somos un grupo tan poco flexible. El señor Hornsby estará encantado de ocupar mi lugar junto a la cabecera de la mesa, estoy seguro de ello.

Lady Hollingwood se puso de color verde. El señor Hornsby no era ni sería nunca una persona de importancia. Pero antes de que pudiera poner objeciones, Robert llamó al caballero en cuestión.

—Percy —dijo en su tono más cordial—, ¿te importaría acompañar a lady Hollingwood durante la cena? Te quedaría muy agradecido si aceptaras ocupar mi puesto en la mesa.

Percy parpadeó.

—Pe-pe-pero si yo so-so-solo...

Robert le dio una fuerte palmada en la espalda para interrumpirle, ahorrándole así futuros tartamudeos.

—Vas a pasártelo de miedo. Lady Hollingwood es una conversadora asombrosa.

Percy se encogió de hombros y ofreció el brazo a lady Hollingwood. Ella lo aceptó (no le quedaba otro remedio, a menos que quisiera ofender al conde), pero no sin lanzar una mirada furiosa a Victoria por encima del hombro.

Victoria cerró los ojos, mortificada. Era imposible que lady Hollingwood no creyera que aquel desastre era culpa suya. Daba igual que solo hubiera hablado Robert, que fuera él quien se había puesto tan insistente. Lady Hollingwood encontraría un modo de echar la culpa a la institutriz.

Robert se inclinó hacia ella y sonrió.

—No ha sido tan difícil, ¿no?

Ella le miró con enfado.

—Si tuviera una horquilla de aventar trigo, juro por Dios que te atravesaría con ella.

Él se limitó a reír.

—¿Una horquilla? Debe de ser porque te has criado en el campo. La mayoría de las mujeres que conozco habrían elegido una daga. O un abrecartas, quizá.

—Se va a cobrar mi cabeza —siseó Victoria mientras veía cómo las otras parejas entraban en el comedor por orden de rango. Como Robert había cambiado su sitio al señor Hornsby, sería el último en entrar en el salón y se sentaría al final de la mesa.

—Que se descomponga el orden de la mesa no es el fin del mundo —contestó él.

—Para lady Hollingwood, sí —replicó Victoria—. Puede que yo sepa que eres solamente un cretino, pero ella solo ve en ti a un conde excelso.

—De vez en cuando viene bien serlo —murmuró él.

Aquello le valió otra mirada furiosa.

—Lleva dos días jactándose de que estés invitado en su casa —añadió Victoria—. No va a hacerle ninguna gracia que te sientes con la institutriz.

Robert se encogió de hombros.

—Anoche me senté con ella. ¿Qué más quiere?

—Yo ni siquiera quería sentarme contigo. Habría estado encantada con el señor Hornsby. Y más encantada todavía si me hubieran llevado una bandeja a mi habitación. Me parecéis todos despreciables.

—Sí, ya me lo has dicho.

—Tendré suerte si solo me despide. Estoy segura de que en este mismo momento está fantaseando con otras formas más dolorosas de tortura.

—Levanta la cabeza, Torie. Nos toca a nosotros. —Robert la tomó del brazo y la condujo al comedor, donde ocuparon sus puestos. Los demás invitados parecieron sorprendidos al ver a Robert al final de la mesa. Él sonrió tranquilamente y dijo:

—Lady Hollingwood me ha concedido un deseo. La señorita Lyndon y yo somos amigos de la infancia, y quería sentarme con ella.

Los demás asintieron enérgicamente con la cabeza: se les veía aliviados por la explicación, que justificaba aquella enorme violación de la etiqueta.

—Señorita Lyndon —bramó un corpulento señor de mediana edad—, creo que no nos conocemos. ¿De dónde es su familia?

—De Kent. Mi padre es el vicario de Bellfield.

—Muy cerca de Castleford —añadió Robert—. De niños estábamos siempre juntos.

Victoria sofocó a duras penas un bufido. De niños, sí, ya. Había ciertas cosas que ningún niño debía hacer.

Mientras estaba allí sentada, echando humo de furia, Robert le presentó a las demás personas que ocupaban el extremo de la mesa. El señor sentado a la derecha de Victoria era el capitán Charles Pays, de la Armada de Su Majestad. A Victoria le pareció bastante guapo, aunque no como Robert. Aquel caballero corpulento era Thomas Whistledown, y la dama de su derecha la señorita Lucinda Mayford, que, según supo enseguida Victoria por el capitán Pays, era una acaudalada heredera en busca de título. Y por último, enfrente de Robert, se hallaba la señora de William Happerton, una viuda que sin perder un instante ordenó a Robert que la llamara Celia.

A Victoria le pareció que la señora Happerton lanzaba a Robert miradas un tanto demasiado intensas, razón que le pareció suficiente para fijar su atención en el capitán Pays. Y no, se dijo, porque estuviera celosa en lo más mínimo. Pero aun así le parecía que había cierta justicia en ello, y además de ese modo podía darle la espalda a Robert, lo cual era de por sí un aliciente.

—Dígame, capitán Pays —dijo con una sonrisa—, ¿lleva usted mucho tiempo en la Armada?

—Cuatro años, señorita Lyndon. Es una vida peligrosa, pero me gusta.

—Si tanto le gusta —terció Robert—, ¿por qué demonios no está en el continente, cumpliendo con su trabajo?

Ofuscada, Victoria se volvió hacia él y dijo:

—El capitán Pays pertenece a la Armada, lo cual significa que desempeña su labor en un navío. Sería bastante difícil meter un barco en el continente, milord. Los barcos suelen requerir agua. —Y entonces, mientras todo el mundo la miraba con la boca abierta por hablar a un conde como si fuera un cretino, añadió—: Además, no sabía que formara usted parte de esta conversación.

La señorita Mayford se atragantó tan fuertemente con la sopa que el señor Whistledown se sintió en la obligación de darle una palmada en la espalda. Lo cual pareció gustarle.

Victoria se volvió de nuevo hacia el capitán Pays.

—Estaba usted diciendo...

El capitán parpadeó, visiblemente incómodo con la forma en que Robert le miraba por encima de la cabeza de Victoria.

—¿Estaba diciendo algo?

—Sí —contestó ella, intentando parecer una dama dulce y gentil. Pronto descubrió, sin embargo, que era difícil parecer dulce y gentil cuando se hablaba con los dientes apretados—. Me encantaría saber más sobre su oficio.

Robert estaba teniendo problemas parecidos con su temperamento. Los coqueteos de Victoria con el apuesto marino no le hacían ninguna gracia. Sabía que ella solo lo hacía para fastidiarle, pero le daba igual: su plan estaba funcionando a las mil maravillas. Sentía unos celos desagradables y tenía ganas de lanzarle al capitán Pays un puñado de guisantes con el tenedor.

Y seguramente lo habría hecho, si no fuera porque estaban aún con la sopa. Así pues, trinchó la sopa con la cuchara, pero como no ofreció resistencia no le sirvió para aliviar la tensión que sentía.

Volvió a mirar a Victoria. Ella le daba la espalda tercamente. Robert carraspeó.

Ella no se movió.

Él carraspeó de nuevo.

Ella se acercó un poco más a Pays.

Robert bajó la mirada y vio que sus nudillos se habían puesto blancos de agarrar la cuchara con demasiada fuerza. No quería a Victoria, pero tampoco quería que fuera de otro.

Bueno, eso no era del todo cierto. La deseaba. Y mucho. Pero no deseaba desearla. Se obligó a recordar cada humillación, cada patético momento de su traición. Era una cazafortunas de la peor especie.

Y aun así la deseaba.

Soltó un gruñido.

—¿Le ocurre algo? —preguntó la alegre viuda desde el otro lado de la mesa.

Robert volvió la cabeza para mirar a la señora Happerton. La viuda llevaba toda la noche comiéndoselo con los ojos, y él tenía medio decidido aceptar su ofrecimiento tácito. Era bastante atractiva, desde luego, aunque seguramente lo sería aún más si tuviera el pelo oscuro. Negro, para ser precisos. Como el de Victoria.

Hasta que no miró hacia abajo no se dio cuenta de que había rasgado la servilleta en dos. La servilleta de paño.

—¿Milord?

Volvió a levantar la vista.

—Señora Happerton, debo disculparme. No he sido todo lo sociable que debiera. —Sonrió malévolamente—. Debería echarme usted un buen rapapolvo.

Oyó que Victoria mascullaba algo en voz baja. Le lanzó una mirada. No parecía tan concentrada en la conversación del capitán Pays como quería hacerle creer.

Un lacayo apareció a la derecha de Robert sosteniendo una bandeja de (¿sería posible?) guisantes. Victoria se sirvió una cucharada y exclamó:

—¡Adoro los guisantes! —Luego se volvió hacia él—. Si no recuerdo mal, usted los detestaba. Es una lástima que no nos hayan servido sopa de guisantes.

La señorita Mayford tosió otra vez y de inmediato se lanzó hacia la izquierda para evitar las palmadas en la espalda del señor Whistledown.

—La verdad —dijo Robert, sonriendo— es que he desarrollado un gusto repentino por ellos. Esta misma noche, de hecho.

Victoria soltó un bufido y volvió a mirar al capitán Pays. Robert cogió unos guisantes con su tenedor, se aseguró de que nadie le miraba, apuntó y los lanzó.

Y erró el tiro. Los guisantes volaron en todas direcciones, pero ninguno de ellos acertó a Victoria, ni a Pays. Robert gruñó, defraudado. Menuda nochecita. Y eso que había empezado muy bien. Mortificar a Victoria y lady Hollingwood en el salón había sido una delicia.

La cena siguió adelante. Nadie disfrutaba, con la posible excepción del señor Whistledown, que parecía ajeno a los dardos que se lanzaban en una y otra dirección. De hecho, después de servirse la cena parecía ajeno a todo, salvo a la comida.

Acabado el postre, cinco de los seis invitados sentados al final de la mesa parecían exhaustos. El sexto, el señor Whistledown, solo parecía harto.

Cuando lady Hollingwood sugirió que las damas se retiraran al salón, Victoria se llevó la alegría de su vida. No tenía deseo alguno de estar cerca de su empleadora, que sin duda ya estaba pensándose el mejor modo de ponerla en la calle, pero hasta lady Hollingwood era preferible a Robert, cuya última aportación a la conversación general fue:

—En efecto, es muy difícil encontrar buenos sirvientes. Institutrices, sobre todo.

En el salón, las señoras se pusieron a chismorrear sobre esto y aquello. Victoria, en su calidad de institutriz, no tenía conocimiento de «esto» ni de «aquello», así que guardó silencio. Las miradas que lady Hollingwood le lanzaba con frecuencia la convencieron aún más de que debía controlar su lengua.

Media hora después, los caballeros se reunieron con ellas para conversar un rato. Al notar que Robert no estaba presente, Victoria lanzó un suspiro de alivio. No le apetecía seguir peleándose con él. En cuanto pudiera excusarse educadamente y retirarse a su habitación, lo haría.

Unos minutos después se presentó la ocasión. Todos, salvo Victoria, se habían reunido en grupitos para conversar. Ella se fue acercando poco a poco a la puerta, pero cuando apenas le quedaban tres pasos para llegar, una voz de hombre la hizo pararse en seco.

—Es un placer verla de nuevo, señorita Lyndon.

Victoria se volvió, con la cara muy colorada.

—Lord Eversleigh.

—Ignoraba que fuera usted a honrarnos con su presencia esta noche.

—He sustituido a alguien en el último minuto.

—¡Ah, sí! La diarrea de la señorita Vinton.

Victoria puso una sonrisa forzada y dijo:

—Si me disculpa, debo volver a mi habitación. —Inclinó levísimamente la cabeza y salió del salón.

Desde el otro lado del salón, Robert entornó los ojos al ver que lord Eversleigh se inclinaba en una reverencia vagamente burlona. Había llegado tarde al salón porque de camino se había pasado por un aseo para refrescarse. Y al llegar había descubierto a Eversleigh arrinconando a Victoria.

Su forma de mirarla le hacía arder la sangre. El capitán Pays era relativamente inofensivo, a pesar de su buena planta. Eversleigh, en cambio, no tenía moral ni escrúpulos.

Robert comenzó a cruzar el salón ardiendo en deseos de arrancarle a Eversleigh la cabeza de los hombros, pero al final decidió decirle una o dos palabras de advertencia. Sin embargo, antes de que llegara a su lado lady Hollingwood anunció el entretenimiento de esa noche. Música y canto en el salón de música y juegos de naipes para los caballeros, si deseaban jugar.

Robert intentó alcanzar a Eversleigh mientras los invitados se dispersaban, pero lady Hollingwood cayó sobre él con una expresión que solo podía calificarse de decidida, y Robert se encontró atrapado en su conversación durante casi una hora.

9

En el umbral de la puerta del salón de música, Robert procuraba no escuchar el vapuleo al que, sentada al clavecín, la señorita Mayford sometía a Scarlatti. Pero los esfuerzos musicales de la señorita Mayford no tenían la culpa de que se le hubiera revuelto el estómago.

Era curioso cómo afloraba la mala conciencia en los momentos menos oportunos.

Había pasado los días anteriores soñando con arruinar la vida de Victoria. Ignoraba cómo disfrutaría más: si deshonrándola (lo cual prometía ser embriagador) o teniendo la certeza de que la había humillado.

Esa noche, sin embargo, algo había cambiado en su corazón. No quería que nadie mirara a Victoria con la burla cargada de lascivia que había visto en los ojos de Eversleigh. Y tampoco le gustaba especialmente el amable interés que había advertido en el semblante del bueno del capitán.

Sabía, además, que quería estar con ella. A juzgar por cómo habían transcurrido los siete años anteriores, no le iba demasiado bien. Tal vez no se fiara de ella del todo, pero de todos modos quería que formara parte de su vida.

Pero primero había otros asuntos de los que ocuparse. Eversleigh. Que la hubiera buscado en el salón era muy mala señal. Robert tenía que asegurarse de que Eversleigh entendía que se tomaba muy a pecho la tarea de defender a Victoria de rumores malintencionados. Hacía años que se conocían, desde que iban juntos a Eton, de niños. Eversleigh era un necio ya entonces y seguía siéndolo ahora.

Robert recorrió el salón con la mirada. La cháchara incesante de lady Hollingwood le había hecho llegar tarde al recital improvisado, y de pronto no había ni rastro de Eversleigh. Robert se apartó de la pared y salió al pasillo. Encontraría a aquel canalla y se aseguraría de que guardaba silencio.

Victoria intentaba planificar sus lecciones, pero no podía concentrarse. ¡Maldito fuera Robert! Ahora creía que la había cortejado seriamente hacía siete años, pero esos últimos días se había comportado deplorablemente.

Había intentado seducirla. Y lo que era peor aún: lo había hecho en la habitación de un desconocido, consciente de que podían descubrirles en cualquier momento. Luego había tenido la audacia de provocarla delante de su empleadora y de los invitados de esta. Y, por último, la había puesto contra la espada y la pared, obligándola a aceptarle como compañero de cena. Lady Hollingwood jamás se lo perdonaría. Podía empezar a hacer las maletas esa misma noche.

Pero lo peor de todo era que Robert había hecho que volviera a desearle. Con una intensidad que la asombraba.

Sacudió la cabeza, intentando cambiar el curso de sus pensamientos. Volvió a concentrarse en los planes de estudio, decidida a acabar parte de su trabajo esa noche. Neville había disfrutado del ejercicio de los colores la tarde anterior. Tal vez al día siguiente pudieran continuar con el azul. Podían tomar el té en el saloncito azul. Podían debatir sobre el azur, el cobalto, el marino y el celeste. Quizá pudiera llevarse un espejo para comparar el azul de sus ojos. Ella los tenía azules oscuros, mientras que los de Neville eran claros, muy parecidos a los de Robert.

Suspiró, preguntándose si alguna vez lograría dejar de pensar en él.

Cogió otra vez su cuaderno y se dispuso a leer las notas que había tomado la víspera. Estuvo diez minutos mirando las palabras sin poder leerlas; luego, alguien llamó a su puerta.

Robert. Tenía que ser él.

Pensó en hacer oídos sordos, pero sabía que Robert no se marcharía. Abriendo la puerta de golpe, dijo:

—Tiemblo de ganas de oír sus disculpas por cómo se ha comportado, milord.

Lord Eversleigh estaba en el umbral de su puerta. Tenía una mirada burlona, pero sonreía.

—Veo que estaba esperando a otro. A lord Macclesfield, quizá.

Victoria se sonrojó, avergonzada.

—No, no esperaba a lord Macclesfield, pero...

Eversleigh pasó a su lado, dejándola de pie junto a la puerta.

—Cierre —ordenó en voz baja.

—¿Cómo dice, milord?

—La puerta.

Victoria se limitó a parpadear. Poco a poco se iba dando cuenta de que estaba en muy mala posición. Dio un paso hacia el pasillo, indecisa; ignoraba si podría escapar de él, pero estaba dispuesta a intentarlo.

Pero Eversleigh se movió como un gato y, antes de que se diera cuenta, cerró la puerta de golpe y se apoyó con insolencia contra ella.

—Es usted una mujer muy bella —dijo.

—Creo que se ha hecho usted una idea equivocada, milord —se apresuró a decir Victoria.

Eversleigh avanzó hacia ella, acosándola.

—Me enorgullezco de acertar siempre en mis juicios.

—No, lo que quiero decir es... Lord Macclesfield... Él y yo... Nosotros...

Él le tocó la mejilla.

—¿A Macclesfield le gustan estos remilgos? Le aseguro que, por mi parte, no hace falta que finja. Me gusta mucho tal y como es. Las cosas echadas a perder pueden ser tan sabrosas...

Victoria se estremeció de repulsión.

—Señor —dijo, intentando razonar con él—, le suplico que...

Eversleigh se rio.

—Me encanta oír suplicar a una mujer. Creo que voy a disfrutar mucho con usted, señorita Lyndon. —Alargó la mano y la atrajo bruscamente hacia sí—. Tan solo quiero un bocado de lo que ya ha dado libremente. Le prometo que no lo lamentará. Soy un hombre muy generoso.

—No quiero su dinero —replicó ella entre dientes, volviendo la cabeza hacia un lado—. Solo quiero que se marche.

—Podemos hacer esto de dos maneras —dijo Eversleigh con una mirada sombría y amenazadora—. Puede dejar de fingir y divertirse un poco, o puede resistirse. No me importa particularmente que elija una cosa u otra. En todo caso, tengo asegurado un buen rato.

Ella le dio una bofetada.

—Eso —gruñó él— ha sido un error. —La arrojó sobre la cama y la sujetó echando sobre ella todo el peso de su cuerpo.

Victoria empezó a forcejear. Y luego empezó a gritar.

Robert probó primero en la habitación de Eversleigh, pero no se sorprendió al no encontrarle allí. Buscó luego en el ala de invitados, pensando que tal vez se estuviera divirtiendo con alguna de las huéspedes. No hubo suerte, aunque descubrió por casualidad que la esposa de lord Winwood tenía una aventura con el marido de la amante del propio lord Winwood.

Robert ni siquiera batió una pestaña. Tal comportamiento era bastante común entre los de su clase, aunque empezaba a asquearle.

Probó después en el salón de naipes, sabedor de que Eversleigh sentía debilidad por el juego.

—¿Eversleigh? —dijo uno de los invitados que estaban jugando—. Estaba aquí antes.

—¿Ah, sí? —preguntó Robert, intentando ignorar las miradas curiosas de sus amigos. Era de todos conocido que no se tenían mutua simpatía—. ¿Saben adónde ha ido?

—Yo lo he visto subir al piso de arriba —dijo uno.

Robert sofocó un gruñido. Tendría que registrar de nuevo toda el ala de invitados.

—Aunque, curiosamente —añadió un tercero—, ha usado la escalera de servicio.

El mal presentimiento que llevaba toda la noche rondando por el estómago de Robert estalló de pronto en ciego terror. Salió corriendo de la salita y subió de tres en tres los peldaños de la escalera de servicio.

Y entonces oyó los gritos.

Victoria. Si le fallaba ahora...

Ni siquiera podía pensarlo.

Victoria se negaba a resignarse a su destino. Luchaba como una loca, arañaba como un gato. Sabía que sus actos solamente conseguían enfurecer a Eversleigh, pero no podía permitir que la violara sin una sola queja.

Eversleigh, sin embargo, era fuerte. Mucho más fuerte que ella. No le costó sujetarla mientras le arrancaba la ropa. Apartó la mano de su boca para tirar del escote de su vestido, y ella aprovechó la ocasión para gritar. Con todas sus fuerzas.

—¡Cállate, zorra! —siseó él y, obligándola a volver la cabeza, se la apretó contra la almohada. Victoria le mordió la mano—. ¡Maldita seas, ramera! —vociferó él. Cogió otra almohada y le tapó la cara con ella.

De pronto, Victoria no podía respirar. ¡Santo cielo! ¿Acaso pensaba matarla? Su terror aumentó hasta que creyó volverse loca. Pataleaba y arañaba, pero no veía nada, y estaba cada vez más débil.

Y entonces, justo cuando el mundo empezaba a difuminarse por los bordes, oyó un estruendo ensordecedor seguido por un grito de rabia que no se parecía a nada que conociera.

Eversleigh se apartó de pronto y un instante después Victoria se quitó de encima la almohada y se alejó tambaleándose de la cama. Corrió a un rincón. Le ardían los pulmones cada vez que respiraba o se movía, pero tenía que alejarse de aquella cama. Tenía que alejarse de ella.

La habitación estaba llena de ruido. Algo se rompió con estrépito, alguien gritó. Se oyó un ruido espeluznante que solo podía ser el de un puñetazo descomunal que fracturaba un hueso. Pero Victoria no levantó la vista. Ni siquiera podía abrir los ojos. Lo único que quería era ahuyentar de sí el terror.

Por fin, sin embargo, se obligó a encarar sus demonios, y fue entonces cuando vio a Robert. Había arrojado a Eversleigh al suelo y estaba sentado a horcajadas sobre él, golpeándole la cara sin piedad con los puños.

—Robert —dijo en apenas un susurro—. ¡Gracias a Dios!

Robert no pareció oírla. Siguió golpeando a Eversleigh.

—Robert —dijo ella, más fuerte esta vez. Seguía aturdida, y no podía dejar de temblar, pero le necesitaba.

Robert, sin embargo, parecía sordo a sus palabras. No decía nada, se limitaba a gruñir y a gritar, y cuando por fin miró a Victoria había una expresión primitiva y salvaje en sus ojos. Finalmente, sentado aún sobre Eversleigh, que yacía inconsciente, se detuvo un momento para recobrar el aliento y dijo:

—¿Te ha hecho daño?

Victoria abrió la boca un ápice, pero no pudo decir nada.

—¿Te ha hecho daño? —Sus ojos ardían de rabia, y Victoria comprendió en ese instante que, si le decía que sí, mataría a Eversleigh. Negó con la cabeza frenéticamente. No era mentira. En realidad, no lo era. Eversleigh no le había hecho daño. No en el sentido al que se refería Robert.

Él dejó a Eversleigh, todavía inconsciente, y corrió a su lado. Se agachó junto a ella y tocó su mejilla. Le temblaba la mano.

—¿Estás bien?

Ella volvió a sacudir la cabeza.

—Victoria, yo...

Le interrumpió un gemido procedente del centro de la habitación. Maldijo en voz baja y luego masculló deprisa:

—Disculpa.

Se acercó a Eversleigh, le agarró por el cuello de la chaqueta y las culeras de los pantalones y, levantándole, le lanzó hacia el pasillo, donde aterrizó hecho un guiñapo. Robert cerró la puerta con suavidad y regresó junto a Victoria.

Ella temblaba violentamente. Su cuerpo entero se sacudía, trémulo. Las lágrimas le corrían por las mejillas, pero no emitía ningún sonido. Robert sintió que la angustia se apoderaba de nuevo de él. ¿Qué le había hecho aquel canalla?

—¡Chist! —ronroneó, sin saber qué decir que pudiera hacerla sentir-se mejor—. ¡Chist!

—Robert —sollozó ella—. Robert...

—Estoy aquí, amor mío. —Alargó los brazos y la levantó. Victoria se abrazó a su cuello con sorprendente rapidez. Se agarraba a él frenética-mente, como si soltarlo pudiera decidir entre su vida y su muerte.

Él se acercó a la cama con intención de sentarse y abrazarla hasta que los temblores remitieran, pero ella se retorció de pronto entre sus brazos.

—En la cama no —dijo, angustiada—. Ahí no.

Robert miró las sábanas revueltas y se sintió enfermo. Al irrumpir en la habitación, Eversleigh tenía una almohada sobre la cara de Victoria. Podría haberla matado.

La idea fue como un puñetazo en el estómago.

Robert recorrió la habitación con la mirada. Estaba escasamente amueblada, de modo que se sentó en el suelo, apoyándose en el costa-do de la cama. Estuvo varios minutos abrazando a Victoria.

Por fin ella levantó la vista con expresión suplicante.

—Intenté resistirme —dije—. Lo intenté.

—Lo sé, Torie.

—Tenía mucha fuerza. —Parecía estar intentando convencerle de algo muy importante para ella—. Tenía más fuerza que yo.

—Has estado maravillosa —dijo él, y procuró ignorar las lágrimas cuyo picor sentía en los ojos.

—Pero me puso una almohada encima. Y yo ya no podía respirar. No podía defenderme. —Empezó a temblar de nuevo—. No quería dejar que... No quería. Te juro que no quería.

Robert la agarró de los hombros y la hizo volverse hasta que estuvie-ron cara a cara.

—No ha sido culpa tuya, Torie —dijo con vehemencia—. No te lo reproches.

—Si no hubieras llegado...

—Pero estoy aquí. —Robert la acomodó entre sus brazos y la estrechó con fuerza. Victoria tardaría largo rato en dejar de temblar. Pasaría algún tiempo antes de que el rostro de Eversleigh se borrara de su memoria, donde había quedado grabado.

Robert comprendió que lo mismo podía decirse de él. Era consciente de que aquel incidente era culpa suya, al menos en parte. Si no se hubiera puesto tan furioso con ella esa tarde, si no hubiera estado tan ansioso por estar con ella a solas, no la habría sacado del pasillo para introducirla en la habitación más cercana. Una habitación que, casualmente, pertenecía a Eversleigh. Y esa noche no hubiera desafiado las convenciones insistiendo en ser el acompañante de Victoria durante la cena. La mayoría de los invitados habrían creído la historia que había contado, que eran amigos de la infancia, pero Eversleigh sabía que había algo más.

Naturalmente, el muy canalla había pensado que Victoria era una casquivana. Eversleigh siempre había sido de los que creían que cualquier mujer carente de una familia que la protegiera estaba a su disposición. Robert debería haberse dado cuenta desde el principio, y haber tomado medidas para defender a Victoria.

Ignoraba cuánto tiempo llevaba sentado en el suelo, acunando a Victoria en sus brazos. Podía ser una hora, o diez minutos. Pero al final la respiración de ella se aquietó y Robert comprendió que se había quedado dormida. No quería pensar en qué soñaría esa noche; rezaba por que no soñara.

La depositó con delicadeza sobre la cama. Sabía que aborrecía el lugar donde Eversleigh había intentado violarla, pero no sabía dónde ponerla. No podía llevarla a su cuarto. Ello solo causaría su ruina, y Robert se daba cuenta de que, al margen de lo que Victoria hubiera hecho siete años antes, no tenía valor para destruir su vida tan completamente. La ironía del caso casi le dejó sin ánimos. Llevaba todos esos años soñando con ella, fantaseando con la venganza que se cobraría si volvía a verla.

Y ahora que tenía la venganza al alcance de la mano, no podía llevarla a cabo. Victoria aún tenía algo que le tocaba el corazón, y él sabía que no podría soportar los remordimientos si la hacía sufrir a propósito.

Se inclinó y depositó un beso suave sobre su frente.

—Hasta mañana, Torie —murmuró—. Mañana hablaremos. No voy a permitir que me dejes otra vez.

Al salir de la habitación vio que Eversleigh se había ido y resolvió ir en su busca. Tenía que asegurarse de que aquel malnacido comprendía una sola cosa: si volvía a pronunciar una sola sílaba del nombre de Victoria, la siguiente paliza que le diera le dejaría a un paso de una muerte atroz.

Por la mañana, al despertar, Victoria intentó seguir con sus quehaceres cotidianos como si nada hubiera pasado. Se lavó la cara, se puso su vestido y desayunó con Neville.

Pero de vez en cuando notaba que le temblaban levemente las manos. Y se descubría intentando no pestañear, porque cada vez que cerraba los ojos veía la cara de Eversleigh cayendo sobre ella.

Dio su lección matutina a Neville y luego acompañó al niño a los establos para su clase de equitación. Normalmente agradecía aquel breve descanso de las muchas exigencias de su trabajo, pero ese día se resistía a separarse del pequeño.

Lo último que quería era quedarse a solas con sus pensamientos.

Robert la vio desde el otro lado del prado y corrió a cortarle el paso antes de que volviera a entrar en la casa.

—¡Victoria! —gritó, un tanto jadeante por la carrera.

Ella le miró y sus ojos brillaron un momento, asustados, antes de llenarse de alegría.

—Lo siento —dijo él al instante—. No quería asustarte.

—No me has asustado. Bueno, sí, pero me alegro de que seas tú.

Robert sofocó la oleada de furia que se alzó de nuevo dentro de él. Odiaba verla tan temerosa.

—No te preocupes por Eversleigh. Se fue a Londres esta mañana temprano. Yo mismo me encargué de ello.

Victoria se tambaleó de la cabeza a los pies, como si toda la tensión que acumulaba abandonara de pronto su cuerpo.

—¡Gracias a Dios! —susurró—. Y gracias a ti también.

—Victoria, tenemos que hablar.

Ella tragó saliva.

—Sí, por supuesto. Debo darte las gracias como es debido. Si no hubieras...

—¡Deja de darme las gracias! —estalló él.

Ella parpadeó, confusa.

—Lo que ocurrió anoche fue más culpa mía que de nadie —dijo él con amargura.

—¡No! —exclamó ella—. No digas eso. Tú me salvaste.

No había nada, en parte, que Robert deseara más que dejar que siguiera considerándole un héroe. Victoria siempre le había hecho sentirse grande, fuerte y noble, y él había añorado esa sensación tras su separación. Pero su conciencia no le permitía aceptar una gratitud que no merecía.

Dejó escapar un suspiro tembloroso.

—Hablaremos de eso después. Ahora hay asuntos más urgentes.

Ella asintió con la cabeza y dejó que la condujera lejos de la casa. Al darse cuenta de que se dirigían al laberinto de setos, le miró con expresión inquisitiva.

—Necesitamos un poco de intimidad —explicó él.

Ella se permitió esbozar una sonrisita, la primera en todo el día.

—Mientras sepa cómo salir.

Robert se rio y avanzó por el laberinto hasta que llegaron a un banco de piedra.

—Dos a la izquierda, uno a la derecha y otros dos a la izquierda —murmuró.

Victoria volvió a sonreír mientras se alisaba las faldas y se sentaba.

—Lo tengo grabado en el cerebro.

Robert tomó asiento a su lado. De pronto tenía una expresión un tanto indecisa.

—Victoria... Torie...

Ella sintió aletear su corazón al oír que usaba su diminutivo.

La cara de Robert se movió expresivamente, como si buscara las palabras adecuadas. Por fin dijo:

—No puedes quedarte aquí.

Ella parpadeó.

—Pero pensaba que habías dicho que Eversleigh se ha ido a Londres.

—Y así es. Pero eso no importa.

—A mí me importa y mucho —repuso ella.

—Torie, no puedo dejarte aquí.

—¿Qué estás diciendo?

Él se pasó una mano por el pelo.

—No puedo marcharme sabiendo que estás indefensa. Lo que ocurrió anoche podría volver a ocurrir con mucha facilidad.

Victoria le miró fijamente.

—Robert, anoche no fue la primera vez que un caballero me dedicó atenciones que yo no deseaba.

Él se tensó por entero.

—¿Se supone que eso debe tranquilizarme?

—Nunca me habían agredido con esa violencia —continuó ella—. Solamente intento decirte que me he vuelto una experta en esquivar acercamientos indebidos.

Él la asió de los hombros.

—Si anoche no hubiera intervenido, Eversleigh te habría violado. Puede que, incluso, te hubiera matado.

Victoria se estremeció y apartó la mirada.

—No puedo imaginar que... que vuelva a pasar nada parecido. Y de algún que otro pellizco y algún que otro comentario impertinente puedo defenderme sola.

—¡Eso es inaceptable! —estalló él—. ¿Cómo puedes dejar que te degraden de ese modo?

—Nadie puede degradarme, salvo yo misma —contestó ella en voz muy baja—. No lo olvides.

Robert apartó las manos de sus hombros y se levantó.

—Lo sé, Torie. Pero no debes seguir soportando esta situación intolerable.

—¡Oh! ¿De veras? —Soltó una risa hueca—. ¿Y cómo se supone que voy a salir de esta situación, como tú la llamas con tanta delicadeza? Tengo que comer, milord.

—No te pongas sarcástica, Torie.

—¡No me estoy poniendo sarcástica! No he hablado más en serio en toda mi vida. Si no trabajo como institutriz, me moriré de hambre. No tengo elección.

—Sí, la tienes —susurró él con urgencia, cayendo de rodillas ante ella—. Puedes venir conmigo.

Ella le miró estupefacta.

—¿Contigo?

Robert asintió con la cabeza.

—A Londres. Podemos marcharnos hoy mismo.

Victoria tragó saliva con nerviosismo, intentando contener el impulso de arrojarse en sus brazos. Dentro de ella algo cobró vida con un estallido, y de pronto recordó exactamente cómo se había sentido hacía años, cuando Robert le dijo por primera vez que quería casarse con ella. Pero el desamor la había vuelto desconfiada, y calibró sus palabras con todo cuidado antes de responder:

—¿Qué me está proponiendo exactamente, milord?

—Te compraré una casa. Y contrataré al servicio.

Victoria sintió que sus últimas esperanzas para el futuro se disipaban. Robert no le estaba proponiendo matrimonio. Ni lo haría nunca. No, si antes podía hacerla su amante. Los hombres no se casaban con sus queridas.

—No te faltará de nada —añadió él.

Excepto amor, pensó Victoria, abatida. Y respetabilidad.

—¿Qué tendría que hacer a cambio? —preguntó, no porque tuviera intención de aceptar su ofensiva oferta; solo quería oírle decirlo.

Pero él parecía atónito, sorprendido por su pregunta.

—Tendrías... Eh...

—¿Qué, Robert? —preguntó ella en tono seco.

—Solo quiero estar contigo —dijo, tomándola de las manos. Apartó la mirada de ella como si se diera cuenta de lo insulsas que sonaban sus palabras.

—Pero no quieres casarte conmigo —dijo ella con voz sofocada. ¡Qué necia había sido al pensar, aunque fuera por un momento, que podían ser felices de nuevo!

Robert se levantó.

—No pensarías...

—Evidentemente, no. ¿Cómo iba a pensar que tú, el conde de Macclesfield, se dignaría casarse con la hija de un vicario? —Su voz se volvió chillona—. ¡Santo cielo! Puede que lleve siete años conspirando para hacerme con tu fortuna.

Ante aquel ataque inesperado, Robert dio un respingo. Sus palabras le causaron una punzada desagradable en el corazón; una punzada que se parecía un poco a la culpa. La imagen de Victoria como una cazafortunas llena de avaricia nunca le había parecido del todo cierta, pero ¿qué otra cosa podía pensar? La había visto con sus propios ojos tumbada en la cama, durmiendo a pierna suelta la noche en que debían escaparse juntos. Sintió que la coraza que protegía su corazón volvía a cerrarse y dijo:

—El sarcasmo no te favorece, Victoria.

—Muy bien. —Ella sacudió el brazo—. Entonces esta conversación ha terminado.

Robert alargó la mano con la velocidad de una bala y agarró su muñeca.

—De eso nada.

—Suéltame —dijo ella en voz baja.

Robert respiró hondo, intentando ganar tiempo para sobreponerse al poderoso impulso de zarandearla. No podía creer que la muy necia prefiriera quedarse allí, en un trabajo que aborrecía, a ir a Londres en su compañía.

—Voy a decirlo una vez más —dijo, traspasándola con una mirada cargada de dureza—. No pienso dejarte en esta casa para que te manosee cualquier hombre sin escrúpulos que pase por aquí.

Ella se rio, lo cual enfureció a Robert.

—¿Me estás diciendo —preguntó— que el único hombre sin escrúpulos con el que debo tener trato es contigo?

—Sí. ¡No! ¡Por amor de Dios, mujer! No puedes quedarte aquí.

Victoria levantó la barbilla con orgullo.

—No veo otra alternativa.

Robert apretó los dientes.

—Acabo de decirte...

—Y yo he dicho —afirmó ella puntillosamente— que no veo otra alternativa. No pienso ser la querida de nadie. —Se desasió de él y salió del laberinto.

Y de su vida, comprendió Robert, aturdido.

10

Robert regresó a Londres y procuró zambullirse en su rutina de siempre. Sin embargo, se sentía desgraciado; tanto, que ni siquiera se molestaba en intentar convencerse de que no le importaba el rechazo de Victoria.

No podía comer, ni dormir. Era la encarnación del personaje de un poema muy malo y melodramático. Veía a Victoria por todas partes: en las nubes, entre las multitudes, hasta en la maldita sopa.

Si no fuera tan penosamente patético, se dijo más tarde, seguramente no se habría molestado en responder a los requerimientos de su padre.

Cada pocos meses, el marqués le enviaba una carta solicitando su presencia en Castleford Manor. Al principio, las notas eran órdenes tajantes, pero desde hacía algún tiempo habían adoptado un tono más conciliador, casi implorante. El marqués quería que Robert se interesara más por sus tierras; quería que su hijo se enorgulleciera del marquesado que algún día sería suyo. Pero sobre todo quería que se casara y engendrara un heredero al que transmitir el apellido Kemble.

Todo ello aparecía expresado con bastante claridad (y creciente diplomacia) en las cartas que escribía a su hijo, pero Robert se limitaba a leer por encima las notas para arrojarlas luego a la chimenea. Hacía más de siete años que no visitaba Castleford Manor: desde aquel aciago día en que sus sueños se hicieron pedazos y su padre, en lugar de darle palmaditas en la espalda y ofrecerle consuelo, se puso a bailar y a gritar de alegría encima de su valiosísima mesa de caoba.

Cuando se acordaba de aquello, Robert todavía apretaba los dientes lleno de furia. Cuando tuviera hijos, les ofrecería apoyo y comprensión. No se reiría de sus fracasos, desde luego.

Hijos. Eso sí que tenía gracia. No era muy probable que dejara su impronta en este mundo en forma de pequeños vástagos. No se atrevía a casarse con Victoria, y empezaba a darse cuenta de que no se imaginaba casado con otra.

Menudo lío.

Y así, cuando llegó una nueva nota de su padre diciendo que estaba en su lecho de muerte, Robert decidió complacer al viejo. Había recibido otras dos notas semejantes en el último año; ninguna de ellas había demostrado ser cierta ni remotamente, pero aun así Robert hizo las maletas y partió hacia Kent. Cualquier cosa con tal de dejar de pensar en ella.

Cuando llegó al hogar de su niñez, no le sorprendió descubrir que su padre no estaba enfermo, aunque parecía un poco más mayor de lo que recordaba.

—Me alegro de tenerte en casa, hijo —dijo el marqués, bastante sorprendido por que Robert hubiera respondido por fin a su llamada abandonando Londres.

—Pareces estar bien —dijo Robert, enfatizando esta última palabra.

El marqués se puso a toser. Robert levantó una ceja con insolencia.

—¿Un catarro de pecho, quizá? —preguntó.

Su padre le miró con fastidio.

—Solo estaba aclarándome la garganta, y lo sabes muy bien.

—¡Ah, sí! Nosotros los Kemble siempre hemos sido fuertes y sanos como caballos. O como mulas, e igual de tercos.

El marqués dejó de golpe sobre la mesa su vaso de *whisky* casi vacío.

—¿Qué te ha ocurrido, Robert?

—¿Cómo dices? —preguntó Robert mientras se repantigaba en el sofá y ponía los pies sobre la mesa de centro.

—Tu comportamiento es sumamente deplorable. ¡Y quita los pies de encima de la mesa!

Su padre hablaba en el mismo tono que cuando, de niño, él cometía alguna trasgresión espantosa. Robert obedeció sin pensarlo y puso los pies en el suelo.

—Mírate —prosiguió Castleford con desagrado—. Holgazaneando en Londres. Bebiendo, yendo con mujeres de mala vida, derrochando tu fortuna en juegos de azar.

Robert sonrió sin ganas.

—Soy un jugador excelente. He duplicado mi renta.

Su padre se volvió lentamente hacia él.

—No te importa nada, ¿verdad?

—Una vez me importó —murmuró Robert. De pronto se sentía muy vacío.

El marqués se sirvió otro vaso de *whisky* y lo apuró de un trago. Y luego, como si hiciera un esfuerzo desesperado, dijo:

—Tu madre se avergonzaría de ti.

Robert levantó la mirada al instante. Se le quedó la boca seca. Su padre rara vez mencionaba a su madre. Robert tardó varios segundos en poder decir:

—Tú no sabes qué habría sentido mi madre. Nunca la conociste en realidad. No sabes lo que es el amor.

—¡Yo la quería! —bramó el marqués—. Quería a tu madre como tú no sabrás nunca. Y por Dios que conocía sus sueños. Quería que su hijo fuera fuerte, honesto y noble.

—Y que no olvidara mis responsabilidades para con el título —añadió Robert ácidamente.

Su padre se apartó de él.

—A ella no le importaban esas cosas —dijo—. Solo quería que fueras feliz.

Robert cerró los ojos, angustiado, preguntándose si su vida habría sido distinta de estar su madre viva cuando cortejó a Victoria.

—Veo que para ti ha sido una prioridad cumplir sus sueños. —Se rio con amargura—. Está claro que soy un hombre feliz.

—Nunca he querido que fueras así —repuso Castleford, cuyo rostro aparentaba los sesenta y cinco que tenía, y diez más. Sacudió la cabeza y se dejó caer en un sillón—. Nunca he querido esto. ¡Dios mío! ¿Qué he hecho? ¿Cómo fui capaz?

Una sensación de inquietud muy extraña comenzó a hacer presa de Robert.

—¿Qué quieres decir? —preguntó.

—Ella vino aquí, ¿sabes?

—¿Quién vino aquí?

—Ella. La hija del vicario.

Robert crispó los dedos sobre el brazo del sofá hasta que se le transparentaron los nudillos.

—¿Victoria?

Su padre asintió brevemente con la cabeza.

Mil preguntas cruzaron la cabeza de Robert. ¿La habían echado los Hollingwood? ¿Estaba enferma? Debía de estarlo, pensó. Tenía que ocurrir algo terrible si había recurrido a su padre.

—¿Cuándo estuvo aquí?

—Justo después de que te fueras a Londres.

—¿Justo después de que...? ¿De qué demonios estás hablando?

—Hace siete años.

Robert se levantó de un salto.

—¿Victoria estuvo aquí hace siete años y no me lo dijiste? —Comenzó a avanzar hacia su padre—. No me has dicho nunca ni una palabra.

—No quería que arrojaras tu vida por la borda. —Castleford soltó una risa amarga—. Pero lo hiciste de todos modos.

Robert cerró los puños, consciente de que, si no lo hacía, tal vez se lanzara al cuello de su padre.

—¿Qué dijo?

El marqués no respondió enseguida.

—¡¿Qué dijo?! —bramó Robert.

—No lo recuerdo exactamente, pero... —Castleford respiró hondo—. Pero parecía muy abatida porque te hubieras ido a Londres. Creo que quería de veras escaparse contigo.

Robert sintió un nudo en la garganta y dudó de que pudiera articular ni siquiera una palabra.

—No creo que anduviera detrás de tu fortuna —dijo el marqués en voz baja—. Sigo pensando que una mujer de su procedencia no podía ser una buena condesa, pero reconozco... —Se aclaró la garganta. No era hombre al que le gustara mostrarse débil—. Reconozco que tal vez me equivocara con ella. Seguramente te quería.

Robert se quedó muy quieto un momento; luego, de pronto, dio media vuelta y asestó un puñetazo a la pared. El marqués retrocedió con nerviosismo, consciente de que su hijo habría deseado asestarle aquel puñetazo en plena cara.

—¡Maldito seas! —estalló Robert—. ¿Cómo pudiste hacerme algo así?

—En aquel momento me pareció lo mejor. Ahora veo que estaba equivocado.

Robert cerró los ojos, angustiado.

—¿Qué le dijiste?

El marqués le volvió la espalda, incapaz de mirarle a la cara.

—¿Qué le dijiste?

—Le dije que nunca habías tenido intención de casarte con ella. —Castleford tragó saliva, incómodo—. Le dije que solo estabas jugando con ella.

—Y ella pensó... ¡Dios mío! Pensó... —Robert se puso en cuclillas. Al descubrir que se había ido a Londres, Victoria debió de pensar que le había mentido desde el principio, que nunca la había querido.

Y después la había insultado pidiéndole que fuera su amante. La vergüenza se apoderó de él, y se preguntó si alguna vez sería capaz de volver a mirarla a los ojos. Dudaba de que Victoria le permitiera volver a hablar con ella el tiempo necesario para disculparse.

—Robert —dijo su padre—, lo siento.

El conde se levantó despacio, apenas consciente de lo que hacía.

—Nunca te perdonaré por esto —le espetó con rotundidad.

—¡Robert! —gritó el marqués.

Pero su hijo ya había abandonado la habitación.

Robert no fue consciente de adónde iba hasta que la casita del vicario apareció ante su vista. ¿Por qué estaba Victoria en la cama esa noche? ¿Por qué no se reunió con él, como había prometido?

Estuvo cinco minutos largos delante de la casa, sin hacer otra cosa que mirar la aldaba de bronce de la puerta principal. Sus pensamientos se dispersaban velozmente en todas direcciones, y tenía los ojos tan desenfocados que no vio moverse las cortinas de la ventana del salón.

La puerta se abrió de pronto y tras ella apareció Eleanor Lyndon.

—¿Milord? —dijo, a todas luces sorprendida de verle.

Robert parpadeó hasta que pudo verla con nitidez. Seguía pareciendo la misma, salvo porque se había recogido en un pulcro moño el cabello rubio rojizo, que siempre había llevado formando una nube en torno a la cara.

—Ellie... —dijo él con voz ronca.

—¿Qué hace aquí?

—No... no lo sé.

—No tiene buen aspecto. ¿Quiere...? —Tragó saliva—. ¿Quiere entrar?

Robert asintió con la cabeza con escasa firmeza y la siguió al salón.

—Mi padre no está —dijo—. Está en la iglesia.

Robert se limitó a mirarla fijamente.

—¿Seguro que no está enfermo? Tiene mala cara.

Él dejó escapar un leve suspiro que podría haber sido de regocijo si no hubiera estado tan aturdido. La franqueza de Ellie siempre le había parecido refrescante.

—¿Milord? ¿Robert?

Robert siguió callado unos segundos y luego, de pronto, preguntó:

—¿Qué ocurrió?

Ella parpadeó.

—¿Cómo dice?

—¿Qué ocurrió esa noche? —repitió él, y su voz adquirió una urgencia desesperada.

Ellie pareció entender por fin y apartó la mirada.

—¿No lo sabe?

—Creía que sí, pero ahora... ya no sé nada.

—Él la ató.

Robert se sintió como si le hubieran dado un puñetazo en el estómago.

—¿Qué?

—Mi padre —dijo Ellie tragando saliva con nerviosismo—. Se despertó y encontró a Victoria haciendo las maletas, así que la ató. Dijo que con usted acabaría deshonrada.

—¡Dios mío! —Robert no podía respirar.

—Fue espantoso. Papá estaba hecho una furia. Nunca le había visto así. Yo quería ayudarla. De veras. La tapé con las mantas para que no cogiera frío.

Robert la recordó tendida en la cama. Se había puesto furioso con ella, y mientras tanto Victoria estaba atada de pies y manos. De pronto se sintió enfermo.

Ellie prosiguió su relato.

—Pero a mí también me ató. Creo que sabía que la habría liberado para que se fuera con usted. Al final, Victoria salió a escondidas de la casa y corrió a Castleford Manor en cuanto se vio libre. Cuando regresó, traía la piel toda arañada de correr por el bosque.

Robert apartó la mirada; su boca se movía, pero no articulaba palabras.

—Ella nunca le perdonó, ¿sabe? —dijo Ellie. Encogió los hombros con tristeza—. Yo he hecho las paces con mi padre. No creo que hiciera bien, pero hemos alcanzado una especie de entendimiento. Victoria, en cambio...

—Continúa, Ellie —la instó Robert.

—Nunca volvió a casa. Hace siete años que no la vemos.

Robert se volvió hacia ella. Sus ojos azules tenían una mirada intensa.

—No lo sabía, Ellie. Te doy mi palabra.

—Nos sorprendimos mucho al saber que se había marchado de la comarca —dijo ella sin inflexión—. Pensé que Victoria iba a morirse de pena.

—No lo sabía —repitió Robert.

—Mi hermana creyó que pensaba usted aprovecharse de ella y que, al no conseguirlo, se aburrió y se marchó. —Ellie fijó la mirada en el suelo—. ¿Qué otra cosa podíamos pensar? Era lo que había augurado mi padre desde el principio.

—No —susurró Robert—. No. Yo la quería.

—¿Por qué se fue, entonces?

—Mi padre había amenazado con desheredarme. Esa noche, al ver que Victoria no aparecía, supuse que había llegado a la conclusión de que ya no merecía la pena casarse conmigo. —El mero hecho de decir aquello le avergonzaba. Como si a Victoria le hubieran importado nunca esas cosas. De pronto se puso en pie, pero se sentía tan aturdido que tuvo que agarrarse a un extremo de la mesa para recuperar el equilibrio.

—¿Le apetece una taza de té? —preguntó Ellie, levantándose—. No tiene buena cara, de veras.

—Ellie —dijo él, y su voz se cargó de determinación por primera vez desde el inicio de la conversación—. Hace siete años que no estoy bien. Si me disculpas...

Salió sin decir una palabra más y con mucha prisa.

Ellie no dudaba de adónde se dirigía.

—¿Qué quiere decir con que la ha echado?

—Sin referencias —dijo lady Hollingwood con orgullo.

Robert respiró hondo, consciente por primera vez en su vida de que sentía el impulso de dar un puñetazo a una mujer.

—¿Ha dejado...? —Se detuvo y se aclaró la garganta, intentando ganar tiempo para dominarse—. ¿Ha despedido a una mujer de refinada educación sin ni siquiera una nota de recomendación? ¿Dónde espera que vaya?

—Le aseguro que eso no es asunto mío. No quiero a esa desvergonzada cerca de mi hijo. Habría sido inconcebible para mí darle una carta de recomendación para que pueda corromper a otros pequeños con su perniciosa influencia.

—Le agradecería que no llamara «desvergonzada» a mi futura esposa, lady Hollingwood —protestó Robert, crispado.

—¿Su futura esposa? —preguntó lady Hollingwood atropelladamente, con una nota de pánico—. ¿La señorita Lyndon?

—En efecto. —Robert ensartó a lady Hollingwood con una de sus más consumadas miradas glaciales; un arte que había perfeccionado hacía tiempo.

—¡Pe-pero no puede casarse con ella!

—¿Ah, no?

—Eversleigh me dijo que prácticamente se le echó encima.

—Eversleigh es un cerdo.

Lady Hollingwood se envaró al oír aquella palabra.

—Lord Macclesfield, debo pedirle...

—¿Dónde está? —la cortó él.

—No lo sé, claro.

Robert avanzó hacia ella, con los ojos duros y fríos.

—¿No tiene ni idea? ¿No se le ocurre absolutamente nada?

—Eh... Puede que haya contactado con la agencia de colocación que usaba cuando la contraté.

—¡Ah! Ahora empezamos a entendernos. Sabía que no era usted una perfecta inútil.

Lady Hollingwood tragó saliva, incómoda.

—Tengo las señas aquí mismo. Permítame que se las copie.

Robert asintió secamente y cruzó los brazos. Había aprendido a servirse de su estatura para intimidar a los demás, y en ese momento no deseaba otra cosa que intimidar a lady Hollingwood. Ella cruzó la habitación a toda prisa y sacó una hoja de papel de un cajón. Con manos temblorosas copió una dirección.

—Aquí tiene —dijo, tendiéndole el papel—. Confío en que este pequeño malentendido no afecte a nuestra futura amistad.

—Mi querida señora, no se me ocurre ni una sola cosa que pueda usted hacer para suscitar en mí el deseo de volver a verla.

Lady Hollingwood palideció al ver convertidas en cenizas todas sus aspiraciones sociales.

Robert miró la dirección de Londres anotada en el papel que tenía en la mano y a continuación salió de la salita sin molestarse siquiera en despedirse de su anfitriona con una inclinación de cabeza.

Victoria había ido a buscar trabajo, le dijo la señora de la agencia de colocación encogiéndose de hombros con indiferencia, pero la había despedido. Era imposible colocar a una institutriz sin una carta de recomendación.

A Robert empezaron a temblarle las manos. Nunca se había sentido tan impotente. ¿Dónde demonios estaba Victoria?

Varias semanas después, Victoria iba canturreando alegremente mientras llevaba su tanda de costura al trabajo. No recordaba la última vez que se había sentido tan feliz. Todavía sufría por Robert, sí, pero había aceptado que aquella pena formaría parte de ella para siempre.

Estaba contenta, sin embargo. Había vivido un instante de pánico cuando la señora de la agencia de colocación declaró que sería imposible encontrarle un empleo, pero entonces se acordó de lo mucho que había cosido de niña. Si algo sabía hacer bien era coser un pespunte perfecto, y pronto encontró empleo en el taller de una modista.

Cobraba por prenda y el trabajo le resultaba muy gratificante. Si lo hacía bien, lo hacía bien, y nadie podía decir lo contrario. No había ninguna lady Hollingwood vigilando sus pasos, ni quejándose de que su hijo no sabía recitar el alfabeto con la suficiente rapidez, ni culpándola cuando se trastabillaba con la «M», la «N» o la «O». Le gustaba mucho aquella faceta objetiva de su nueva labor. Si hacía recta una costura, nadie podía decir que estaba torcida.

No como siendo institutriz. Victoria no podía estar más satisfecha.

Que lady Hollingwood la despidiera había sido un golpe terrible. Aquella rata rencorosa de Eversleigh se había puesto a contar chismes y, como era de esperar, lady Hollingwood jamás habría aceptado la palabra de una institutriz en lugar de la de un par del reino.

Y Robert se había marchado, así que no podía defenderla. Y no porque ella quisiera que lo hiciera, o lo esperara. No esperaba nada de él después de que la hubiera ofendido de aquella forma tan espantosa, pidiéndole que fuera su querida.

Victoria sacudió la cabeza. Intentó no pensar en aquel horrible encuentro. Se había hecho tantas ilusiones, y el golpe había sido tan duro... Jamás podría perdonarle por eso.

Ni que el muy patán fuera a suplicarle perdón.

Pensar en él como «Robert el patán» la hacía sentirse mucho mejor. Ojalá lo hubiera hecho siete años antes.

Victoria apoyó su fardo de ropa en equilibrio sobre la cadera al empujar la puerta trasera del taller de costura de Madame Lambert.

—¡Buenos días, Katie! —dijo alzando la voz para saludar a la otra costurera.

La muchacha rubia la miró con alivio.

—Victoria, ¡cuánto me alegro de que hayas llegado por fin!

Victoria dejó el fardo en el suelo.

—¿Ocurre algo?

—Madame está... —Katie se quedó callada un momento, miró hacia atrás y luego continuó en un susurro—: Está atacada de los nervios. Hay cuatro clientas en la tienda y...

—¿Ha llegado Victoria? —Madame Lambert irrumpió en la trastienda sin molestarse en adoptar el acento francés que usaba con sus clientas. Enseguida vio a Victoria, que estaba ordenando la ropa que se había llevado a casa la noche anterior—. ¡Gracias al cielo! La necesito delante.

Victoria dejó rápidamente la manga que sostenía y salió. A Madame Lambert le gustaba que atendiera en la tienda porque hablaba con acento cultivado.

Madame Lambert la condujo hasta una muchacha de unos dieciséis años que se esforzaba por ignorar a la corpulenta mujer (posiblemente su madre) que había a su lado.

—*Victoguia* —dijo Madame Lambert, súbitamente francesa—, esta es la *señoguita Haguiet* Brightbill. Su *madgue* —señaló a la otra señora— desea que la *asesoguemos acegca* del *vestuaguio* de su hija.

—Sé exactamente lo que quiero —dijo la señora Brightbill.

—Y yo también —añadió Harriet plantando firmemente las manos sobre las caderas.

Victoria sofocó una sonrisa.

—Quizá podamos encontrar algo que las satisfaga a ambas.

La señora Brightbill soltó un sonoro bufido que hizo que Harriet se volviera hacia ella con expresión indignada y dijera:

—¡Mamá!

Durante la hora siguiente, Victoria les mostró rollo tras rollo de tela. Sedas, rasos y muselinas: todos fueron sometidos a inspección. Pronto se hizo evidente que Harriet tenía mucho mejor gusto que su madre, y Victoria tuvo que invertir largo rato en convencer a la señora Brightbill de que para triunfar en sociedad no hacían falta volantes.

Por fin, la señora Brightbill, que quería de verdad a su hija y solamente intentaba hacer lo que creía mejor, se disculpó y entró en el escusado. Harriet se dejó caer en una silla cercana con un inmenso suspiro.

—Es agotadora, ¿verdad? —le preguntó a Victoria.

Victoria se limitó a sonreír.

—Menos mal que mi primo se ha ofrecido a llevarnos a comer pasteles. Ahora mismo no soportaría tener que seguir de compras. Y todavía tenemos que ir a la sombrerería y al guantero.

—Estoy segura de que se lo pasará estupendamente —dijo Victoria con diplomacia.

—Solo me lo paso bien cuando llegan todos los paquetes a casa y puedo abrirlos... ¡Eh, mire! Ese que pasa por delante del escaparate es mi primo. ¡Robert! ¡Robert!

Victoria ni siquiera se detuvo a pensar lo que hacía. El nombre de Robert surtía sobre ella un extraño efecto, y corrió a esconderse detrás de una planta. La campanilla de la puerta tintineó, y ella miró entre las hojas.

Robert. Su Robert.

Estuvo a punto de soltar un gruñido. Lo que le hacía falta. Justo cuando empezaba a sentirse un poco feliz, él tenía que hacer acto de presencia y volverlo todo del revés. Ya no sabía muy bien qué sentía por él, pero de una cosa estaba segura: no quería vérselas con él allí.

Empezó a avanzar poco a poco hacia la puerta de la trastienda.

—¡Primo Robert! —oyó decir a Harriet al agacharse detrás de una silla—. Menos mal que has llegado. Te aseguro que mi madre va a volverme loca.

Él se rio con una risa cálida y rica en matices que hizo que a Victoria se le encogiera el corazón.

—Si no te ha vuelto loca ya, yo diría que eres inmune a ella, querida Harriet.

Harriet soltó un suspiro lleno de hastío, de los que solo podía proferir una chica de dieciséis años que no sabía lo que era el hastío.

—Si no hubiera sido por esta encantadora vendedora... —Se hizo un espantoso silencio y Victoria se escabulló a gatas detrás del sofá.

Harriet puso los brazos en jarras.

—Pero ¿dónde se ha metido Victoria?

—¿Victoria?

Victoria tragó saliva. No le había gustado su tono. Solo quedaban cinco pasos para llegar a la puerta de atrás. Podía conseguirlo. Se levantó lentamente por detrás de un maniquí ataviado con un vestido de raso verde bosque y, manteniéndose puntillosamente de espaldas a la habitación, recorrió los pocos pasos que la separaban de la puerta.

Podía conseguirlo. Sabía que podía.

Alargó la mano hacia el pomo. Lo giró. Estaba dentro. Casi había sido demasiado fácil.

¡Lo había conseguido! Lanzó un enorme suspiro de alivio y se apoyó contra la pared. ¡Gracias al cielo! Tener que enfrentarse a Robert habría sido horrendo.

—¿Victoria? —preguntó Katie, mirándola inquisitivamente—. Creía que estabas ayudando...

La puerta se abrió de pronto con estruendo. Katie soltó un grito. Victoria, un gruñido.

—¡¿Victoria?! —gritó Robert—. ¡Gracias a Dios, Victoria!

Saltó por encima de un montón de rollos de tela y tiró un maniquí. Se detuvo cuando estaba apenas a medio metro de ella. Victoria le miró fijamente, pasmada. Él respiraba con dificultad, estaba demacrado y parecía no darse cuenta de que llevaba una tira de encaje español colgada del hombro derecho.

Y entonces, sin importarle quién le estuviera mirando, o simplemente ciego a la presencia de Katie, Madame Lambert, Harriet, la señora Brightbill y otras tres costureras más, tendió los brazos como un sediento y la apretó contra sí.

Luego empezó a besarla. Por doquier.

11

Robert pasó las manos por sus brazos, por sus hombros, por su espalda, únicamente para asegurarse de que de veras estaba allí. Se detuvo un momento a mirarla a los ojos y tomó luego su cara entre las manos y la besó.

La besó con toda la pasión que llevaba siete años refrenando.

La besó con toda la angustia que había sentido esas últimas semanas, sin saber si estaba viva o muerta.

La besó con todo su ser, con todo su anhelo. Y habría seguido besándola si una mano no se hubiera cerrado sobre su oreja izquierda y le hubiera apartado de un tirón.

—¡Robert Kemble! —gritó su tía—. Debería darte vergüenza.

Robert lanzó una mirada suplicante a Victoria, que parecía aturdida y avergonzada.

—Necesito hablar contigo —dijo él con firmeza, señalándola con el dedo.

—¿Qué significa esto? —preguntó Madame Lambert sin asomo de acento francés.

—Esta mujer —contestó Robert— es mi futura esposa.

—¡¿Qué?! —gritó Victoria.

—¡Santo cielo! —masculló la señora Brightbill.

—¡Oh, Victoria! —dijo Katie, emocionada.

—¡Robert, ¿por qué no nos lo habías contado?! —exclamó Harriet.

—¿Quién demonios es usted? —preguntó Madame Lambert, y nadie supo con certeza si la pregunta iba dirigida a Robert o a Victoria.

Todo lo anterior sucedió al mismo tiempo, dando lugar a tal jaleo que Victoria gritó por fin:

—¡Basta! ¡Paren todos!

Todos se volvieron hacia ella. Victoria parpadeó sin saber qué hacer ahora que le prestaban atención. Finalmente carraspeó y levantó la barbilla.

—Si me disculpan —dijo, a sabiendas de que su despliegue de orgullo resultaba patético—, no me encuentro bien. Creo que hoy voy a irme a casa temprano.

De nuevo se armó un revuelo. Todo el mundo tenía una opinión que dar respecto a aquella extraña situación. En medio de aquel alboroto, Victoria intentó escabullirse por la puerta de atrás, pero Robert fue más rápido. La agarró por la muñeca y Victoria se sintió llevada en volandas hasta el centro de la habitación.

—Tú no vas a ninguna parte —dijo él con una mezcla de fiereza y ternura—. No, hasta que hablemos.

Harriet pasó por debajo de los brazos de su madre, que hacía frenéticos aspavientos, y corrió junto a Victoria.

—¿De veras va a casarse con mi primo? —preguntó con cara de romántica extasiada.

—No —respondió Victoria sacudiendo la cabeza débilmente.

—¡Sí! —bramó Robert—. Vamos a casarnos.

—Pero tú no quieres casarte conmigo.

—Por supuesto que sí, o no lo habría afirmado delante de la mayor chismosa de todo Londres.

—Se refiere a mi madre —explicó Harriet, solícita.

Victoria se sentó encima de un rollo de raso verde y apoyó la cara en las manos.

Madame Lambert se acercó a ella con paso decidido.

—No sé quién es usted —dijo, clavando un dedo en el hombro de Robert—, pero no puedo permitir que asalte a mis modistas.

—Soy el conde de Macclesfield.

—El conde de... —A Madame Lambert se le salieron los ojos de las órbitas—. ¿Un conde?

Victoria gimió. Habría deseado estar en cualquier parte, menos allí.

Madame Lambert se agachó a su lado.

—Es conde de verdad, pequeña. ¿Y ha dicho que quiere casarse con usted?

Victoria se limitó a sacudir la cabeza, con la cara todavía entre las manos.

—¡Por el amor de Dios! —exclamó una voz imperiosa—. ¿Es que no ven que la pobre muchacha está angustiada?

Una señora mayor, vestida completamente de púrpura, se acercó a Victoria y le rodeó maternalmente los hombros con el brazo.

Victoria miró hacia arriba y parpadeó.

—¿Quién es usted? —preguntó.

—Soy la duquesa viuda de Beechwood.

Victoria miró a Robert.

—¿Otra pariente tuya?

La duquesa viuda respondió por él.

—Puedo asegurarle que este sinvergüenza no es pariente mío. Yo iba a lo mío, quería comprarme un vestido nuevo para el primer baile de mi nieta y...

—¡Ay, Dios! —gimió Victoria, dejando caer de nuevo la cabeza entre las manos. Aquello daba un nuevo significado al concepto de «humillación». Cuando los perfectos desconocidos se sentían en la obligación de compadecerte...

La duquesa viuda clavó una mirada penetrante en Madame Lambert.

—¿Es que no se da cuenta de que la pobrecilla necesita una taza de té?

Madame Lambert dudó: evidentemente, no deseaba perderse ni un minuto de la función. Luego dio un codazo a Katie en las costillas. La costurera corrió a preparar el té.

—Victoria —dijo Robert, y procuró parecer calmado y paciente, cosa difícil teniendo en cuenta su público—, necesito hablar contigo.

Ella levantó la cabeza y al enjugarse los ojos húmedos se sintió un poco envalentonada por la compasión y el indignado asombro de las mujeres que la rodeaban.

—No quiero tener nada que ver contigo —dijo con un leve sollozo—. Nada.

Su actuación hizo que la tía de Robert se acercara a Victoria por el lado que no ocupaba la duquesa viuda de Beechwood y la rodeara ella también maternalmente con el brazo.

—Tía Brightbill —dijo Robert en tono exasperado.

—¿Qué le has hecho a la pobre chiquilla? —preguntó su tía imperiosamente.

Robert se quedó boquiabierto de asombro. De pronto era evidente que todas las mujeres de Inglaterra (con la posible salvedad de la odiosa lady Hollingwood) se habían puesto en su contra.

—Intento pedirle que se case conmigo —contestó entre dientes—. Eso cuenta, ¿no?

La señora Brightbill se volvió hacia Victoria con una expresión que oscilaba entre la preocupación y el pragmatismo.

—Le está pidiendo que se case con él, cielo. —Bajó la voz una octava—. ¿Hay alguna razón por la que sea imperativo que acepte?

Harriet se quedó pasmada. Hasta ella sabía a lo que se refería su madre.

—¡Desde luego que no! —contestó Victoria con energía. Y entonces, solo porque sabía que aquello metería a Robert en un lío con su público femenino (y, naturalmente, porque seguía furiosa con él, añadió—: Intentó comprometerme, pero no se lo permití.

La señora Brightbill se levantó de un brinco con sorprendente rapidez teniendo en cuenta su volumen y propinó un bolsazo a su sobrino.

—¡¿Cómo te atreves?! —gritó—. Salta a la vista que la pobre criatura es de buena familia, aunque las circunstancias hayan desmejorado su situación. —Se detuvo a media frase, dándose cuenta de que su sobrino (un conde, ¡por todos los santos!) estaba ofreciendo matrimonio a una costurera; luego se volvió hacia Victoria—. Porque es usted de buena familia, ¿verdad? Quiero decir que lo parece.

—Victoria no podría ser más buena y amable —dijo Robert.

La mujer de la que hablaba se limitó a sollozar e hizo caso omiso de su cumplido.

—Su padre es el vicario de Bellfield —añadió él, y a continuación relató brevemente su historia.

—¡Oh, qué romántico! —suspiró Harriet.

—No tiene nada de romántico —replicó Victoria. Y luego añadió con más dulzura—: Así que no se haga ideas absurdas sobre fugas por amor.

La madre de Harriet le dio unas palmaditas en el hombro, satisfecha.

—Robert —anunció, dirigiéndose a la habitación en general—, serás un hombre con suerte si consigues persuadir a esta joven tan encantadora y pragmática de que acepte tu oferta.

Él abrió la boca para decir algo, pero le interrumpió el silbido de la tetera. Las mujeres se pusieron entonces a servir el té y le ignoraron por completo. Victoria daba sorbitos a su taza mientras recibía nuevas palmaditas y varios «pobrecilla» cargados de preocupación.

Robert ignoraba cuándo había ocurrido, pero el equilibrio de poder había cambiado, y en su contra. Era un hombre solo contra (recorrió la habitación con la mirada) ocho mujeres.

¿Ocho? ¡Santo cielo! La habitación empezaba a parecerle agobiante. Se tiró de la corbata.

Finalmente, cuando una señora vestida de rosa (Robert, que ignoraba su identidad, solo pudo deducir que era otra espectadora inocente) se movió para dejarle ver a Victoria, dijo por enésima vez, o eso le pareció:

—Victoria, necesito hablar contigo.

Ella bebió otro sorbo de té, recibió otra palmadita maternal de la duquesa viuda de Beechwood y dijo:

—No.

Robert dio un paso adelante.

—Victoria... —dijo en tono vagamente amenazador.

Habría avanzado otro paso, pero ocho mujeres le atravesaron a la vez con sus miradas repletas de desdén. Ni siquiera él era lo bastante hombre para soportar aquello. Levantó los brazos y masculló:

—Demasiadas gallinas.

Victoria se quedó allí sentada, entre su nuevo tropel de admiradoras, con cara de fastidiosa serenidad.

Robert respiró hondo y sacudió el dedo en el aire.

—Esto no ha acabado, Victoria. Pienso hablar contigo.

Y entonces, profiriendo otro comentario incomprensible sobre gallos y gallinas, salió de la tienda.

—¿Sigue ahí?

A instancias de Victoria, Katie miró de nuevo por el escaparate de la tienda.

—Su carruaje no se ha movido.

—¡Rayos y centellas! —masculló Victoria, lo que hizo decir a la señora Brightbill:

—Creía que había dicho que su padre era vicario.

Victoria miró el reloj. El carruaje de Robert llevaba dos horas aparcado frente a la tienda, y no parecía que fuera a marcharse. Lo mismo que las señoras que habían presenciado su rocambolesco reencuentro. Madame Lambert había tenido que poner a hervir cuatro teteras para servir a todo el mundo.

—No puede quedarse en la calle todo el día —dijo Harriet—. ¿Verdad?

—Es conde —contestó su madre con rotundidad—. Puede hacer lo que le plazca.

—Y ese es justamente el problema —declaró Victoria. ¿Cómo se atrevía a entrar de nuevo en su vida como si tal cosa, dando por sentado que ella se arrojaría a sus pies, y solo porque de pronto se le había metido otra vez en la cabeza que quería casarse con ella.

Quería casarse con ella. Victoria sacudió la cabeza, incapaz de creerlo. En otro tiempo, aquel había sido su sueño más íntimo; ahora, parecía más bien una broma pesada del destino.

¿Quería casarse con ella? Era muy tarde para eso, ¡maldita sea!

—¿Ha vuelto a maldecir? —susurró Harriet, lanzando una mirada furtiva a su madre.

Victoria levantó la mirada, sorprendida. No se había dado cuenta de que estaba hablando en voz alta.

—Es por culpa suya —gruñó.

—¿Del primo Robert?

Victoria asintió con un gesto.

—Cree que puede manejar mi vida.

Harriet se encogió de hombros.

—Intenta manejar la vida de todo el mundo. Y la verdad es que suele hacerlo de maravilla. Nunca habíamos tenido una economía tan saneada como desde que empezó a administrar nuestro dinero.

Victoria la miró extrañada.

—¿Entre la alta sociedad no se considera de mal gusto hablar de dinero?

—Sí, pero usted es de la familia —contestó Harriet haciendo un amplio ademán con el brazo.

—No lo soy —refunfuñó Victoria.

—Pero lo será —dijo Harriet—, si el primo Robert se sale con la suya. Y suele conseguir lo que quiere.

Victoria puso los brazos en jarras y miró con enfado el carruaje a través del escaparate.

—Esta vez, no.

—¡Eh, Victoria! —dijo Harriet, un poco nerviosa—. No hace mucho que la conozco, así que no puedo pretender conocer las sutilezas de sus expresiones faciales, pero debo decir que no me gusta la mirada que tiene.

Victoria se volvió lentamente, atónita.

—¿De qué diablos está hablando?

—No sé qué piensa hacer, pero le aconsejo que no lo haga.

—Voy a hablar con él —dijo Victoria con resolución y entonces, antes de que nadie pudiera detenerla, salió de la tienda con paso decidido.

Robert se apeó al instante del carruaje. Abrió la boca como si fuera a decir algo, pero Victoria le cortó en seco.

—¿Querías hablar conmigo? —dijo en tono seco.

—Sí, yo...

—Bien. Yo también quiero hablar contigo.

—Torie, yo...

—No creas ni por un segundo que puedes controlar mi vida. No sé a qué viene este increíble cambio de parecer, pero no soy una marioneta que puedas manipular a tu antojo.

—Claro que no, pero...

—No puedes insultarme como lo hiciste y esperar que lo olvide.

—Soy consciente de ello, pero...

—Además, soy muy feliz sin ti. Eres despótico arrogante, insufrible...

—... y me quieres —la interrumpió Robert, y pareció muy satisfecho por haber conseguido intercalar una palabra en la conversación, aunque fuera de refilón.

—¡Desde luego que no te quiero!

—Victoria —dijo él en tono tan conciliador que resultaba exasperante—, tú siempre me querrás.

Ella se quedó boquiabierta.

—Estás loco.

Él hizo una reverencia y se llevó su mano inerme a los labios.

—Nunca he estado más cuerdo que en este momento.

Victoria se quedó sin respiración. Los recuerdos desfilaron por su cabeza como destellos fugaces. De pronto volvía a tener diecisiete años. Tenía diecisiete años, estaba locamente enamorada y ansiaba que la besara.

—No —dijo con voz estrangulada—. No. No vas a volver a hacerme esto.

Robert clavó en ella una mirada ardiente.

—Te quiero, Victoria.

Ella apartó la mano.

—No puedo escucharte. —Y entonces volvió corriendo a la tienda.

Robert la vio alejarse y suspiró, preguntándose por qué le sorprendía tanto que no hubiera caído en sus brazos y le hubiera declarado su amor eterno. Estaba enfadada con él, por supuesto. Estaba furiosa. Pero él había estado tan loco de preocupación, tan angustiado por la mala conciencia que en ningún momento se había parado a pensar cómo reaccionaría ella cuando volviera a aparecer por sorpresa en su vida.

No tuvo tiempo de considerar la cuestión, sin embargo, porque su tía salió de la tienda hecha una furia.

—¡¿Qué le has dicho a esa pobre niña?! —gritó—. ¿No crees que ya le has dado suficientes disgustos por hoy?

Robert atravesó a su tía con la mirada. Aquellas constantes intromisiones empezaban a ser de lo más fastidiosas.

—Le he dicho que la quería.

Su tía pareció perder fuelle al oírle.

—¿Ah, sí?

Robert ni siquiera se molestó en decir que sí con la cabeza.

—Pues, sea lo que sea lo que le hayas dicho, no vuelvas a decírselo.

—¿Quieres que le diga que no la quiero?

Su tía plantó las manos en sus amplias caderas.

—Está muy disgustada.

Robert estaba harto de entrometimientos femeninos.

—Yo también, ¡maldita sea!

La señora Brightbill se echó hacia atrás, ofendida, y se llevó una mano al pecho.

—Robert Kemble, ¿acabas de jurar en mi presencia?

—He pasado siete años de absoluta infelicidad por culpa de un estúpido malentendido propiciado por dos padres entrometidos. Francamente, tía Brightbill, tu sensibilidad ultrajada no ocupa los primeros puestos en mi lista de prioridades.

—Robert Kemble, no me he sentido más insultada...

—... en toda tu vida. —Robert suspiró, levantando los ojos al cielo.

—... en toda mi vida. Y me trae sin cuidado que seas conde. Voy a aconsejarle a esa pobre chiquilla que no se case contigo. —Con un fuerte bufido, la señora Brightbill dio media vuelta y entró de nuevo en la tienda.

—¡Gallinas! —gritó Robert dirigiéndose a la puerta—. ¡Todas! ¡No sois más que una panda de gallinas!

—Le ruego me disculpe, milord —dijo el mozo apoyado en un lado del carruaje—, pero no creo que este sea un buen momento para hacerse el gallo.

Robert le lanzó una mirada fulminante.

—MacDougal, si no se te dieran tan bien los caballos...

—Lo sé, lo sé, me habría echado hace años.

—Todavía puedo hacerlo —refunfuñó Robert.

MacDougal sonrió con la confianza de quien se ha vuelto más un amigo que un sirviente.

—¿Se ha fijado en lo rápido que ha dicho ella que no le quería?

—Sí, me he fijado —gruñó Robert.

—Solo quería que lo supiera. Por si no se había fijado.

Robert volvió la cabeza al instante.

—¿Sabes que eres muy impertinente para ser un criado?

—Por eso me conserva a su lado, milord.

Robert sabía que era cierto, pero no le apetecía reconocerlo en ese momento, así que volvió a mirar hacia la tienda.

—¡Pueden atrincherarse todo lo que quieran! —gritó, blandiendo el puño en el aire—. ¡No pienso marcharme!

—¿Qué ha dicho? —preguntó la señora Brightbill mientras intentaba aliviar su sensibilidad herida con su séptima taza de té.

—Que no piensa marcharse —contestó Harriet.

—Ya lo sabía yo —masculló Victoria.

—¡Más té, por favor! —dijo la señora Brightbill, y agitó en el aire su taza vacía. Katie se acercó corriendo con otra tetera humeante. La señora apuró la taza de un trago y luego se levantó y se alisó las faldas con las manos—. Si me disculpan... —anunció dirigiéndose a todas las presentes. Luego se marchó al escusado.

—Madame Lambert va a tener que comprar otro orinal —masculló Katie.

Victoria le lanzó una mirada de reproche. Llevaba varias semanas intentando inculcar decoro y buenos modales a la muchacha, pero aun así contestó:

—Se acabó el té. No beban ni una sola gota más. —Lo cual demostraba hasta qué punto tenía los nervios a flor de piel.

Harriet la miró con cara de sabelotodo y dejó su taza con firmeza.

—¡Esto es una locura! —exclamó Victoria—. Nos tiene atrapadas.

—La verdad —dijo Harriet— es que solamente la tiene atrapada a usted. Yo podría marcharme en cualquier momento y él ni se daría cuenta.

—¡Oh! Sí que se daría cuenta —masculló Victoria—. Él se da cuenta de todo. Nunca he conocido a un hombre más terco y terriblemente ordenado que...

—Ya es suficiente, querida —la cortó Madame Lambert, consciente de que su dependienta podía estar ofendiendo a su clientela—. A fin de cuentas, Su Señoría es primo de la señorita Brightbill.

—¡Oh! Por mí no se preocupe —dijo Harriet con entusiasmo—. Me lo estoy pasando en grande.

—¡Harriet! —exclamó Victoria de repente.

—¿Sí?

—Harriet.

—Creo que eso ya lo ha dicho.

Victoria se quedó mirando a la muchacha mientras los engranajes de su cerebro giraban a toda velocidad.

—Harriet, puede que seas la respuesta a mis plegarias.

—Dudo que sea la respuesta a las plegarias de nadie —contestó Harriet—. Siempre estoy metiéndome en líos y hablando sin pensar lo que digo.

Victoria sonrió y le dio unas palmaditas en la mano.

—A mí me parece de lo más encantador.

—¿De veras? ¡Qué maravilla! Me va a encantar que sea mi prima.

Victoria se obligó a no rechinar los dientes.

—No voy a ser tu prima, Harriet.

—Ojalá lo fuera. El primo Robert no está tan mal, cuando se le conoce mejor.

Victoria optó por no contestar que ya le conocía bien.

—Harriet, ¿podrías hacerme un favor?

—Se lo haría encantada.

—Necesito que actúes como distracción.

—¡Oh! Eso será muy fácil. Mamá siempre dice que no la dejo concentrarse.

—¿Te importaría salir corriendo de la tienda y distraer al conde? ¿Para que yo pueda escabullirme por la puerta de atrás?

Harriet frunció el ceño.

—Si hace eso, Robert no tendrá ocasión de cortejarla.

Victoria se dijo que era una santa por no gritar: «¡Exacto!».

—Harriet —dijo en tono dulce—, no voy a casarme con tu primo bajo ninguna circunstancia. Pero si no salgo de esta tienda, quizá estemos atrapadas aquí toda la noche. Robert no muestra indicios de querer marcharse.

Harriet parecía indecisa.

Victoria resolvió sacarse un triunfo de la manga y susurró:

—Puede que a tu madre le moleste.

Harriet se puso de color verde.

—Muy bien.

—Dame un momento para prepararme. —Victoria comenzó a recoger sus cosas con prisas.

—¿Qué le digo?

—Lo que quieras.

Harriet frunció los labios.

—No estoy segura de que sea buena idea.

Victoria se paró en seco.

—Harriet, te lo estoy suplicando.

La muchacha lanzó un fuerte suspiro, se encogió de hombros teatralmente y después empujó la puerta de la tienda y salió.

—Estupendo, estupendo, estupendo —murmuró Victoria, y cruzó corriendo la trastienda. Se echó el manto sobre los hombros, se lo ciñó con fuerza y salió por la puerta trasera.

¡Por fin libre! Se sentía casi aturdida por la alegría.

Era consciente de que se estaba divirtiendo quizá demasiado; dar esquinazo a Robert resultaba increíblemente satisfactorio. Al final tendría que enfrentarse a sus emociones y asumir que el hombre que le había roto el corazón dos veces había vuelto, pero de momento le bastaba con vencerle en su propio terreno.

—¡Ja! —dijo, sonriendo como una idiota a la pared de ladrillo del edificio contiguo. Lo único que tenía que hacer era recorrer el resto del callejón, doblar a la izquierda y estaría fuera de su alcance. Al menos, por ese día.

Bajó con sigilo los escalones traseros de la tienda. Pero cuando su pie tocó los adoquines del callejón, sintió una presencia.

¡Robert! Tenía que ser él.

Pero al volverse no vio a Robert, sino a un hombre de cabello negro con una horrible cicatriz que le cruzaba la mejilla.

Entonces, aquel hombre alargó los brazos hacia ella.

Victoria soltó su bolso y gritó.

—¡Calla, muchacha! —dijo el malvado—. No voy a hacerte daño.

Victoria, que no veía razón para creerle, le propinó velozmente una patada en la espinilla y echó luego a correr, intentando llegar al final del callejón, donde confiaba en poder escabullirse entre el gentío de Londres.

Pero él se movía con rapidez (o quizá la patada no había sido lo bastante fuerte), porque la agarró por la cintura y la levantó hasta que sus pies dejaron de tocar el suelo. Victoria pataleó, gritó y gruñó; no iba a permitir que aquel matón se la llevara sin infligirle de paso un poco de dolor.

Consiguió asestarle un sonoro manotazo a un lado de la cabeza y él la soltó al tiempo que profería un exabrupto. Victoria se levantó como pudo, pero solo había recorrido unos metros cuando sintió que la mano de su asaltante se cerraba sobre la tela suelta de su manto.

Y entonces oyó lo que más temía:

—¡Excelencia! —vociferó el malhechor.

¿Excelencia? A Victoria se le cayó el alma a los pies. Debería haberlo imaginado.

El grandullón gritó de nuevo.

—¡Si no viene enseguida, me largo antes de que pueda volver a echarme!

Desanimada, Victoria cerró los ojos para no tener que ver la sonrisa satisfecha de Robert cuando doblara la esquina.

12

Cuando abrió los ojos, Robert estaba delante de ella.

—¿Van a seguirte? —preguntó.

—¿Quiénes?

—Ellas. Las mujeres —dijo como si se refiriera a una nueva especie de insectos.

Victoria intentó que le soltara el brazo.

—Siguen tomando té.

—¡Alabado sea Dios!

—Tu tía me ha invitado a ir a vivir con ella, por cierto.

Robert masculló algo en voz baja.

Se hizo el silencio un momento, y luego Victoria dijo:

—Tengo que irme a casa, así que si haces el favor de soltarme el brazo... —Esbozó una sonrisa forzada, decidida a ser amable aunque ello la matara.

Robert cruzó los brazos, separó los pies hasta que estuvieron a la misma distancia que sus hombros y dijo:

—No voy a ir a ninguna parte sin ti.

—Pues yo no voy a ir a ninguna parte contigo, así que no veo cómo...

—Victoria, no me saques de mis casillas.

A ella se le salieron los ojos de las órbitas.

—¿Qué has dicho?

—He dicho que...

—¡Ya he oído lo que has dicho! —Le dio un golpe en el hombro con la mano—. ¿Cómo te atreves siquiera a decirme que no te saque de tus casillas? ¡Has mandado a un matón a buscarme! A un malhechor. Podría haberme herido.

El hombretón que la había agarrado dio un respingo.

—Milord —dijo—, me veo en la obligación de interrumpirles.

Robert tensó los labios.

—Victoria, a MacDougal no le gusta que le llamen «malhechor». Creo que has herido sus sentimientos.

Victoria se quedó mirándole, incapaz de creer el rumbo que había tomado la conversación.

—La he tratado con mucho cuidado —dijo MacDougal.

—Victoria —dijo Robert—, tal vez debas disculparte.

Ella, que había superado con creces su punto de ebullición, gritó:

—¡¿Disculparme?! ¡¿Disculparme?! Ni lo sueñes.

Robert se volvió hacia su criado con expresión resignada.

—Creo que no va a disculparse.

MacDougal suspiró.

—La chica ha tenido un día difícil.

Victoria intentó decidir a cuál de los dos prefería abofetear primero.

Robert le dijo algo a MacDougal y el escocés se marchó, presumiblemente para preparar el carruaje que esperaba a la vuelta de la esquina.

—Robert —dijo Victoria con firmeza—, me voy a casa.

—Buena idea. Te acompaño.

—Sola.

—Demasiado peligroso para una mujer sola —dijo él con energía. Saltaba a la vista que intentaba contener su enfado recubriéndolo con un manto de eficacia.

—Me las he arreglado muy bien estas últimas semanas, muchísimas gracias.

—¡Ah, sí! Estas últimas semanas —dijo él, y un músculo comenzó a vibrar en su mejilla—. ¿Quieres que te diga cómo he pasado yo estas últimas semanas?

—Estoy segura de que no puedo impedírtelo.

—He pasado las últimas semanas en un estado de puro terror. No tenía ni idea de tu paradero...

—Puedo asegurarte —dijo ella en tono seco— que no tenía ni idea de que estabas buscándome.

—¿Por qué no informaste a nadie de tus planes? —preguntó él entre dientes.

—¿Y a quién iba a decírselo? ¿A lady Hollingwood? ¡Oh, sí! Éramos grandes amigas. ¿A ti, que tanto te habías preocupado por mi bienestar?

—¿Qué me dices de tu hermana?

—Se lo dije a mi hermana. Le escribí una carta la semana pasada.

Robert recordó lo sucedido el mes anterior. Había ido a ver a Eleanor hacía dos semanas. Ella no podía tener noticias de Victoria en aquel momento. Robert reconoció que su enfado se debía en gran medida al miedo que había pasado esas últimas semanas, e intentó suavizar su tono.

—¿Podrías venir conmigo, por favor, Victoria? Te llevaré a mi casa, donde podremos hablar en privado.

Ella le dio un pisotón.

—¿Se trata de otra de tus odiosas y ofensivas ofertas? ¡Ay, lo siento! ¿Prefieres que las llame «proposiciones»? Son repugnantes, son humillantes...

—Victoria —dijo él con sorna—, vas a quedarte sin adjetivos enseguida.

—¡Bah! —estalló ella, incapaz de dar con algo mejor, y luego levantó los brazos, exasperada—. Me marcho.

Robert agarró el cuello de su manto y tiró de ella.

—Creo haberte dicho —dijo con tranquilidad— que no vas a ir a ninguna parte sin mí. —Empezó a tirar de ella hacia la esquina, camino del carruaje.

—Robert —siseó Victoria—, estás dando un espectáculo.

Él arqueó una ceja.

—¿Da la impresión de que me importa?

Ella probó con otra táctica.

—Robert, ¿qué es lo que quieres de mí?

—Pues casarme contigo. Creía que lo había dejado claro.

—Lo que has dejado claro —dijo ella, furiosa— es que quieres que sea tu amante.

—Eso fue un error —contestó él con firmeza—. Ahora te estoy pidiendo que seas mi esposa.

—Muy bien. Pues me niego.

—No puedes.

Ella parecía a punto de lanzarse a su garganta en cualquier momento.

—Que yo sepa, la Iglesia de Inglaterra no celebra bodas sin el consentimiento de ambas partes.

—Torie —dijo Robert con aspereza—, ¿tienes idea de lo preocupado que estaba por ti?

—No, ninguna —dijo ella con falsa alegría—. Pero estoy cansada y me gustaría irme a casa.

—Desapareciste de la faz de la tierra. ¡Dios mío! Cuando lady Hollingwood me dijo que te había despedido...

—Sí, bueno, todos sabemos de quién fue la culpa —replicó ella—. Pero la verdad es que estoy contentísima con mi nueva vida, así que supongo que debería darte las gracias.

Él no le hizo caso.

—Victoria, descubrí... —Se detuvo para aclararse la garganta—. Hablé con tu hermana.

Ella se quedó blanca.

—No sabía que tu padre te había atado. Te juro que no lo sabía.

Victoria tragó saliva y desvió la mirada, consciente de las lágrimas que hacían arder sus ojos.

—No me hagas pensar en eso —dijo, y odió que su voz sonara estrangulada—. No quiero acordarme. Ahora soy feliz. Por favor, déjame tener un poco de estabilidad.

—Victoria —su voz sonó dolorosamente dulce—, te quiero. Siempre te he querido.

Ella sacudió la cabeza con furia. Todavía no se atrevía a mirarle a la cara.

—Te quiero —repitió él—. Quiero pasar mi vida contigo.

—Es demasiado tarde —susurró ella.

Robert la obligó a volverse.

—¡No digas eso! No somos mejor que los animales si no podemos aprender de nuestros errores y seguir adelante.

Ella levantó la barbilla.

—No es eso. Ya no quiero casarme contigo. —Y no quería, se dijo. Una parte de ella siempre le querría, pero desde que se había mudado a Londres había descubierto una independencia embriagadora. Por fin era dueña de sí misma, y estaba descubriendo que controlar su propia vida era una sensación deliciosa.

Robert palideció.

—Lo dices por decir —murmuró.

—Lo digo en serio, Robert. No quiero casarme contigo.

—Estás enfadada —razonó él—. Estás enfadada y quieres hacerme daño, y tienes todo el derecho a sentirte así.

—No estoy enfadada. —Victoria hizo una pausa—. Bueno, sí, lo estoy, pero no es por eso por lo que no quiero casarme contigo.

Él cruzó los brazos.

—¿Por qué es, entonces? ¿Por qué ni siquiera quieres escucharme?

—¡Porque ahora soy feliz! ¿Tanto te cuesta entenderlo? Me gusta mi trabajo y me encanta mi independencia. Por primera vez en siete años soy absolutamente dichosa, y no quiero echarlo a perder.

—¿Eres feliz aquí? —Señaló la tienda—. ¿Aquí, trabajando de dependienta?

—Sí —dijo ella con frialdad—, lo soy. Me doy cuenta de que para tus gustos refinados debe de ser un tanto difícil de entender...

—No te pongas sarcástica, Torie.

—Entonces supongo que no puedo decir nada. —Cerró la boca.

Robert empezó a tirar de ella con delicadeza hacia el carruaje que esperaba.

—Estoy seguro de que estarás más cómoda si hablamos de ello en privado.

—No, lo que quieres decir es que tú estarás más cómodo.

—Me refiero a los dos —replicó él con signos de comenzar a perder la paciencia.

Victoria empezó a forcejear. Era consciente de que estaba provocando una escena, pero no le importaba.

—Si crees que voy a subir a un carruaje contigo...

—Victoria, te doy mi palabra de que no te sucederá nada malo.

—Eso depende de cómo definas «malo», ¿no crees?

Robert la soltó al instante y levantó las manos con gesto inofensivo.

—Prometo no ponerte la mano encima.

Ella entornó los ojos.

—¿Y por qué habría de creerte?

—Porque siempre he cumplido las promesas que te he hecho —gruñó él, perdiendo a todas luces la paciencia.

Ella profirió un bufido no muy femenino.

—¡Oh, por favor!

Un músculo comenzó a vibrar en la garganta de Robert. El honor había sido siempre de vital importancia para él, y Victoria sabía que acababa de asestarle un golpe donde más le dolía.

Cuando por fin habló, su voz sonó baja e intensa.

—Nunca he roto una promesa que te haya hecho a ti directamente, ni a nadie. Puede que no siempre te haya tratado con... —Tragó saliva compulsivamente— con el respeto que mereces, pero siempre he cumplido mis promesas.

Victoria lanzó un suspiro, sabedora de que decía la verdad.

—¿Vas a llevarme a casa?

Él asintió con la cabeza.

—¿Dónde vives?

Ella le dio la dirección, que Robert repitió a MacDougal.

Alargó el brazo hacia ella, pero Victoria se apartó, le rodeó y se encaramó al coche.

Robert lanzó un suspiro entrecortado y contuvo las ganas de ponerle las manos en el trasero y meterla de un empujón en el carruaje.

Victoria sabía cómo poner a prueba su paciencia, no había duda. Robert respiró hondo de nuevo (tenía la impresión de que tendría que hacerlo varias veces más antes de que acabara el viaje) y montó en el carruaje, a su lado.

Evitó con sumo cuidado tocarla al entrar, pero el olor de Victoria estaba por todas partes. Siempre se las ingeniaba para oler a primavera, y Robert sintió de pronto una oleada abrumadora de nostalgia y deseo. Respiró hondo otra vez y procuró ordenar sus pensamientos. Se le había concedido otra oportunidad y estaba decidido a no echarla a perder.

—¿Qué es lo que querías decirme? —preguntó ella.

Robert cerró los ojos un momento. Estaba claro que Victoria no pensaba ponérselo fácil.

—Solamente quería decirte que lo siento.

Victoria le miró con sorpresa.

—¿Lo sientes? —repitió.

—Siento haber pensado mal de ti. Dejé que mi padre me convenciera de cosas que sabía que no eran ciertas.

Ella guardó silencio, y Robert se vio obligado a proseguir su penoso discurso.

—Te conocía tan bien, Torie... —murmuró—. Te conocía como me conozco a mí mismo. Pero cuando no acudiste a nuestra cita...

—Pensaste que era una cazafortunas —dijo ella sin inflexión en la voz.

Él miró por la ventanilla un momento; después volvió a posar los ojos en su cara pálida y demacrada.

—No sabía qué pensar —replicó débilmente.

—Debiste quedarte en la comarca el tiempo suficiente para preguntarme qué había ocurrido —dijo ella—. No hacía falta llegar a conclusiones tan ingratas.

—Fui a tu ventana.

Ella sofocó un gemido de sorpresa.

—¿Sí? No... no te vi.

Cuando Robert habló, su voz sonó temblorosa.

—Estabas de espaldas a la ventana. Tumbada en la cama. Parecías dormir plácidamente, como si nada te preocupara.

—Estaba llorando —dijo ella con voz hueca.

—Yo no podía saberlo.

Un centenar de emociones cruzaron el rostro de Victoria, y por un momento Robert se convenció de que iba a inclinarse y a poner la mano sobre la suya, pero al final se limitó a cruzar los brazos y dijo:

—Te portaste muy mal.

Robert olvidó su promesa de dominar su temperamento.

—¿Y tú no? —replicó.

Ella se envaró.

—¿Cómo dices?

—Desconfiamos el uno del otro, Victoria; de eso somos culpables ambos. No puedes echarme toda la culpa a mí.

—¿De qué estás hablando?

—Tu hermana me dijo lo que pensaste de mí. Que solamente había querido seducirte. Que nunca me había tomado en serio nuestro noviazgo. —Se inclinó hacia delante y se detuvo cuando estaba a punto de tomarla de las manos—. Echa un vistazo a tu corazón, Victoria. Tú sabes que te quería. Y sabes que todavía te quiero.

Ella respiró hondo y exhaló.

—Supongo que yo también te debo una disculpa.

Robert dejó escapar un suspiro entrecortado: una exquisita oleada de alegría se había apoderado de él. Esta vez, se permitió tomar a Victoria de las manos.

—Entonces podemos empezar de nuevo —dijo con fervor.

Victoria intentó convencerse de que debía apartar las manos, pero aquella sensación era tan tierna y deliciosa... Sentía la calidez de la piel de Robert y de pronto tuvo ganas de dejarse abrazar por él. No sería tan terrible sentirse amada de nuevo. Sentirse adorada.

Levantó la mirada hacia él. Sus ojos azules la miraban con una intensidad que al mismo tiempo la asustaba y la llenaba de ilusión. Sintió que algo rozaba su mejilla y se dio cuenta entonces de que era una lágrima.

—Robert, yo... —Se detuvo, comprendiendo que no sabía qué decir.

Él se inclinó y Victoria vio que pretendía besarla. Y entonces comprendió horrorizada que ella también quería que sus labios se encontraran.

—¡No! —estalló, dirigiéndose tanto a sí misma como a él. Apartó la mirada de Robert y retiró las manos.

—Victoria...

—Basta. —Sollozó y fijó la mirada en la ventanilla—. Tú ya no me entiendes.

—Entonces dime lo que necesito saber. Dime lo que tengo que hacer para que seas feliz.

—¿Es que no lo ves? ¡Tú no puedes hacerme feliz!

Robert dio un respingo, incapaz de creer que aquella afirmación pudiera herirle hasta aquel punto.

—¿Te importaría explicarte? —dijo en tono seco.

Ella soltó una risa desganada.

—Me diste la luna, Robert. No, hiciste algo más que eso. Me levantaste y me montaste encima de ella. —Se hizo un silencio largo y doloroso, y luego añadió—: Y luego me caí. Y aterrizar me dolió muchísimo. No quiero que vuelva a pasar lo mismo.

—No volverá a pasar. Ahora soy más maduro y más sensato. Lo somos los dos.

—¿Acaso no lo ves? Ya ha pasado dos veces.

—¿Dos veces? —repitió él, y pensó que no quería oír lo que Victoria iba a decirle.

—En casa de los Hollingwood —dijo ella con voz carente de vida—. Cuando me pediste que fuera tu...

—No lo digas. —Su voz sonó cortante.

—¿Que no diga qué? ¿«Querida»? A buenas horas tienes escrúpulos.

Él palideció.

—No sabía que pudieras ser tan vengativa.

—No se trata de una venganza. Estoy siendo sincera. Y esta vez no solo me caí de la luna. Me empujaste tú.

Robert respiró hondo. No era propio de él suplicar, y en parte ansiaba defenderse. Pero por encima de todas las cosas quería a Victoria, de modo que dijo:

—Entonces permíteme compensártelo, Torie. Deja que me case contigo y que te dé hijos. Déjame pasar cada día de mi vida idolatrando la tierra que pisas.

—No, Robert. —Su voz sonó temblorosa, y Robert creyó ver un destello en sus ojos al hablarle de hijos.

—¿No qué? —intentó bromear—. ¿No quieres que idolatre la tierra que pisas? Es demasiado tarde. Ya lo hago.

—No me lo pongas tan difícil —repuso ella con apenas un susurro.

Él entreabrió los labios, asombrado.

—¿Y por qué demonios no voy a ponértelo difícil? Explícame por qué tengo que facilitarte que vuelvas a salir de mi vida.

—Yo no te dejé —replicó ella—. Tú te marchaste. Tú.

—Ninguno de los dos está exento de culpa. Tú también te apresuraste a pensar lo peor de mí.

Victoria no dijo nada.

Robert se acercó con una mirada intensa.

—No voy a renunciar a ti, Victoria. Te perseguiré día y noche. Te obligaré a reconocer que me amas.

—No —susurró ella.

El carruaje se detuvo y Robert dijo:

—Parece que hemos llegado a tu casa.

Victoria recogió enseguida sus cosas y echó mano de la puerta. Pero antes de que tocara la madera pulida, Robert la cogió de la mano.

—Un momento —dijo con voz ronca.

—¿Qué quieres, Robert?

—Un beso.

—No.

—Solo un beso. Para pasar la noche.

Victoria le miró fijamente a los ojos. Eran de hielo ardiente y parecían atravesarle el alma. Se humedeció los labios; no pudo evitarlo.

Robert puso la mano sobre su nuca. Su contacto era deliciosamente suave. Victoria sabía que, si hubiera ejercido presión o intentado forzarla, ella podría haberse resistido. Pero su ternura la desarmaba, y no pudo apartarse.

Los labios de Robert tocaron los de ella, rozándolos de un lado a otro hasta que Robert la sintió ablandarse. Mojó con la lengua una de las comisuras de su boca y luego la otra, y trazó luego el borde de sus labios carnosos.

Victoria pensó que iba a derretirse.

Pero entonces él se apartó. Le temblaban las manos. Victoria bajó la mirada y vio que las suyas también temblaban.

—Yo conozco mis límites —dijo Robert en voz baja.

Victoria parpadeó, comprendiendo con desaliento que ella no conocía los suyos. Un segundo más de aquel tormento sensual y se habría hallado en el suelo del carruaje, suplicándole que le hiciera el amor. Colorada de vergüenza, dejó que MacDougal tomara su mano temblorosa para ayudarla a apearse del coche. Robert la siguió de inmediato y, un instante después, soltó un exabrupto al ver dónde estaba.

Victoria no vivía en el peor barrio de la ciudad, pero casi. Robert tardó diez segundos en calmarse lo suficiente para decir:

—Por favor, dime que no vives aquí.

Ella le lanzó una mirada extraña y señaló una ventana en un cuarto piso.

—Allí mismo.

La garganta de Robert se movió violentamente.

—No vas a quedarte aquí —dijo, casi incapaz de articular palabra.

Victoria hizo oídos sordos y echó a andar hacia el edificio. Unos segundos después, Robert la agarró del brazo.

—No quiero oír ni una palabra más —dijo en tono seco—. Vas a venir a casa conmigo en este instante.

—¡Suéltame! —Victoria intentó desasirse, pero él siguió agarrándola con fuerza.

—No voy a permitir que sigas viviendo en un barrio tan peligroso.

—No creo que estuviera más a salvo contigo —replicó ella.

Robert aflojó la mano, pero se negó a soltarle el brazo. Entonces notó algo en el pie y miró hacia abajo.

—¡Santo cielo! —Sacudió el pie frenéticamente hasta que logró lanzar a la calle a una rata de buen tamaño.

Victoria aprovechó la ocasión para desasirse y corrió a refugiarse en su edificio.

—¡Victoria! —vociferó Robert, siguiéndola. Pero cuando abrió la puerta de golpe se encontró con una señora gorda con los dientes ennegrecidos.

—¿Tú quién eres? —preguntó la mujer.

—Soy el conde de Macclesfield —espetó Robert—. Apártese de mi camino.

La mujer le plantó una mano en el pecho.

—No tan deprisa, Excelencia.

—Quíteme la mano de encima, haga el favor.

—No, hágame usted el favor de largarse de mi casa —contestó ella con voz estridente—. Aquí no se admiten hombres. Esta es una casa respetable.

—La señorita Lyndon es mi prometida —contestó Robert entre dientes.

—A mí no me lo ha parecido. Parecía más bien que no quería tener nada que ver con usted.

Robert levantó la vista y vio a Victoria asomada a una ventana. La rabia se apoderó de él.

—¡No pienso permitir esto, Victoria! —bramó.

Ella se limitó a cerrar la ventana.

Por primera vez en su vida, Robert supo de verdad lo que era ver rojo de rabia. Siete años antes, al pensar que Victoria le había traicionado, estaba demasiado afligido para sentir aquella furia. Ahora, en cambio... ¡Santo Dios! Llevaba más de dos semanas loco de preocupación sin saber qué demonios había sido de Victoria. Y ahora que por fin la encontraba, ella no solo le arrojaba su proposición de matrimonio a la cara, sino que se empeñaba en vivir en un vecindario habitado por borrachos, ladrones y prostitutas.

Además de ratas.

Robert vio que, al otro lado de la calle, un golfillo le robaba la cartera a un hombre desprevenido. Iba a tener que sacar a Victoria de aquel barrio, si no por su seguridad, por el bien de su propia cordura.

Era un milagro que no la hubieran violado o asesinado ya.

Se volvió hacia la casera justo a tiempo de ver cómo la puerta se cerraba ante sus narices y oyó que una llave giraba en la cerradura. Recorrió un corto trecho, se situó bajo la ventana de Victoria y se puso a observar el lateral del edificio en busca de posibles asideros para subir a su cuarto.

—Milord. —La voz de MacDougal sonaba suave, pero insistente.

—Si consigo poner el pie en ese alféizar, podría llegar hasta arriba —masculló Robert.

—Milord, a la señorita no va a pasarle nada esta noche.

Robert se volvió al instante.

—¿Tienes idea de qué clase de vecindario es este?

MacDougal se envaró al oír su tono.

—Le ruego me disculpe, milord, pero crecí en un vecindario como este.

El semblante de Robert se suavizó de inmediato.

—¡Maldita sea! Lo siento, MacDougal, no pretendía...

—Lo sé. —MacDougal le agarró por el brazo y comenzó a llevárselo de allí con delicadeza—. La señorita necesita consultarlo con la almohada, milord. Déjela sola un rato. Puede hablar con ella mañana.

Robert lanzó una última mirada al edificio.

—¿De veras crees que esta noche estará a salvo?

—Ya ha oído el cerrojo de la puerta. Está tan segura como si estuviera encerrada en Mayfair con usted. Puede que más.

Robert le miró con el ceño fruncido.

—Mañana pienso venir a por ella.

—Claro que sí, milord.

Robert apoyó la mano en el carruaje y suspiró.

—¿Estoy loco, MacDougal? ¿Estoy loco de remate?

—Bueno, milord, eso yo no soy quién para decirlo.

—Tiene gracia que decidas practicar la discreción precisamente ahora.

MacDougal se limitó a echarse a reír.

Victoria se sentó en su estrecho jergón y se rodeó el cuerpo con los brazos como si acurrucándose hasta formar una pelota pudiera disipar su confusión.

Por fin había empezado a labrarse una vida con la que podía estar contenta. ¡Por fin! ¿Acaso aspirar a un poco de estabilidad era mucho pedir? O un poco de continuidad. Había pasado siete años soportando a empleadoras groseras que a la primera de cambio amenazaban con despedirla. En la tienda de Madame Lambert había encontrado seguridad. Y amigas. Madame Lambert cloqueaba como una gallina, siempre preocupada por el bienestar de sus empleadas, y Victoria adoraba la camaradería que había entre las costureras.

Tragó saliva al darse cuenta de que estaba llorando. Hacía años que no tenía una amiga. No podía contar las veces que se había quedado dormida abrazada a las cartas de Ellie. Pero las cartas no podían darle una palmadita tierna en el hombro, ni una sonrisa.

Y se había sentido tan sola...

Siete años atrás, Robert había sido algo más que el amor de su vida. Había sido su mejor amigo. Ahora había vuelto, y decía que la amaba. Victoria sofocó un sollozo. ¿Por qué tenía que hacerle aquello precisamente ahora? ¿Por qué no la dejaba en paz?

¿Y por qué le importaba tanto a ella todavía? No quería tener nada que ver con él, y mucho menos convertirse en su esposa, y sin embargo se le aceleraba el corazón con cada contacto. Sentía su presencia al otro lado de una habitación, y una sola de sus miradas de párpados caídos tenía el poder de dejarle la boca completamente seca.

Y cuando la besaba...

En el fondo de su corazón, sabía que Robert podía hacerla más feliz de lo que jamás había soñado. Pero también podía machacarle el corazón, y ya lo había hecho una vez. No, dos.

Y ella estaba cansada de sufrir.

13

Robert estaba esperando en la puerta cuando se fue a trabajar a la mañana siguiente. A Victoria no le sorprendió especialmente: si algo era Robert, era tenaz. Seguramente se había pasado toda la noche planeando
su regreso.

Ella dejó escapar un profundo suspiro.

—Buenos días, Robert. —Parecía infantil intentar ignorarle.

—He venido a acompañarte a la tienda de Madame Lambert —dijo él.

—Eso es muy amable de tu parte, pero totalmente innecesario.

Robert le cortó el paso, obligándola a mirarle.

—Lamento disentir. Siempre es peligroso que una joven camine sola
por Londres, pero lo es especialmente en esta zona.

—Llevo un mes yendo sola a la tienda cada día y me las he arreglado
muy bien —repuso ella.

Él apretó la boca en una mueca de desagrado.

—Te aseguro que eso no me tranquiliza lo más mínimo.

—Tranquilizarte nunca ha sido una de mis prioridades.

Él se rio.

—¡Vaya, vaya! Esta mañana nos hemos levantado con la lengua bien
afilada.

Su tono condescendiente molestó a Victoria.

—¿Te he dicho alguna vez lo mucho que detesto el uso del plural
mayestático? Me recuerda a todos los empleadores odiosos que he tenido durante estos años. No hay nada como un buen plural mayestático
para poner a la institutriz en su sitio.

—Victoria, no estamos hablando del oficio de institutriz, ni de pronombres, ni singulares ni plurales.

Victoria intentó pasar a su lado, pero Robert siguió bien plantado ante ella.

—Solo voy a repetirlo una vez —dijo él—. No pienso permitir que pases un solo día más en este agujero.

Ella contó hasta tres antes de decir:

—Robert, tú no eres responsable de mi bienestar.

—Alguien tiene que serlo. Porque, obviamente, tú no sabes cuidar de ti misma como es debido.

Ella contó hasta cinco antes de decir:

—Voy a hacer como si no hubiera oído ese comentario.

—No puedo creer que te alojes aquí. ¡Aquí! —Robert sacudió la cabeza con repugnancia.

Ella contó hasta diez antes de decir:

—Es lo único que puedo permitirme, Robert, y estoy muy contenta tal y como estoy.

Robert se inclinó con aire amenazante.

—Pues yo no. Déjame que te diga cómo he pasado la noche, Victoria.

—Hazlo, por favor —masculló ella—. De todos modos no puedo impedírtelo.

—He pasado la noche preguntándome cuántos hombres han intentado atacarte este último mes.

—Ninguno, desde Eversleigh.

Él no la oyó, o no quiso oírla.

—Luego me pregunté cuántas veces habrías cruzado la calle para evitar a las prostitutas que merodean por las esquinas.

Ella sonrió con altivez.

—La mayoría de ellas son muy amables. Precisamente el otro día tomé el té con una. —Era mentira, pero sabía que serviría para pincharle.

Robert se estremeció.

—Después me pregunté con cuántas ratas repugnantes compartes tu habitación.

Victoria intentó obligarse a contar hasta veinte antes de responder, pero su temperamento no se lo permitió. Podía soportar sus ofensas y su actitud dominante, pero aguantar que pusiera en duda sus capacidades como ama de casa... ¡Eso sí que no!

—En el suelo de mi habitación pueden comerse sopas —siseó.

—Estoy seguro de que eso hacen las ratas —contestó él con una amarga sonrisa—. De verdad, Victoria, no puedes quedarte en este barrio infestado de alimañas. No es seguro, ni es sano.

Ella se puso muy derecha y procuró mantener las manos bien pegadas a los costados para no abofetearle.

—Robert, ¿has notado que empiezo a estar un poco molesta contigo?

Él no hizo caso.

—Te he dado una noche, Victoria. Eso es todo. Esta tarde vendrás a casa conmigo.

—No lo creo.

—Entonces múdate con mi tía.

—Valoro mi independencia por encima de todas las cosas —respondió ella.

—¡Pues yo valoro tu vida y tu virtud! —estalló él—. Y vas a perder ambas cosas si insistes en vivir aquí.

—Robert, estoy perfectamente a salvo. No hago nada que pueda llamar la atención, y la gente me deja en paz.

—Victoria, eres una mujer preciosa y obviamente respetable. No puedes evitar llamar la atención cada vez que pones un pie fuera de esa casa.

Ella soltó un bufido.

—¡Quién fue a hablar! ¡Mírate!

Él cruzó los brazos y esperó una explicación.

—Me las arreglaba de maravilla para pasar desapercibida hasta que llegaste tú. —Señaló su carruaje—. Hace años que no se ve un carruaje de este tamaño por aquí, si es que alguna vez se ha visto alguno. Y estoy segura de que en este momento hay al menos una docena de personas planeando cómo librarte de esa cartera.

—Entonces, reconoces que este barrio no es de fiar.

—Por supuesto que sí. ¿Acaso crees que estoy ciega? Y eso debería demostrarte, como mínimo, lo poco que me apetece estar en tu compañía.

—¿Qué demonios quieres decir?

—¡Por el amor de Dios, Robert! Prefiero quedarme aquí a estar contigo. ¡Aquí! ¿No te dice nada eso?

Él dio un respingo, y Victoria comprendió que le había hecho daño. Lo que no esperaba era cuánto le dolió a ella ver sus ojos llenos de congoja. A pesar de que sabía que era una insensatez, puso una mano sobre su brazo.

—Robert —dijo con dulzura—, déjame explicarte algo. Ahora soy feliz. Puede que no tenga muchas comodidades materiales, pero por primera vez desde hace años tengo independencia. Y he recuperado mi orgullo.

—¿Qué estás diciendo?

—Tú sabes que nunca me gustó ser institutriz. Mis empleadores me insultaban constantemente, tantos ellos como ellas.

La boca de Robert se tensó.

—Las clientas de la tienda no siempre son amables, pero Madame Lambert me trata con respeto. Y cuando hago bien mi trabajo no intenta atribuirse todos los méritos. ¿Sabes cuánto tiempo hacía que nadie me felicitaba?

—¡Oh, Victoria! —Había un mundo entero de angustia en aquellas dos palabras.

—Además, he hecho amigas encantadoras. Disfruto de verdad del tiempo que paso en la tienda. Y nadie decide por mí. —Se encogió de hombros—. Son placeres sencillos, pero muy queridos para mí, y no quiero desequilibrar la balanza.

—No tenía ni idea —murmuró él—. Ni idea.

—¿Cómo ibas a tenerla? —No era una réplica, sino una pregunta auténtica y sincera—. Tú siempre has controlado por completo tu vida. Siempre has podido hacer lo que querías. —Sus labios se curvaron en una sonrisa melancólica—. Tú y tus planes. Siempre amé eso de ti.

Los ojos de Robert volaron hacia su cara. Dudaba de que ella fuera consciente de que había usado el verbo «amar».

—Tu forma de abordar los problemas —continuó ella con mirada nostálgica—. Era siempre tan divertido observarte... Examinabas la situación por los cuatro costados y luego desde arriba y desde abajo, y de dentro afuera y de fuera adentro. Encontrabas el camino más corto para llegar a una solución y luego ibas y la ponías en práctica. Siempre dabas con un modo de conseguir lo que querías.

—Excepto a ti.

Sus palabras quedaron suspendidas en el aire un largo minuto. Victoria apartó la mirada, y luego dijo por fin:

—Tengo que irme a trabajar.

—Deja que te lleve.

—No. —Su voz sonaba extraña, como si estuviera a punto de llorar—. No creo que sea buena idea.

—Victoria, por favor, no hagas que me preocupe por ti. No me he sentido tan impotente en toda mi vida.

Victoria se volvió hacia él con una mirada cargada de sabiduría.

—Yo me he sentido impotente durante siete años. Ahora soy yo quien manda. Por favor, no me quites eso. —Irguió los hombros y echó a andar hacia la tienda.

Robert esperó hasta que ella estuvo a tres metros de distancia; luego empezó a seguirla. MacDougal esperó hasta que Robert estuvo a seis metros y entonces empezó a seguirle en el carruaje.

Formaron, en resumen, una extraña y solemne procesión hasta la tienda de Madame Lambert.

Victoria estaba arrodillada ante un maniquí con tres alfileres sujetos entre los dientes cuando sonó la campanilla de la puerta a eso de mediodía. Levantó la vista.

Robert. Se preguntó por qué se sorprendía. Él sostenía una caja entre las manos y tenía una expresión que le resultaba familiar. Victoria conocía aquella mirada. Estaba tramando algo. Era probable que se hubiera pasado toda la mañana haciendo planes.

Robert cruzó la tienda hasta colocarse a su lado.

—Buenos días, Victoria —dijo con una sonrisa cordial—. Debo decir que das un poco de miedo con esos alfileres colgándote de la boca como colmillos.

Victoria sintió ganas de coger uno de sus «colmillos» y pincharle con saña con él.

—No parece que dé tanto miedo —masculló.

—¿Cómo dices?

—Robert, ¿qué haces aquí? Creía que esta mañana habíamos llegado a un acuerdo.

—En efecto.

—Entonces, ¿a qué has venido? —gruñó ella.

Robert se agachó a su lado.

—Creo que hemos llegado a acuerdos distintos.

¿De qué estaba hablando?

—Robert, estoy muy ocupada —dijo ella.

—Te he traído un regalo —respondió él, ofreciéndole la caja.

—No puedo aceptar un regalo tuyo.

Él sonrió.

—Es comestible.

El estómago traicionero de Victoria empezó a gruñir. Masculló una maldición, le dio la espalda y comenzó a clavar alfileres en el dobladillo del vestido en el que estaba trabajando.

—Mmm... —dijo Robert provocativamente. Abrió la caja y la movió delante de ella—. Pasteles.

A Victoria se le hizo la boca agua. Pasteles. Su mayor debilidad. Supuso que era demasiado esperar que Robert lo hubiera olvidado.

—Me he asegurado de traerlos sin nueces —dijo él.

¿Sin nueces? El muy condenado jamás olvidaba un detalle. Victoria levantó los ojos y vio que Katie estiraba el cuello y examinaba los pasteles por encima del hombro de Robert. Los miraba con una expresión que solo podía calificarse de intenso deseo. Victoria no creía que su compañera hubiera tenido muchas ocasiones de probar los manjares de la confitería más exquisita de Londres.

Sonrió a Robert y aceptó la caja.

—Gracias —dijo con educación—. Katie, ¿quieres uno?

Katie estuvo a su lado en menos de un segundo. Victoria le dio toda la caja y siguió con su dobladillo, intentando ignorar el aroma a chocolate que impregnaba la habitación.

Robert acercó una silla y se sentó a su lado.

—Estarías preciosa con ese vestido —dijo.

—Sí, ya —contestó Victoria al tiempo que clavaba ferozmente un alfiler en la tela—. Pero lo ha reservado una condesa.

—Me ofrecería a comprarte uno igual, pero no creo que con eso vaya a anotarme ningún punto.

—¡Qué astuto es usted, milord!

—Estás enfadada conmigo —afirmó él.

Victoria volvió lentamente la cabeza para mirarle.

—Te has dado cuenta.

—¿Es porque creías que te habías librado de mí esta mañana?

—Tenía esa esperanza.

—Estás ansiosa por recuperar tu vida normal.

Victoria profirió un ruidito que era en parte una risa, en parte un suspiro y en parte un resoplido.

—Pareces dominar a la perfección el arte de afirmar lo obvio.

—Mmm... —Robert se rascó la cabeza como si estuviera sumido en sus pensamientos—. Tu argumentación tiene un defecto.

Victoria no se molestó en contestar.

—Verás, tú crees que esto es normal.

Victoria clavó unos cuantos alfileres más en el dobladillo, se dio cuenta de que estaba tan enfadada que no estaba teniendo cuidado y tuvo que sacarlos y volver a colocarlos.

—Pero esta no es una vida normal. ¿Cómo va a serlo? Solo llevas un mes viviendo así.

—Tú solo me cortejaste dos meses —se sintió impelida a responder ella.

—Sí, pero te has pasado los siguientes siete años pensando en mí.

A Victoria le pareció absurdo negarlo, pero dijo:

—¿No has escuchado nada de lo que te dije esta mañana?

Robert se inclinó hacia ella; sus ojos azules claros tenían una mirada increíblemente intensa.

—Escuché todo lo que me dijiste. Y luego me pasé la mañana pensando en ello. Creo que entiendo tus sentimientos.

—Entonces, ¿por qué estás aquí? —refunfuñó ella.

—Porque creo que te equivocas.

A Victoria se le cayeron los alfileres.

—Vivir no es esconderse debajo de una piedra y ver pasar el mundo confiando en que no nos roce. —Robert se arrodilló y empezó a ayudarla a recoger los alfileres—. Vivir es arriesgarse, intentar conseguir la luna.

—Yo me arriesgué —dijo ella en tono tajante—. Y perdí.

—¿Y vas a dejar que eso determine tu vida para siempre? Solo tienes veinticuatro años, Victoria. Te queda mucha vida por delante. ¿Estás diciendo que vas a seguir toda tu vida el camino más seguro?

—En lo que a ti respecta, sí.

Robert se levantó.

—Veo que tendré que darte algún tiempo para que reflexiones sobre ello.

Ella le miró con enojo, confiando en que no notara que le temblaban las manos.

—Volveré al final del día para acompañarte a casa —dijo Robert, y Victoria se preguntó si se refería a la suya o a la de él.

—No estaré aquí —dijo ella.

Robert se encogió de hombros.

—Te encontraré. Siempre lo haré.

La campanilla de la puerta salvó a Victoria de tener que sopesar aquella afirmación ominosa.

—Tengo cosas que hacer —masculló.

Robert hizo una elegante reverencia y señaló hacia la puerta. Pero su gesto cortés se interrumpió bruscamente al ver quién acababa de entrar en la tienda.

La señora Brightbill había aparecido en la puerta con Harriet a su lado.

—¡Ah! Ahí está, señorita Lyndon. Y tú también, Robert.

—Tenía el presentimiento de que te encontraríamos aquí, primo —dijo Harriet.

Victoria hizo una reverencia.

—Señora Brightbill. Señorita Brightbill.

Harriet hizo un ademán.

—Por favor, llámame Harriet. A fin de cuentas, vamos a ser primas.

Robert le sonrió.

Victoria miró el suelo con el ceño fruncido. Le habría gustado mirar mal a Harriet, pero las normas de la tienda no le permitían poner mala cara a los clientes. Y acababa de pasarse toda la mañana intentando convencer a Robert de que quería conservar su trabajo, ¿no?

—Hemos venido a invitarte a tomar el té —anunció Harriet.

—Me temo que debo declinar la invitación —dijo Victoria recatadamente—. No sería apropiado.

—Tonterías —declaró la señora Brightbill.

—Mi madre está considerada una autoridad respecto a lo que es apropiado y lo que no —dijo Harriet—. Así que si ella dice que es apropiado, puedes estar segura de que lo es.

Victoria parpadeó. Necesitó un segundo para desentrañar la maraña de lo que había dicho Harriet.

—Me temo que debo darle la razón a Harriet, por más que me pese —dijo Robert—. Yo mismo he recibido más de una reprimenda de tía Brightbill en cuestión de decoro.

—No me cuesta mucho creerlo —comentó Victoria.

—¡Oh! Robert puede ser un auténtico donjuán —dijo Harriet. Lo cual le valió una mirada de reproche por parte de su primo.

Victoria se volvió hacia la muchacha con interés.

—¿De veras?

—¡Oh, sí! Me temo que fue su corazón roto el que le obligó a recurrir a otras mujeres.

Una sensación desagradable comenzó a formarse en el estómago de Victoria.

—¿De cuántas mujeres estamos hablando exactamente?

—De docenas —dijo Harriet, muy seria—. De legiones enteras.

Robert comenzó a reírse.

—No te rías —siseó Harriet—. Intento ponerla celosa por tu bien.

Victoria tosió, ocultando una sonrisa tras una mano. Harriet era un encanto.

La señora Brightbill, que había estado hablando con Madame Lambert, se unió a la conversación.

—¿Está lista, señorita Lyndon? —Su tono dejaba claro que no esperaba otra negativa.

—Es usted muy amable, señora Brightbill, pero estoy muy ocupada y...

—Acabo de hablar con Madame Lambert y me ha asegurado que puede prescindir de usted una hora.

—Más vale que cedas —dijo Robert con una sonrisa—. Mi tía siempre se sale con la suya.

—Debe de ser cosa de familia —masculló Victoria.

—Eso espero, desde luego —contestó él.

—Muy bien —concedió Victoria—. La verdad es que me apetece tomar una taza de té.

—Excelente —dijo la señora Brightbill, frotándose las manos—. Tenemos mucho de que hablar.

Victoria parpadeó un par de veces y adoptó una expresión candorosa.

—El señor conde no nos acompaña, ¿verdad?

—No, si usted no lo desea, querida.

Victoria se volvió hacia el hombre en cuestión y le dedicó una ácida sonrisa.

—Buenos días, entonces, Robert.

Robert se limitó a apoyarse en la pared y sonrió cuando se marcharon. Prefería dejarla creer que le había derrotado. Victoria había dicho que ansiaba llevar una vida normal, ¿no? Robert se rio por lo bajo. No había nadie más aterradoramente normal que su tía Brightbill.

El té fue muy agradable, en realidad. La señora Brightbill y Harriet regalaron a Victoria con un sinfín de anécdotas sobre Robert, pocas de las cuales le parecieron dignas de crédito. Por cómo ensalzaban su honor, valentía y bondad, cualquiera habría pensado que era un candidato a la santidad.

Victoria no estaba del todo segura de por qué estaban tan empeñadas en acogerla en el seno de su familia. El padre de Robert no había mostrado mucho entusiasmo ante la idea de que su hijo se casara con la hija de un vicario, desde luego. ¡Y ahora era una vulgar tendera! Era inaudito que un conde se casara con alguien como ella. Aun así, Victoria dedujo de los frecuentes comentarios de la señora Brightbill («¡Madre mía! Ya habíamos perdido la esperanza de que Robert se casara» o «Es usted la primera señorita respetable por la que muestra interés desde hace años.») que la tía de Robert ardía en deseos de que se comprometieran.

Victoria no decía casi nada. No creía tener mucho que aportar a la conversación y, aunque lo hubiera tenido, la señora Brightbill y Harriet no le daban muchas oportunidades de intervenir.

Pasada una hora, madre e hija la llevaron de nuevo en la tienda. Victoria se asomó a la puerta con recelo, convencida de que Robert podía aparecer de pronto detrás de un maniquí.

Pero no estaba allí. Madame Lambert le dijo que había tenido que ir a ocuparse de un asunto en otra parte de la ciudad.

Victoria se dio cuenta horrorizada de que sentía algo que se parecía vagamente a una punzada de desilusión. Y no porque añorara a Robert, se dijo; solo echaba de menos su batalla de ingenios.

—Pero le ha dejado esto —dijo Madame Lambert, ofreciéndole otra caja de pasteles—. Dijo que esperaba que se dignara comer uno.

Al ver la mirada enojada de Victoria, Madame Lambert añadió:

—Son palabras suyas, no mías.

Victoria se volvió para disimular la sonrisa que tiraba de sus labios. Luego se obligó a fruncir la boca. Robert no iba a convencerla a fuerza de insistir. Le había dicho que valoraba su independencia, y así era. Él no podría conquistar su corazón con gestos románticos.

Aunque, pensó con pragmatismo, un pastel no podía hacerle daño.

La sonrisa de Robert fue haciéndose más y más amplia al ver que Victoria se comía un tercer pastel. Obviamente, ella no sabía que la estaba observando a través del escaparate, o no habría ni olisqueado los dulces.

Luego, Victoria cogió el pañuelo que él había dejado con la caja y examinó el monograma. Tras echar un rápido vistazo para asegurarse de que ninguna de sus compañeras la miraba, se llevó el pañuelo a la cara e inhaló su aroma.

Robert sintió el escozor de las lágrimas en los ojos. Victoria se estaba ablandando. Moriría antes que reconocerlo, pero estaba claro que lo estaba haciendo.

La vio guardarse el pañuelo en el corpiño del vestido. Aquel gesto tan sencillo le dio esperanzas. Conseguiría reconquistarla; estaba seguro de ello.

Pasó el resto del día sonriendo. No podía evitarlo.

Cuatro días después, Victoria tenía ganas de darle un porrazo en la cabeza. Y se regodeaba en la idea de hacerlo con una lujosa caja de dulces. Le valdría cualquiera de las cuarenta que él le había mandado.

También le había regalado tres novelas románticas, un pequeño telescopio y un ramito de flores de madreselva con una nota que decía: «Espero que esto te recuerde a casa». Victoria había estado a punto de echarse a llorar allí mismo, en la tienda, al leer la nota. El muy condenado se acordaba de todo lo que le gustaba y también de lo que le desagradaba, y estaba utilizándolo para intentar doblegarla.

Se había convertido en su sombra. La dejaba estar sola mientras trabajaba en la tienda de Madame Lambert, pero parecía materializarse a su lado en cuanto ponía un pie en la calle. No le gustaba que fuera sola, le dijo, y menos aún por su barrio.

Victoria le contestó que la seguía a todas partes, no solo a su barrio. Robert tensó la boca en una mueca amarga y masculló algo acerca de la seguridad personal y los peligros de Londres. Victoria estaba segura de haber oído las palabras «condenada» y «necia» en la misma frase.

Le dijo una y otra vez que valoraba su independencia, que quería que la dejara en paz, pero él no le hacía caso. Al final de la semana, Robert ni siquiera le hablaba. Se limitaba a mirarla con enfado.

Sus regalos seguían llegando a la tienda con alarmante regularidad, pero ya no malgastaba palabras intentando convencerla de que se casara con él. Victoria le preguntó por su silencio y él solo contestó:

—Estoy tan enfadado contigo que procuro no decir nada por miedo a arrancarte esa cabeza de chorlito.

Victoria sopesó su tono de voz, notó que en ese momento iban atravesando un barrio especialmente peligroso de la ciudad y decidió no decir nada más. Cuando llegaron a la pensión, entró sin despedirse de él, pero al llegar a su cuarto se asomó a la ventana.

Robert estuvo más de una hora mirando sus cortinas. Aquello resultaba desconcertante.

De pie frente a la casa en la que vivía Victoria, Robert observaba el edificio con la atención de quien no deja nada al azar. Había alcanzado su punto de ebullición. No, lo había rebasado con creces. Se había esforzado por ser paciente, había cortejado a Victoria no con regalos lujosos, sino con obsequios atentos y delicados que le parecían mucho más significativos. Había intentado hacerla entrar en razón hasta quedarse sin argumentos.

Pero lo de esa noche había sido la gota que colmaba el vaso. Victoria no lo sabía, pero cada vez que él la seguía a casa, MacDougal los seguía a ambos a unos metros de distancia. Normalmente MacDougal esperaba a que él fuera a buscarle, pero esa noche se había acercado a su empleador nada más entrar Victoria en el portal de su casa.

Un hombre había sido apuñalado, le dijo a Robert. Había sucedido la noche anterior, justo delante de la pensión de Victoria. Robert sabía que el edificio tenía una cerradura recia, pero eso le tranquilizaba muy poco mientras contemplaba las manchas de sangre de los adoquines. Victoria tenía que ir y volver a trabajar caminando todos los días; tarde o temprano alguien intentaría aprovecharse de ella.

A ella ni siquiera le gustaba pisar a las hormigas. ¿Cómo demonios iba a defenderse de una agresión?

Robert se llevó la mano a la cara y presionó con los dedos el músculo que saltaba espasmódicamente en su sien. Respiraba hondo, pero no conseguía calmar su furia, ni aliviar la impotencia que iba creciendo dentro de él. Cada vez era más evidente que no podría proteger a Torie mientras ella insistiera en quedarse en aquel lugar infernal.

Estaba claro que las cosas no podían seguir así.

Robert se comportó de manera muy extraña al día siguiente. Estuvo más callado y pensativo que de costumbre, pero parecía tener muchas cosas de las que hablar con MacDougal.

Victoria empezó a sospechar.

Al final del día la estaba esperando, como siempre. Victoria ya no se molestaba en discutir con él, a pesar de que Robert la había obligado a aceptar su compañía. Era demasiado cansado y confiaba en que al final se diera por vencido y la dejara en paz.

Cada vez que contemplaba esa posibilidad, sin embargo, sentía una extraña punzada de soledad en el corazón. Le gustara o no, se había acostumbrado a tener cerca a Robert. Tendría una sensación muy rara cuando se marchara.

Victoria se ciñó el chal alrededor de los hombros al prepararse para la caminata de veinte minutos hasta su casa. El verano estaba acabando y había refrescado. Al cruzar la puerta y salir a la calle, vio el carruaje de Robert aparcado fuera.

—He pensado que podíamos ir a casa en coche —explicó Robert.

Victoria levantó una ceja con aire interrogativo.

Él se encogió de hombros.

—Parece que va a llover.

Ella miró hacia arriba. El cielo no estaba muy nublado, pero tampoco despejado. Decidió no discutir con él. Estaba un poco cansada; se había pasado toda la tarde atendiendo a una condesa extremadamente exigente.

Permitió que Robert la ayudara a subir al carruaje y se recostó en el mullido asiento. Dejó escapar un sonoro suspiro al sentir que sus músculos se relajaban.

—¿Mucho trabajo en la tienda? —preguntó Robert.

—Mmm... Sí. Ha venido la condesa de Wolcott. Es muy puntillosa.

Robert levantó las cejas.

—¿Quién? ¿Sarah-Jane? ¡Dios mío! Te mereces una medalla si has conseguido no darle un puñetazo.

—Sí, creo que me la merezco —dijo Victoria, permitiéndose una sonrisita—. Nunca he visto una mujer más vanidosa. Ni más maleducada. Me ha llamado «palurda».

—¿Y tú qué le has dicho?

—No podía decirle nada, claro. —Su sonrisa se volvió pícara—. En voz alta.

Robert se rio.

—¿Qué pensaste, entonces?

—¡Oh! Muchas cosas. Me explayé a gusto sobre la longitud de su nariz y el tamaño de su intelecto.

—¿No muy grande?

—No mucho —contestó Victoria—. Su intelecto, quiero decir. No su nariz.

—¿Es larga?

—Muy larga. —Se rio por lo bajo—. Me dieron tentaciones de acortársela.

—Me habría gustado verlo.

—A mí me habría gustado hacerlo —repuso Victoria. Luego se rio. Hacía mucho tiempo que no se sentía tan alegre y aturdida.

—¡Cielos! —dijo Robert con sorna—. Cualquiera pensaría que estás disfrutando. Aquí. Conmigo. Imagínate.

Victoria cerró la boca.

—Yo estoy disfrutando —dijo él—. Es fantástico oírte reír. Hacía mucho tiempo que no lo hacía.

Ella se quedó callada, sin saber qué responder. Negar que se lo estaba pasando bien habría sido una mentira evidente. Y, sin embargo, le resultaba muy difícil reconocer (incluso ante sí misma) que la compañía de Robert la hacía feliz. Así que hizo lo único que se le ocurrió: bostezar.

—¿Te importa si me duermo un minuto o dos? —preguntó, pensando que dormir era un buen modo de ignorar su situación.

—En absoluto —contestó él—. Voy a cerrar las cortinas.

Victoria lanzó un suspiro soñoliento y se adormeció, sin apreciar que en la cara de Robert aparecía una amplia sonrisa.

Fue el silencio lo que la despertó. Siempre había tenido el convencimiento de que Londres era el lugar más ruidoso del mundo, pero no oía nada, excepto el repiqueteo de los cascos de los caballos.

Se obligó a abrir los párpados.

—Buenos días, Victoria.

Ella parpadeó.

—¿Buenos días?

Robert sonrió.

—Es solo un decir. Has dormido bastante.

—¿Cuánto?

—¡Oh! Media hora o así. Debías de estar muy cansada.

—Sí —dijo ella distraídamente—. Bastante. —Luego pestañeó otra vez—. ¿Media hora has dicho? ¿No deberíamos haber llegado ya a mi casa?

Él no dijo nada.

Notando en el corazón una sensación que no presagiaba nada bueno, Victoria se acercó a la ventana y descorrió la cortina. Estaba anocheciendo, pero vio claramente árboles, matorrales y hasta una vaca.

¿Una vaca?

Se volvió hacia Robert y entornó los ojos.

—¿Dónde estamos?

Él fingió quitarse un hilito de la manga.

—Camino de la costa, imagino.

—¿De la costa? —preguntó ella casi gritando.

—Sí.

—¿Eso es lo único que vas a decir al respecto? —gruñó ella.

Robert sonrió.

—Supongo que podría decir que te he raptado, pero imagino que a estas alturas lo habrás deducido tú sola.

Victoria se lanzó a su garganta.

14

Victoria nunca se había considerado una persona especialmente violenta (en realidad, ni siquiera tenía mal genio), pero la tranquilidad con que Robert afirmó haberla raptado la sacó de quicio.

Su cuerpo reaccionó sin el dictado de su cerebro y, abalanzándose hacia él, le agarró muy cerca del cuello.

—¡Sinvergüenza! —gritó—. ¡Eres un sinvergüenza, un truhán, un canalla!

Si Robert quiso hacer algún comentario acerca de su poco femenino lenguaje, prefirió guardárselo. O quizá su reticencia se debía más bien a que ella le apretaba la tráquea.

—¡¿Cómo te atreves?! —gritó ella—. ¡¿Cómo te atreves?! Todo este tiempo has estado fingiendo escucharme mientras yo te hablaba de independencia.

—Victoria... —jadeó él, intentando que le soltara el cuello.

—¿Lo tenías pensado desde el principio? —Al ver que no respondía, empezó a zarandearle—. ¡Dímelo!

Robert tuvo que hacer tal esfuerzo por desasirse que lanzó a Victoria al otro lado del carruaje.

—¡Por el amor de Dios, mujer! —exclamó, jadeando todavía—. ¿Es que querías matarme?

Victoria le miró con furia desde el suelo.

—No es mala idea.

—Algún día me darás las gracias por esto —dijo él, a pesar de que sabía muy bien que un comentario tan condescendiente solamente conseguiría enfurecerla.

Y así fue. Vio que su cara se ponía roja de rabia en medio segundo.

—No he estado más furiosa en toda mi vida —siseó por fin ella.

Robert se frotó la garganta dolorida y dijo con convicción:

—Te creo.

—No tenías derecho a hacerme esto. No puedo creer que me respetes tan poco que hayas... que hayas... —Se interrumpió y giró la cabeza bruscamente; de pronto se le había ocurrido una idea espantosa—. ¡Dios mío! ¿Me envenenaste?

—¿De qué demonios estás hablando?

—Estaba muy cansada. Me quedé dormida enseguida.

—Eso no ha sido más que una feliz coincidencia —dijo él, sacudiendo un poco la mano—. Una coincidencia de la que me alegro en grado sumo. No habría sido conveniente que cruzaras todo Londres gritando a pleno pulmón.

—No te creo.

—Victoria, no soy el personaje malvado que pareces creer que soy. Además, ¿me he acercado hoy a tu comida? Ni siquiera te he regalado una caja de pasteles.

Eso era cierto. El día anterior, Victoria se había lanzado a una acerba diatriba sobre el derroche que suponía regalar tanta comida a una sola persona, y le había hecho prometer que regalaría los pasteles que ya hubiera comprado a algún orfanato falto de recursos. Y a pesar de lo furiosa que estaba tenía que reconocer que Robert no era de los que usaban venenos.

—Por si te sirve de algo —añadió él—, hasta ayer no empecé a planear secuestrarte. Confiaba en que entraras en razón antes de que fuera necesario tomar medidas drásticas.

—¿Tanto te cuesta creer que conciba vivir sin ti?

—Si ello incluye vivir en el peor de los estercoleros, sí.

—No es el peor de los estercoleros —replicó ella.

—¡Victoria, hace dos noches un hombre murió apuñalado delante de tu puerta! —gritó él.

Ella parpadeó.

—¿De veras?

—Sí, de veras —siseó él—. Y si creías que iba a quedarme de brazos cruzados hasta que ocurriera lo inevitable y la víctima fueras tú...

—Disculpa, pero por lo visto ya soy la víctima. De un secuestro, como mínimo.

Robert la miró exasperado.

—¿Y como máximo?

—De una violación —replicó ella.

Él se recostó, satisfecho.

—No sería una violación.

—Jamás podré volver a desearte, después de lo que me has hecho.

—Tú siempre me desearás. Puede que ahora mismo no quieras, pero me deseas.

Se hizo el silencio un momento. Finalmente, Victoria dijo con los ojos entornados:

—No eres mejor que Eversleigh.

Robert la agarró del hombro con sorprendente fuerza.

—No me compares nunca con él.

—¿Por qué no? A mí me parece una comparación de lo más adecuada. Los dos habéis abusado de mí, los dos habéis usado la fuerza...

—Yo no —dijo él entre dientes.

—No te he visto abrir la puerta del carruaje y darme la posibilidad de marchar. —Cruzó los brazos intentando parecer resuelta, pero le costaba mantener la dignidad estando en el suelo.

—Victoria —dijo Robert con muchísima paciencia—, estamos en mitad de la carretera de Canterbury. Es de noche y no hay nadie por aquí. Te aseguro que no conviene que salgas del carruaje en este momento.

—¡Maldito seas! ¿Tienes idea de lo mucho que odio que pretendas decirme lo que me conviene o no?

Robert se agarró tan fuerte al asiento del carruaje que le temblaron los dedos.

—¿Quieres que mande parar al cochero?

—No lo harías, aunque te lo pidiera.

Con un movimiento que delataba una violencia apenas refrenada, Robert golpeó tres veces la pared delantera del coche. Unos segundos después, el carruaje se detuvo.

—¡Ya está! —dijo—. Sal.

Victoria abrió y cerró la boca como un pececillo moribundo.

—¿Quieres que te ayude a apearte? —Robert abrió la puerta de un puntapié y saltó fuera. Luego le tendió la mano—. Vivo para servirte.

—Robert, pienso que...

—Llevas toda la semana sin pensar nada —le espetó él.

Si hubiera podido alcanzarle, Victoria le habría dado una bofetada.

La cara de MacDougal apareció junto a la de Robert.

—¿Ocurre algo, milord? ¿Señorita?

—La señorita Lyndon ha expresado su deseo de prescindir de nuestra compañía —dijo Robert.

—¿Aquí?

—Aquí no, idiota —siseó Victoria. Y luego, como MacDougal pareció ofendido, se sintió obligada a decir—: Me refería a Robert, no a usted.

—¿Vas a bajar o no? —preguntó Robert.

—Sabes que no. Lo que quiero es que me lleves a Londres, a mi casa, no que me abandones en... —Victoria se volvió hacia MacDougal—. ¿Dónde diablos estamos, por cierto?

—Cerca de Faversham, creo.

—Bien —dijo Robert—. Pararemos allí a pasar la noche. Hemos avanzado mucho, pero no tiene sentido agotarnos por querer llegar hasta Ramsgate.

—Muy bien. —MacDougal hizo una pausa y luego le dijo a Victoria—: ¿No estaría más cómoda en el asiento, señorita Lyndon?

Victoria sonrió ácidamente.

—¡Oh, no! Estoy muy cómoda en el suelo, señor MacDougal. Prefiero sentir íntimamente cada bache y piedra del camino.

—Lo que prefiere es hacerse la mártir —masculló Robert en voz baja.

—¡Te he oído!

Robert no hizo caso y dio algunas instrucciones a MacDougal, que desapareció de su vista. Volvió luego a montar en el carruaje, cerró la puerta e ignoró a Victoria, que seguía echando humo en el suelo.

Por fin ella dijo:

—¿Qué hay en Ramsgate?

—Tengo una casita en la playa. He pensado que nos vendría bien disfrutar de un poco de intimidad.

Victoria soltó un bufido.

—¿De intimidad? Esa sí que es una idea aterradora.

—Victoria, empiezas a poner a prueba mi paciencia.

—No es a usted a quien han secuestrado, milord.

Él ladeó una ceja.

—¿Sabes, Victoria? Empiezo a creer que te estás divirtiendo.

—Tienes demasiada imaginación —replicó ella.

—No estoy bromeando —dijo él mientras se acariciaba pensativamente la barbilla—. Creo que debe de ser muy grato desahogarse si uno se siente agraviado.

—Tengo todo el derecho a estar indignada —gruñó ella.

—No me cabe duda de que eso crees.

Ella se inclinó hacia delante en lo que esperaba fuera una actitud amenazadora.

—Creo realmente que, si ahora mismo tuviera un arma, te dispararía.

—Pensaba que eras más partidaria de las horquillas de aventar el trigo.

—Soy partidaria de cualquier cosa que inflija daños físicos.

—No lo dudo —dijo Robert, riendo.

—¿No te importa que te odie?

Él soltó un largo suspiro.

—Permíteme aclarar una cosa. Tu bienestar y tu seguridad son mis prioridades absolutas. Si apartarte de ese nido de ladrones que te empeñabas en llamar «hogar» supone que debo soportar tu odio durante unos cuantos días, que así sea.

—No serán solo unos días.

Robert no dijo nada.

Victoria se quedó sentada en el suelo del carruaje, intentando ordenar sus ideas. Estaba tan rabiosa que notaba en los ojos el escozor de las lágrimas, y empezó a respirar agitadamente: cualquier cosa valía con tal de impedir que aquellas lágrimas vergonzosas rodaran por sus coloradas mejillas.

—Has hecho lo único... —dijo con la voz teñida por la risa nerviosa de quien se sabe derrotado—. Lo único...

Robert volvió la cabeza para mirarla.

—¿Te gustaría levantarte?

Ella negó con la cabeza.

—Tan solo quería controlar un poco mi vida. ¿Era tanto pedir?

—Victoria...

—Y tú me has despojado precisamente de eso —le interrumpió ella, hablando cada vez más fuerte—. ¡Precisamente de eso!

—He actuado pensando en tu...

—¿Tienes idea de lo que se siente cuando alguien te arrebata la capacidad de decidir?

—Sé lo que se siente cuando a uno le manipulan —contestó él en voz muy baja.

—No es lo mismo —dijo Victoria, volviendo la cabeza para que no la viera llorar.

Se hizo un momento de silencio mientras Robert intentaba articular lo que iba a decir.

—Hace siete años, tenía mi vida planeada hasta el último detalle. Era joven y estaba enamorado. Locamente enamorado. Lo único que quería era casarme contigo y pasar el resto de mi vida haciéndote feliz. Tendríamos hijos —dijo con melancolía—. Siempre imaginé que se parecían a ti.

—¿Por qué me dices eso?

Robert la miró, atravesándola con los ojos, a pesar de que ella se negaba a devolverle la mirada.

—Porque sé lo que se siente cuando a uno le arrancan sus sueños. Éramos jóvenes y estúpidos, y si hubiéramos tenido un poco de sentido común nos habríamos dado cuenta de lo que habían hecho nuestros padres para separarnos. Pero no fue culpa nuestra.

—¿Es que no lo entiendes? Ya no me importa lo que pasó hace siete años. No me importa.

—Yo creo que sí.

Victoria cruzó los brazos y se recostó en el carruaje.

—No quiero seguir hablando de eso.

—Muy bien. —Robert cogió un periódico y se puso a leer.

Victoria se quedó sentada en el suelo y procuró no llorar.

Veinte minutos después, el carruaje se detuvo delante de una pequeña posada junto a la carretera de Canterbury, en Faversham. Victoria esperó en el coche mientras Robert entraba a pedir habitaciones.

Salió unos minutos después.

—Ya está todo arreglado —dijo.

—Espero que hayas pedido una habitación para mí —dijo ella, crispada.

—Por supuesto.

Victoria declinó (con cierta vehemencia) su ofrecimiento de ayudarla a apearse, y se bajó de un salto. Mientras Robert la conducía a la posada, notó su mano posada sobre la parte baja de su espalda.

—Confío en que su esposa y usted disfruten de su estancia, milord —dijo el posadero cuando cruzaron la sala principal.

Victoria esperó a doblar la esquina, camino de la escalera.

—Creía que habías dicho que teníamos habitaciones separadas —siseó.

—Y así es. No he tenido más remedio que decirle que eras mi esposa. Salta a la vista que no eres mi hermana. —Tocó un mechón de su cabello con exquisita ternura—. Y no quería que nadie pensara que eres mi amante.

—Pero...

—Imagino que el posadero piensa solamente que somos un matrimonio que no disfruta mucho de su mutua compañía.

—Y es cierto, al menos en parte —masculló.

Robert se volvió hacia ella con una sonrisa radiante.

—Yo siempre disfruto de tu compañía.

Victoria se paró en seco y se limitó a mirarle, totalmente pasmada por su aparente buen humor. Por fin dijo:

—No sé si estás loco, si eres muy terco o simplemente idiota.

—Opto por lo segundo, si se me permite escoger.

Ella profirió un suspiro exasperado y echó a andar con energía delante de él.

—Me voy a mi cuarto.

—¿No te gustaría saber cuál es?

Victoria le sentía sonreír a su espalda.

—¿Te importaría decirme cuál es mi habitación? —preguntó a regañadientes.

—La número tres.

—Gracias —dijo ella, y enseguida deseó que no le hubieran inculcado tan buenos modales desde su más tierna infancia. Como si Robert mereciera su gratitud.

—Yo estoy en la número cuatro —dijo él, solícito—. Por si acaso quieres saber dónde encontrarme.

—Estoy segura de que no será necesario. —Victoria llegó a lo alto de las escaleras, dobló la esquina y empezó a buscar su habitación. Oía a Robert unos pasos por detrás de ella.

—Nunca se sabe. —Al ver que ella no decía nada, añadió—: Se me ocurren unas cuantas razones por las que tal vez necesites reunirte conmigo. —Como ella seguía ignorándole, prosiguió diciendo—: Algún ladrón podría intentar entrar en tu alcoba. O quizá tengas pesadillas.

Las únicas pesadillas que podía tener, se dijo Victoria, eran aquellas en las que apareciera él.

—O puede que la posada esté encantada —continuó Robert—. Piensa en la cantidad de fantasmas que pueden haber rondando por aquí.

Victoria no pudo ignorar aquello. Se volvió con lentitud.

—Es la idea más inverosímil que he oído nunca.

Robert se encogió de hombros.

—Podría pasar.

Ella se limitó a mirarle como si intentara decidir cómo podía ingresarle en un manicomio.

—O tal vez me eches de menos —añadió él.

—Borro lo que he dicho antes —replicó ella—. Esa es la idea más inverosímil que he oído nunca.

Él se llevó la mano al corazón teatralmente.

—Me herís, mi señora.

—Yo no soy tu señora.

—Pero lo serás.

—¡Ah, mira! —dijo ella con falsa alegría—. Esta es mi habitación. Buenas noches. —Sin esperar a que Robert respondiera, entró en su cuarto y le cerró la puerta en las narices.

Luego oyó que una llave giraba en la cerradura.

Sofocó un gemido. ¡El muy bruto la había encerrado dentro!

Victoria se permitió dar un zapatazo en el suelo y se tumbó luego en la cama con un sonoro gruñido. No podía creer que Robert tuviera la desfachatez de encerrarla en su habitación.

Bueno, la verdad era que sí podía creerlo. A fin de cuentas, la había secuestrado. Y Robert nunca dejaba nada al azar.

Estuvo un rato enfurruñada en la cama. Si intentaba escapar de Robert, tendría que ser esa noche. Dudaba de que Robert la perdiera de vista un solo instante, en cuanto llegaran a su casita junto al mar. Y sabiendo lo mucho que le gustaba a Robert preservar su intimidad, estaba segura de que la casa estaría completamente aislada.

No, tendría que ser esa misma noche. Por suerte Faversham no estaba muy lejos de Bellfield, donde todavía vivía su familia. No le apetecía especialmente visitar a su padre; nunca le había perdonado por atarla hacía siete años. Pero el reverendo le parecía ahora menos malvado que Robert.

Cruzó la habitación para acercarse a la ventana y echó un vistazo fuera. Había mucha distancia hasta el suelo. No podría salir sin hacerse daño. Luego su mirada se posó en una puerta. Una puerta que no era la del pasillo.

Una puerta de comunicación. Sabía perfectamente con qué habitación comunicaba. ¡Qué ironía que solo pudiera escapar atravesando la habitación de Robert!

Se agachó y estuvo observando la cerradura. Luego examinó el marco de la puerta. Daba la impresión de que podía atascarse. Haría ruido si la abría, y seguramente Robert aún estaba despierto. Si se despertaba antes de que llegara al pasillo, no conseguiría escapar. Tenía que encontrar un modo de dejar la puerta de comunicación ligeramente entreabierta sin levantar sus sospechas.

Entonces se le ocurrió.

Respiró hondo y abrió la puerta de golpe.

—¡Debí imaginar que tendrías muy poco respeto por mi intimidad! —gritó. Era consciente de que estaba invadiendo su intimidad al irrumpir así en su cuarto, pero aquel parecía el único modo de abrir la dichosa puerta sin que...

Sofocó un gemido y de pronto olvidó lo que estaba pensando.

Robert estaba en medio de la habitación con el pecho desnudo. Tenía las manos sobre los botones de las calzas.

—¿Quieres que siga? —dijo con dulzura.

—No, no será necesario —balbució ella, sonrojándose y pasando del rojo al púrpura y de este al remolacha.

Él sonrió perezosamente.

—¿Estás segura? Lo haría encantado.

Victoria se preguntó por qué no parecía poder apartar los ojos de él. Robert era magnífico, pensó en un extraño arrebato de objetividad. Saltaba a la vista que no se había mantenido ocioso durante sus años en Londres.

El conde aprovechó su silencio aturdido para darle un paquete.

—¿Qué es esto? —preguntó ella con recelo.

—Mientras hacía planes, se me ocurrió que tal vez necesitarías algo con que dormir. Me he tomado la libertad de traerte un camisón.

La idea de que Robert le hubiera comprado lencería era tan íntima que a Victoria estuvo a punto de caérsele el paquete al suelo.

—¿De dónde lo has sacado? —preguntó.

—No se lo he quitado a ninguna mujer, si es eso lo que quieres saber. —Se adelantó y acarició su mejilla—. Aunque reconozco que me conmueve verte tan celosa.

—No estoy celosa —gruñó ella—. Es solo que... Si lo compraste en la tienda de Madame Lambert, será...

—No lo compré en la tienda de Madame Lambert.

—Bien. Me enfadaría mucho si descubriera que alguna de mis amigas te ha ayudado en esta odiosa tarea.

—Quisiera saber cuánto tiempo vas a seguir enfadada conmigo —dijo él dulcemente.

Aquel brusco cambio de tema hizo levantar la cabeza a Victoria.

—Me voy a la cama. —Dio dos pasos hacia la puerta que comunicaba sus habitaciones; luego se volvió—. Y no pienso enseñarte el modelito.

Él la obsequió con una seductora sonrisa.

—Ni se me había pasado por la cabeza. Pero me satisface saber que al menos has contemplado la idea.

Victoria profirió un suave gruñido y regresó a su cuarto con paso enérgico. Estaba tan furiosa con él que estuvo a punto de cerrar de golpe la puerta. Pero luego se acordó del propósito de aquella visita y, agarrando el pomo, cerró la puerta de tal modo que solo tocara la jamba. Si Robert notaba que no estaba cerrada del todo, no pensaría que la había entornado a modo de invitación. Le había dejado demasiado claro su enfado como para que llegara a esa conclusión. No, seguramente pensaría que, en su ofuscación, había pasado por alto ese detalle.

Y con un poco de suerte no se fijaría en la puerta. Victoria arrojó el ofensivo paquete sobre la cama y empezó a hacer planes para el resto de la noche. Tendría que esperar varias horas para intentar escapar. Ignoraba cuánto tardaría Robert en dormirse, y como solo dispondría de una oportunidad de escapar, parecía prudente darle tiempo de sobra para que se durmiera.

Se mantuvo despierta recitando para sus adentros los pasajes de la Biblia que menos le gustaban. Su padre siempre había insistido en que Ellie y ella aprendieran de memoria largos fragmentos de las Escrituras. Pasó una hora, otra y otra. Y luego otra más, y entonces Victoria se detuvo en medio de un salmo al darse cuenta de que eran las cuatro de la madrugada. Sin duda Robert ya estaría profundamente dormido.

Dio dos pasos de puntillas hacia la puerta y se detuvo. Sus botas tenían unas suelas bien gruesas y hacían ruido al andar. Tendría que quitárselas. Sus huesos chirriaron cuando se sentó en el suelo para desatarse los cordones. Por fin, con las botas en la mano, siguió avanzando hacia la puerta de comunicación.

Puso la mano sobre el pomo con el corazón acelerado. Como no había cerrado bien la puerta, no tuvo que girarlo. Tiró un poco de él y luego empujó la puerta con mucho cuidado.

Primero asomó la cara a la habitación y luego lanzó un suspiro de alivio. Robert dormía a pierna suelta. El muy truhán no parecía llevar nada debajo de las sábanas, pero Victoria decidió enseguida no pararse a pensar en eso.

Avanzó hacia la puerta de puntillas y dio las gracias para sus adentros a la persona que había tenido la idea de poner una alfombra en aquel cuarto. Apenas se la oía al caminar. Por fin llegó a la puerta. Robert había dejado la llave en la cerradura. Aquella sería la parte más difícil. Tenía que abrir la puerta y salir sin despertarle.

Se le ocurrió entonces que era una suerte que Robert durmiera desnudo. Si le despertaba, podría sacarle una buena ventaja mientras él se ponía la ropa. Tal vez estuviera decidido a retenerla, pero Victoria dudaba de que llegara hasta el punto de echar a correr en cueros por las calles de Faversham.

Agarró la llave con los dedos y volvió la cabeza. La cerradura emitió un fuerte chasquido. Contuvo el aliento y miró hacia atrás. Robert profirió un ruido soñoliento y cambió de postura, pero aparte de eso no mostró indicios de haberse despertado.

Conteniendo el aliento, Victoria abrió despacio la puerta mientras rezaba por que no chirriaran las bisagras. Estas hicieron un ruido leve y

Robert se movió un poco más y chasqueó los labios de un modo curiosamente atrayente. Por fin, Victoria abrió la puerta a medias y pasó por el hueco.

¡Había escapado! Había sido casi demasiado fácil. No sentía la alegría que esperaba sentir. Atravesó corriendo el pasillo y bajó las escaleras. No había nadie de guardia, así que pudo salir por la puerta principal sin que la vieran.

Una vez fuera, sin embargo, se dio cuenta de que ignoraba hacia dónde ir. Había unas quince millas hasta Bellfield; no era mucha distancia, si una estaba empeñada en recorrerla, pero no le apetecía especialmente la idea de caminar sola por la carretera de Canterbury en plena noche. Seguramente lo mejor sería buscar un escondite cerca de la posada y esperar a que Robert se marchara.

Observó los alrededores mientras se ponía los zapatos. Los establos podían servir, y había unas cuantas tiendas allí cerca en las que tal vez encontrara donde esconderse. Quizá...

—¡Vaya, vaya! Mira a quién tenemos aquí...

A Victoria se le formó un nudo en el estómago, y enseguida sintió una náusea. Dos hombres grandes, sucios y, al parecer, borrachos, se estaban acercando a ella. Dio un paso atrás... hacia la posada.

—Todavía nos quedan unos peniques —dijo uno de ellos—. ¿Cuánto cuestas, pequeña?

—Me temo que se confunden —dijo Victoria atropelladamente.

—Vamos, cariñito —dijo el otro, y la agarró del brazo—. Solo queremos un poco de diversión. Sé buena con nosotros.

Victoria dejó escapar un gemido de sorpresa. Los dedos del hombre se clavaron en su piel.

—No, no —dijo, empezando a sentir pánico—. No soy esa clase de... —No se molestó en acabar la frase; ellos no le prestaban atención—. Soy una mujer casada —mintió, alzando la voz.

Uno de ellos apartó los ojos de sus pechos un momento y levantó la vista. Guiñó un ojo y a continuación sacudió la cabeza.

Victoria contuvo el aliento. Obviamente, no tenían escrúpulos respecto a la santidad del matrimonio. Al final, por pura desesperación, gritó:

—¡Mi marido es el conde de Macclesfield! Si me tocan un solo pelo, les hará matar. Juro que lo hará.

Aquello les dio que pensar. Luego uno dijo:

—¿Qué hace la mujer de un conde aquí sola en plena noche?

—Es una historia muy larga, se lo aseguro —improvisó Victoria mientras seguía retrocediendo hacia la posada.

—Yo creo que se lo está inventando —dijo el que la agarraba del brazo. La acercó a él de un tirón con sorprendente rapidez para estar tan ebrio. Victoria intentó contener sus náuseas al sentir su mal aliento. Luego cambió de idea e intentó vomitar. Tal vez así lograra refrenarles su ardor.

—Solo vamos a divertirnos un rato esta noche —susurró él—. Tú, yo y...

—Yo no lo intentaría —dijo tranquilamente una voz que Victoria conocía muy bien—. No me gusta que otra gente toque a mi esposa.

Victoria levantó la vista. Robert estaba junto al hombre (¿cómo había llegado con tanta rapidez?) y le apuntaba a la sien con una pistola. No llevaba camisa, ni zapatos, pero sí otra pistola metida en la cinturilla de las calzas. Miró al borracho, sonrió sin ganas y añadió:

—Me saca un poco de mis casillas.

—Robert —dijo Victoria con voz trémula. Por una vez se alegraba muchísimo de verle.

Él movió la cabeza hacia un lado, indicándole que entrara en el portal de la posada. Ella obedeció de inmediato.

—Voy a empezar a contar —dijo Robert en tono amenazador—. Si cuando llegue a diez no han desaparecido de mi vista, dispararé. Y no apuntaré a los pies.

Los dos malhechores echaron a correr antes de que Robert contara hasta dos. Contó hasta diez, de todos modos. Victoria le observaba desde el portal, tentada de volver corriendo a su cuarto y encerrarse allí dentro mientras él seguía contando. Pero se descubrió clavada en el suelo, incapaz de apartar los ojos de él.

Cuando acabó de contar, Robert se volvió hacia ella.

—Te sugiero que no provoques más mi ira por esta noche —le espetó sin rodeos.

Ella asintió con la cabeza.

—No. Me voy a dormir. Podemos hablar de esto por la mañana, si quieres.

Él no dijo nada, se limitó a lanzar un suave gruñido mientras subían la escalera de vuelta a sus habitaciones. A Victoria no la animó mucho su reacción.

Llegaron a la puerta del cuarto de Robert, que él había dejado abierta de par en par con las prisas. Robert la hizo entrar prácticamente a rastras y cerró de golpe. La soltó para echar la llave y Victoria aprovechó la ocasión para correr hacia la puerta de comunicación.

—Me voy a la cama —dijo enseguida.

—No tan deprisa. —Robert la agarró del brazo y la hizo volverse—. ¿De verdad crees que voy a permitir que pases el resto de la noche ahí dentro?

Ella parpadeó.

—Pues sí, eso pensaba.

Él sonrió, pero su sonrisa tenía un aire peligroso.

—Error.

Ella pensó que iban a fallarle las rodillas.

—¿Error?

Antes de que se diera cuenta de lo que se proponía, Robert la levantó en brazos y la depositó sobre la cama.

—Tú, mi traicionera amiga, vas a pasar la noche aquí. En mi cama.

15

Estás loco —dijo Victoria, y se levantó de la cama con asombrosa velocidad.

Robert se acercó a ella con paso lento y amenazador.

—Si no lo estoy ya, poco me queda.

Aquello no la tranquilizó. Dio unos pasos hacia atrás y notó un vuelco en el estómago al darse cuenta de que estaba casi junto a la pared. Parecía improbable que escapara.

—¿Te he dicho lo mucho que he disfrutado oyéndote referirte a mí como tu marido? —preguntó Robert con voz falsamente tranquila.

Victoria conocía aquel tono. Significaba que estaba furioso y que refrenaba su furia. De haber estado de un ánimo más tranquilo y razonable, seguramente ella habría cerrado la boca y no habría hecho nada que pudiera provocar su ira. Pero estaba algo preocupada por su virtud y su bienestar, de modo que replicó:

—Es la última vez que lo oirás.

—¡Qué lástima!

—Robert —dijo ella en tono que esperaba conciliador—, tienes todo el derecho a estar enfadado...

Él se rio. ¡Se rio! A Victoria no le hizo ninguna gracia.

—Enfadado es poco —dijo él—. Permíteme que te cuente una historia.

—No te pongas chistoso.

Robert no le hizo caso.

—Estaba durmiendo en mi cama, disfrutando de un sueño especialmente vívido... en el que aparecías tú...

A Victoria se le encendieron las mejillas.

Él sonrió sin ganas.

—Creo que tenía una mano sobre tu pelo y que tus labios estaban... Mmm... ¿Cómo lo describiría?

—¡Ya basta, Robert! —Victoria empezó a temblar. Robert no era de los que avergonzaban a una dama hablando en tales términos. Debía de estar mucho más enfadado de lo que pensaba.

—¿Por dónde iba? —se preguntó él—. ¡Ah, sí! Mi sueño. Imagina, si puedes, mi consternación cuando unos gritos me despertaron de ese sueño tan delicioso. —Se inclinó hacia ella y entornó los ojos con furia—. Gritos tuyos.

A Victoria no se le ocurrió qué decir. Bueno, eso no era del todo cierto. Se le ocurrieron varios centenares de cosas, pero la mitad eran inapropiadas y la otra mitad peligrosísimas para su bienestar.

—Nunca me había puesto las calzas a tal velocidad, ¿sabes?

—Estoy segura de que ese demostrará ser un talento muy útil —improvisó ella.

—Y tengo astillas en los pies —añadió él—. Estos suelos no se hicieron para andar descalzo.

Victoria intentó sonreír, pero le faltó convicción.

—Será un placer curar tus heridas.

Él posó las manos sobre sus hombros con un movimiento vertiginoso.

—No iba andando, Victoria. Iba corriendo. Corría como si fuera a salvar mi propia vida. Pero no era así. —Se inclinó hacia delante; sus ojos tenían un brillo furioso—. Ansiaba salvar la tuya.

Ella tragó saliva con nerviosismo. ¿Qué podía decir? Por fin abrió la boca y balbució:

—Gracias. —Pero fue más una pregunta que una afirmación.

Robert la soltó de pronto y se alejó, visiblemente molesto por su reacción.

—¡Por el amor de Dios! —masculló.

Victoria intentó contener el ahogo que notaba en la garganta. ¿Cómo había llegado a aquella situación? Estaba al borde del llanto, pero se negaba a llorar delante de aquel hombre. Robert le había roto dos veces el corazón, la había acosado durante una semana, y por último la había secuestrado. Sin duda ella tenía derecho a mostrar un poco de orgullo.

—Quiero volver a mi cama —dijo débilmente.

Robert no se molestó en volverse al contestar:

—Ya te he dicho que no voy a permitir que vuelvas a esa ratonera de Londres.

—Me refería a la habitación de al lado.

Hubo un largo silencio.

—Prefiero que estés aquí —dijo él por fin.

—¡¿Aquí?! —gritó ella.

—Creo que ya te lo he dicho dos veces.

Victoria decidió probar otra táctica y apelar a su profundo sentido del honor.

—Robert, sé que no eres capaz de tomar a una mujer contra su voluntad.

—No es eso —dijo él con un bufido—. Es que no me fío de que vayas a estarte quieta.

Victoria se calló la respuesta mordaz que se formó en sus labios.

—Prometo que no intentaré escaparme otra vez esta noche. Te doy mi palabra.

—Disculpa, pero no me fío de tu palabra.

Aquello le dolió, y Victoria recordó que, hacía poco, había resoplado con desdén al decirle él que jamás había incumplido una promesa. Era asombroso lo desagradable que podía ser probar la propia medicina. Hizo una mueca.

—Antes no te había prometido no intentar escaparme. Te lo estoy prometiendo ahora.

Robert se volvió y la miró con incredulidad.

—Señora mía, debería dedicarse usted a la política.

—¿Qué quieres decir con eso?

—Tan solo que posees una capacidad asombrosa para andarte con rodeos y no decir nunca la verdad.

Victoria se echó a reír. No pudo evitarlo.

—¿Y cuál es la verdad, exactamente?

Robert avanzó hacia ella con paso decidido.

—Que me necesitas.

—¡Oh, por favor!

—Me necesitas. Me necesitas en todos los sentidos en que una mujer necesita a un hombre.

—No digas nada más, Robert. Odiaría tener que recurrir a la violencia.

Él se rio al oír su sarcasmo.

—Amor, compañerismo, afecto. Necesitas todo eso. ¿Por qué crees que eras tan desgraciada trabajando de institutriz? Porque te sentías sola.

—Podría tener un perro. Un spaniel sería un amigo más inteligente que tú.

Él volvió a reírse.

—Fíjate en lo rápido que has dicho esta noche que era tu marido. Podrías haberte inventado un nombre, pero no, elegiste el mío.

—Te estaba utilizando —le espetó ella—. Os estaba usando a ti y a tu nombre para defenderme. Eso es todo.

—¡Ah! Pero ni siquiera bastó con eso, ¿verdad, cariño mío?

A Victoria no le gustó especialmente su forma de decir «cariño mío».

—También necesitaste al hombre. Esos tipos no te creyeron hasta que aparecí en escena.

—Muchísimas gracias —gruñó ella, aunque no parecía muy agradecida—. Tienes un don especial para rescatarme de situaciones desagradables.

Él sonrió, satisfecho.

—¡Ah, sí! Soy muy útil.

—Situaciones desagradables que tú mismo creas —replicó ella.

—¿De veras? —contestó Robert con voz rezumante de sarcasmo—. Supongo que me levanté de la cama, en sueños, por supuesto, te saqué a rastras de tu habitación, te hice bajar las escaleras a empujones y luego te dejé en la puerta de la posada para que te acosaran dos borrachos picados de viruelas.

Ella frunció los labios con expresión remilgada.

—Robert, te estás comportando de la manera más indecorosa.

—¡Ah! Vuelve la institutriz.

—¡Me raptaste! —dijo ella casi gritando. Había perdido por completo los nervios—. ¡Me secuestraste! Si me hubieras dejado en paz, como te pedí repetidamente, estaría a salvo en mi cama.

Él se acercó y le clavó un dedo en el hombro.

—¿A salvo? —repitió—. ¿En ese barrio? Eso es, en mi opinión, una contradicción en los términos.

—¡Ah, sí! Y tú te propusiste salvarme de mi necedad.

—Alguien tenía que hacerlo.

Victoria intentó darle una bofetada, pero Robert la agarró de la muñeca sin dificultad. Ella luchó por desasirse.

—¿Cómo te atreves? —siseó—. ¿Cómo te atreves a ponerte condescendiente conmigo? Dices que me quieres, pero me tratas como si fuera una niña. Tú...

Robert la hizo callar tapándole la boca con la mano.

—Vas a decir algo de lo que te arrepentirás.

Victoria le pisó. Con fuerza. Robert intentaba de nuevo decirle lo que le convenía, y ella lo odiaba.

—¡Ya basta! —bramó él—. He demostrado contigo la paciencia del santo Job. ¡Merezco la maldita santidad! —Antes de que Victoria tuviera ocasión de reaccionar tras oírle usar las palabras «maldita» y «santidad» en la misma frase, Robert la levantó en brazos y la arrojó sin esfuerzo sobre la cama.

Se quedó boquiabierta. Luego empezó a deslizarse por el colchón, intentando bajarse de la cama. Pero Robert la agarró del tobillo y la sujetó con fuerza.

—Suéltame —gruñó ella y, agarrándose a un extremo de la cama con las manos, intentó desprenderse de él. No lo consiguió—. Robert, si no me sueltas el tobillo...

El muy sinvergüenza tuvo la osadía de echarse a reír.

—¿Qué harás, Victoria? Dímelo.

Victoria dejó de retorcerse y, ofuscada por la rabia y la frustración, utilizó el otro pie para darle una sonora patada en el pecho. Robert profirió un grito de dolor y soltó su tobillo, pero antes de que Victoria pudiera bajarse de la cama se abalanzó sobre ella, aplastándola contra el colchón.

Y parecía furioso.

—Robert —comenzó a decir ella, intentando utilizar un tono conciliador.

Él la miraba con un brillo en los ojos que no era de deseo, aunque también había mucho de eso.

—¿Tienes idea de lo que he sentido al ver a esos dos hombres manoseándote? —preguntó con voz ronca.

Ella sacudió la cabeza en silencio.

—He sentido rabia —dijo él, y aflojó las manos con las que sujetaba sus brazos para hacerle lo que solo podía describirse como una caricia—. Una rabia primitiva, ardiente y pura.

Los ojos de Victoria se abrieron como platos.

—Rabia por que te tocaran. Rabia por que te asustaran.

A ella se le resecó la boca, y se dio cuenta de que le estaba costando trabajo apartar los ojos de sus labios.

—¿Sabes qué más sentí?

—No —contestó en apenas un susurro.

—Miedo.

Victoria le miró a los ojos.

—Pero sabías que no me habían hecho daño.

Robert soltó una risa hueca.

—No es eso, Torie. Me da miedo que sigas huyendo, que no admitas nunca lo que sientes por mí. Me da miedo que me odies tanto que seas capaz de lanzarte en brazos del peligro para evitarme.

—Yo no te odio. —Las palabras se le escaparon antes de que se diera cuenta de que acababa de contradecir todo lo que le había dicho esas últimas doce horas.

Robert acarició su pelo y tomó luego su cabeza entre sus fuertes manos.

—Entonces, ¿por qué, Victoria? —susurró—. ¿Por qué?

—No lo sé. Ojalá lo supiera. Solo sé que ahora mismo no puedo estar contigo.

Él bajó la cabeza hasta que estuvieron nariz con nariz. Luego sus labios, suaves como una pluma, rozaron los de ella en una caricia sorprendentemente erótica.

—¿Ahora? ¿O nunca?

Victoria no respondió. No podía responder, porque la boca de Robert ya se había apoderado con fiereza de la suya. Él le introdujo la lengua en la boca y la saboreó con ansia palpable. Apretó las caderas contra las suyas para recordarle su deseo. Recorrió con la mano su cuerpo por entero y la colocó sobre la curva de su pecho. Masajeó y apretó, y el calor de su piel traspasó ardiente la tela del vestido de Victoria. Ella se sintió alcanzar el éxtasis bajo sus caricias.

—¿Sabes qué siento ahora mismo? —murmuró él con aspereza.

Victoria no respondió.

—Deseo. —Sus ojos brillaban—. Te deseo, Victoria. Quiero hacerte mía por fin.

Victoria comprendió, acongojada, que le estaba dejando la decisión a ella. ¡Qué fácil sería dejarse llevar por el ardor del momento...! ¡Qué oportuno poder decirse al día siguiente: «Fue la pasión la que me obligó. No pensaba con claridad»!

Pero Robert la estaba obligando a enfrentarse a sus sentimientos y a reconocer el deseo arrollador que atravesaba su cuerpo.

—Has dicho que querías tomar tus propias decisiones —le susurró él al oído. Su lengua trazó con delicadeza el contorno de la oreja—. No voy a tomar esta por ti.

Ella dejó escapar un gemido cargado de frustración.

Robert deslizó las manos por su cuerpo, deteniéndose un instante sobre sus redondeadas caderas. Apretó, y Victoria sintió la impronta de cada uno de sus dedos.

Los labios de Robert se curvaron en una sonrisa viril.

—Tal vez deba ayudarte a aclarar la cuestión —dijo mientras besaba la piel delicada de su cuello—. ¿Me deseas?

Ella no dijo nada, pero se arqueó contra él tensando las caderas.

Robert introdujo las manos bajo su falda y las deslizó por sus piernas hasta que tocaron la piel cálida que asomaba por encima de sus medias. Metió un dedo bajo el borde y empezó a trazar lentos círculos sobre su piel desnuda.

—¿Me deseas? —repitió.

—No —susurró ella.

—¿No? —Acercó de nuevo los labios a su oreja y la mordisqueó con delicadeza—. ¿Estás segura?

—No.

—¿No estás segura o no me deseas?

Ella dejó escapar otro gemido exasperado.

—No lo sé.

Robert se quedó mirándola un rato. Parecía querer estrecharla contra su cuerpo. Tenía una expresión ansiosa y sus ojos parecían arder a la luz de la vela. Pero al final se apartó de ella. Se puso en pie y cruzó la habitación. La evidencia de su deseo tensaba sus calzas.

—No voy a tomar esta decisión por ti —repitió.

Victoria se sentó, completamente aturdida. Su cuerpo temblaba de deseo, y en ese momento odió a Robert por haberle dado lo que ella le había pedido desde el principio: poder de decisión.

Robert se detuvo ante la ventana y se apoyó en el alféizar.

—Decídete —dijo en voz baja.

Ella solo dejó escapar un sollozo estrangulado.

—¡Decídete!

—No... no lo sé —dijo Victoria, y hasta a ella le parecieron patéticas y faltas de energía sus palabras.

Robert se volvió bruscamente.

—Entonces quítate de mi vista.

Ella dio un respingo.

Robert se acercó a la cama y la asió del brazo.

—Dime que sí o dime que no —le espetó—, pero no me pidas que te deje decidir para que luego no seas capaz de elegir.

Victoria estaba tan sobresaltada que no pudo reaccionar y, antes de que se diera cuenta de lo que ocurría, Robert la empujó hacia su habitación y cerró la puerta que los separaba. Ella jadeó, intentando recuperar el aliento, incapaz de creer que se sintiera tan triste y rechazada. ¡Dios, qué hipócrita era! Robert había puesto el dedo en la llaga. Ella le había pedido una y otra vez que no intentara controlar su vida, pero cuando por fin dejaba una decisión en sus manos, ella era incapaz de actuar.

Estuvo varios minutos sentada en la cama, hasta que sus ojos se posaron en el paquete que había tirado sin ningún cuidado varias horas antes. Parecía haber pasado una eternidad desde entonces. ¿Qué idea tendría Robert de lo que era un camisón apropiado, se preguntó con una sonrisa temblorosa?

Desató los cordeles de la caja y levantó la tapa. A pesar de que la única vela de la habitación emitía una luz muy tenue, vio que la prenda estaba fabricada en finísima seda. Con mucho cuidado sacó el camisón de la caja.

Era oscuro, de un tono entre azul real y azul medianoche. Victoria pensó que no era una coincidencia que la seda fuera del mismo color que sus ojos.

Se sentó en la cama con un suspiro. Imaginaba a Robert examinando un centenar de camisones hasta encontrar el que consideraba perfecto. Lo hacía todo con tanto esmero y precisión...

Se preguntó si haría el amor con la misma callada intensidad.

—¡Basta! —se dijo en voz alta, como si así pudiera contener sus pensamientos descarriados. Se levantó y se acercó a la ventana. La luna estaba muy alta y las estrellas titilaban de un modo que solo podía calificarse de cordial. De pronto deseó más que cualquier otra cosa tener otra mujer con la que hablar. Deseó estar junto a sus amigas de la tienda, junto a su hermana, incluso añoró a la señora Brightbill y a la prima Harriet.

Pero sobre todo añoraba a su madre, muerta hacía tantos años. Miró hacia el cielo y murmuró:

—Mamá, ¿me estás escuchando? —Después se reprendió por esperar tontamente que una estrella fugaz cruzara el cielo. Aun así, hablar con el firmamento tenía algo de tranquilizador.

—¿Qué debo hacer? —dijo en voz alta—. Creo que le quiero. Creo que siempre le he querido. Pero también le odio.

Una estrella parpadeó, comprensiva.

—A veces creo que sería maravilloso tener a alguien que cuidara de mí. Sentirme protegida y amada. Llevo tanto tiempo sin sentirme así..., sin una amiga siquiera. Pero también quiero poder decidir por mí misma, y Robert me está arrebatando esa posibilidad. Creo que no lo hace a propósito, pero no puede evitarlo. Y entonces me siento tan débil e impotente... Cuando era institutriz, siempre estaba a merced de los demás. ¡Dios, cómo lo odiaba!

Hizo una pausa para enjugarse una lágrima de la mejilla.

—Y luego me pregunto si todas estas dudas significan algo, o si es solo que tengo miedo. Tal vez sea una cobarde; quizá estoy demasiado asustada para arriesgarme.

El viento rozó su cara susurrando, y Victoria respiró hondo, inhalando el aire limpio y fresco.

—Si dejo que me ame, ¿volverá a partirme el corazón?

Esta vez brilló una estrella, pero Victoria no supo cómo interpretar aquel gesto. Se quedó varios minutos junto a la ventana, contentándose con que la brisa acariciara su piel. Por fin el cansancio se apoderó de ella y se metió en la cama completamente vestida, sin darse cuenta siquiera de que seguía llevando en las manos el camisón que le había regalado Robert.

A unos metros de allí, junto a la ventana de su habitación, Robert meditaba en silencio sobre lo que acababa de oír. El viento le había llevado las palabras de Victoria y, a pesar de que ello contradecía sus convicciones científicas, no pudo menos que creer que algún espíritu benevolente impulsaba aquella ráfaga de viento.

Su madre. O quizá la de Victoria. O tal vez ambas, maniobrando desde el cielo para dar a sus hijos otra oportunidad de ser felices.

Había estado tan cerca de abandonar la esperanza... Y luego se le había concedido un regalo más precioso que el oro: un breve vislumbre del corazón de Victoria.

Levantó los ojos al cielo y dio las gracias a la luna.

16

La mañana siguiente fue casi irreal.

Al despertar, Victoria no se sentía muy descansada. Estaba todavía agotada, física y anímicamente, y más confusa que nunca respecto a sus sentimientos hacia Robert.

Tras lavarse la cara y alisarse la ropa, llamó con delicadeza a la puerta de la habitación contigua. No hubo respuesta. Decidió entrar de todos modos, aunque con cierta aprensión. Recordaba muy bien cómo había montado Robert en cólera la noche anterior. Mordiéndose el labio, empujó la puerta.

Y se llevó un susto de muerte al ver a MacDougal dormitando cómodamente en la cama de Robert.

—¡Santo cielo! —logró decir tras soltar un grito de sorpresa—. ¿Qué hace usted aquí? ¿Y dónde está lord Macclesfield?

MacDougal sonrió con amabilidad al levantarse.

—Está ocupándose de los caballos.

—¿No es ese su trabajo?

El escocés asintió con la cabeza.

—El señor conde es muy puntilloso con sus monturas.

—Lo sé —dijo Victoria, y se remontó a siete años atrás, cuando Robert había intentado (sin éxito) enseñarle a montar.

—A veces le gusta inspeccionar los caballos en persona. Suele hacerlo cuando está pensando en algo.

Seguramente en el mejor modo de darme una azotaina, pensó Victoria. Hubo un momento de silencio y luego dijo:

—¿Ha subido usted a su habitación por algún motivo en particular?

—El conde quería que la acompañara a desayunar.

—¡Ah, sí! —dijo ella con un leve asomo de amargura—. Hay que mantener a la prisionera vigilada en todo momento.

—La verdad es que me dijo algo de que anoche la habían atacado. No quería que se sintiera incómoda. Una mujer sola y todo eso...

Victoria forzó una sonrisa, avergonzada.

—¿Nos vamos, entonces? Estoy muerta de hambre.

—¿Quiere que la ayude a bajar algo, milady?

Victoria pensó en decirle que ella no era ninguna «milady», pero no se sintió con fuerzas. De todos modos, Robert ya le habría dicho a su criado que estaban prácticamente casados.

—No —contestó—. El señor no me dio mucho tiempo para hacer el equipaje, como usted recordará.

MacDougal asintió.

—Muy bien, entonces.

Victoria dio un par de pasos hacia la puerta y entonces se acordó del camisón azul oscuro extendido sobre la cama de la habitación contigua. Debía dejarlo allí, pensó con desdén. Debería haberlo hecho trizas la noche anterior. Pero aquel lienzo de seda con un corte tan delicado le producía un extraño consuelo, y no quería deshacerse de él.

Además, se dijo, si lo hacía, era probable que Robert subiera a buscarlo antes de que se marcharan.

—Un momento, MacDougal —dijo, y corrió a la otra habitación. Hizo un hato con el camisón y se lo metió bajo el brazo.

MacDougal y ella bajaron las escaleras. El escocés la condujo hacia un comedor privado donde, según dijo, Robert se reuniría con ella para desayunar. Curiosamente, ella tenía mucho apetito, y se llevó la mano a la tripa en un vano intento de impedir que le sonara. La buena educación dictaba que esperara a Robert, pero dudaba de que hubiera algún manual de etiqueta en el que se trataran las peculiaridades de su extraña situación.

Victoria esperó un minuto, más o menos, y luego, cuando le sonaron las tripas por tercera vez, decidió prescindir de sus buenos modales y echó mano del plato de las tostadas.

Varios minutos (y un par de huevos y una generosa ración de empanada de riñones) después, oyó abrirse la puerta. Robert le preguntó:

—¿Disfrutando del desayuno?

Ella levantó los ojos. Robert tenía un aspecto cordial, amable y extrañamente animado. Victoria empezó a recelar enseguida. ¿Era aquel el mismo hombre que la noche anterior la había echado a la fuerza de su habitación?

—Estoy hambriento —declaró Robert—. ¿Qué tal la comida? ¿Es de tu gusto?

Victoria bebió un poco de té para tragar un trozo de tostada.

—¿Por qué estás tan amable conmigo?

—Porque me gustas.

—Anoche no te gustaba —masculló ella.

—Anoche estaba, digamos, mal informado.

—¿Mal informado? Y supongo que en estas últimas diez horas te has tropezado por casualidad con un montón de información.

Él sonrió con picardía.

—Pues sí, en efecto.

Victoria dejó su taza sobre el platillo con movimientos lentos y precisos.

—¿Y te importaría decirme qué es lo que has descubierto?

Robert la miró con intensidad una décima de segundo, luego dijo:

—¿Tendrías la amabilidad de pasarme una porción de empanada de riñones?

Victoria cogió el borde de la fuente y la apartó de él.

—Todavía no.

Él se rio.

—Jugáis sucio, mi señora.

—Yo no soy tu señora, y quiero saber por qué estás tan encantador esta mañana. Lo lógico sería que estuvieras echando espumarajos por la boca.

—¿Lo lógico? Entonces, ¿crees que mi enfado de anoche estaba justificado?

—¡No! —contestó ella con un poco más de agresividad de la que habría deseado.

Robert se encogió de hombros.

—Es igual. Ya no estoy enfadado.

Victoria le miró, atónita.

Él señaló la empanada.

—¿Te importa?

Ella parpadeó un par de veces y luego cerró la boca al darse cuenta de que la tenía abierta. Exasperada, soltó un leve suspiro, empujó la fuente hacia él y se pasó los siguientes diez minutos viéndole desayunar.

El trayecto entre Faversham y Ramsgate debería haberles llevado unas cuatro horas, pero apenas habían emprendido la marcha cuando Robert adoptó una expresión que parecía decir «¡Qué gran idea acabo de tener!» y dio unos golpes en la pared del carruaje para indicarle a MacDougal que se detuviera.

El coche se paró y Robert se apeó de un salto con una energía y un buen humor que a Victoria le parecieron muy irritantes. Intercambió unas palabras con MacDougal y volvió a entrar en el carruaje.

—¿Qué ocurre? —preguntó ella.

—Tengo una sorpresa para ti.

—Creo que ya me has dado suficientes sorpresas esta última semana —masculló ella.

—¡Oh, vamos! Tienes que reconocer que le he dado un poco de emoción a tu vida.

Victoria soltó un bufido.

—Si considera emocionante un secuestro, supongo que tiene usted razón, milord.

—Me gusta más que me llames Robert.

—Pues es una lástima que no haya venido a este mundo para satisfacer todos tus caprichos.

Él se limitó a sonreír.

—Me encanta discutir contigo.

Victoria cerró los puños. Era propio de él disfrutar de sus insultos. Se puso a mirar por la ventanilla del carruaje y se dio cuenta de que MacDougal había dejado la carretera de Canterbury. Se volvió hacia Robert.

—¿Adónde vamos? Creía que habías dicho que íbamos a Ramsgate.

—Y allí vamos. Pero haremos antes una paradita en Whitsable.

—¿En Whitsable? ¿Por qué?

Robert se inclinó hacia ella y sonrió con picardía.

—Ostras.

—¿Ostras?

—Las mejores del mundo.

—Robert, no quiero ostras. Por favor, llévame directamente a Ramsgate.

Él levantó las cejas.

—No sabía que tenías tantas ganas de pasar unos días a solas conmigo. Le diré a MacDougal que siga hacia Ramsgate a toda prisa.

Victoria estuvo a punto de saltar de su asiento de pura exasperación.

—¡No me refería a eso y tú lo sabes!

—Entonces, ¿seguimos hacia Whitsable?

Ella se sintió como una gata enredada sin remedio en una madeja de lana.

—No vas a escucharme, diga lo que diga.

Robert se puso serio al instante.

—Eso no es cierto. Yo siempre te escucho.

—Puede ser, pero, aunque así sea, mis opiniones y mis peticiones te traen al fresco y acabas haciendo lo que se te antoja de todos modos.

—Victoria, eso solamente lo he hecho por tu estúpido empeño de vivir en el peor agujero de Londres.

—No es el peor agujero de Londres —refunfuñó ella, más por costumbre que por otra cosa.

—Me niego a seguir hablando de eso.

—¡Porque no quieres escuchar lo que tengo que decir!

—No —contestó él, inclinándose hacia delante—. Es porque hemos discutido ese tema hasta la extenuación. No pienso permitir que te pongas en peligro de forma constante.

—No tienes derecho a impedirme nada.

—Ni tú a ser tan necia como para ponerte en peligro por puro despecho. —Cruzó los brazos y apretó los labios en una mueca de desagrado—. Hice lo que me pareció mejor.

—Y por eso me raptaste —contestó ella con amargura.

—Por si no lo recuerdas, te ofrecí la alternativa de vivir con mis parientes. Y te negaste.

—Quiero ser independiente.

—No hay que estar solo para ser independiente.

A Victoria no se le ocurrió una respuesta apropiada para aquella afirmación, así que se quedó callada.

—Cuando nos casemos —dijo Robert con dulzura—, quiero ser tu compañero en todos los sentidos. Quiero consultar contigo los asuntos relativos a la administración de las tierras y el cuidado de los campesinos. Quiero que decidamos juntos cómo educar a nuestros hijos. No sé por qué estás tan convencida de que quererme significa perder tu propio yo.

Ella se dio la vuelta; no quería que Robert viera que tenía los ojos llenos de lágrimas.

—Algún día te darás cuenta de lo que significa ser amada. —Robert dejó escapar un suspiro cansino—. Pero ojalá sea pronto.

Victoria se pasó el resto del camino hasta Whitsable meditando sobre aquellas palabras.

Pararon a comer en una alegre posada con comedor al aire libre. Robert observó el cielo y dijo:

—Parece que va a llover, pero no creo que sea en la próxima hora. ¿Te apetece comer fuera?

Ella le ofreció una sonrisa indecisa.

—El sol es una delicia.

Robert la cogió del brazo y la acompañó a una mesita que daba al mar. Se sentía muy optimista. Tenía la sensación de haber conmovido a Victoria durante su conversación en el carruaje. Ella no estaba dispuesta aún a admitir que le quería, pero tal vez lo estuviera un poco más que la víspera.

—La villa de Whitsable es famosa por sus ostras desde tiempos de los romanos —dijo cuando se sentaron.

Ella toqueteó su servilleta con nerviosismo.

—¿De veras?

—Sí. No sé por qué no vinimos nunca cuando éramos novios.

Ella sonrió con desgana.

—Mi padre no lo habría permitido. Y habría sido un viaje muy largo, hasta la costa norte de Kent.

—¿Te preguntas alguna vez cómo habrían sido nuestras vidas si nos hubiéramos casado hace siete años?

Ella se miró el regazo.

—Todo el tiempo —murmuró.

—Ya habríamos comido aquí, eso seguro —dijo él—. No habría dejado pasar siete años sin comer ostras frescas.

Victoria no dijo nada.

—Imagino que ya tendríamos un hijo. O tal vez dos o tres. —Robert sabía que estaba siendo un tanto cruel. A pesar de lo mucho que le desagradaba el trabajo de institutriz, Victoria tenía una vena maternal de una milla de ancho. Al hablar de los hijos que podrían haber tenido, Robert estaba tirando a propósito de los hilos de su corazón.

—Sí —dijo ella—, puede que tengas razón.

Parecía tan afligida que Robert no tuvo valor para continuar. Compuso una sonrisa radiante y dijo:

—Tengo entendido que las ostras poseen ciertas propiedades afrodisíacas.

—Eso te gustaría creer, no me cabe ninguna duda. —Victoria pareció visiblemente aliviada por que hubiera cambiado de tema, a pesar de que el nuevo era algo subido de tono.

—No, no, es del dominio público.

—Gran parte de lo que se considera de dominio público no tiene ningún fundamento, en realidad —replicó ella.

—Tienes razón. A mí, con mis inclinaciones científicas, tampoco me gusta dar nada por cierto a no ser que haya sido sometido a experimentación rigurosa.

Victoria se rio.

—De hecho —dijo Robert, dando golpecitos con el tenedor en el mantel—, creo que ha llegado el momento de hacer un experimento.

Ella le miró con recelo.

—¿Qué estás proponiendo?

—Tan solo que comas unas ostras esta tarde. Luego yo te vigilaré muy de cerca... —movió las cejas cómicamente— para ver si te gusto más.

Victoria se rio de nuevo. No pudo remediarlo.

—Robert —dijo, consciente de que empezaba a divertirse, a pesar de su propósito de seguir enfadada—, ese es el plan más rocambolesco que he oído nunca.

—Puede ser, pero aunque no funcione me lo pasaré en grande observándote.

Ella volvió a reír.

—Mientras no tomes ostras tú también... Si te «gusto» un poco más, puede que me mandes a Francia.

—No es mala idea. —Fingió considerarla seriamente—. A fin de cuentas, Ramsgate es un puerto continental. Me pregunto si tardaríamos menos en casarnos en Francia.

—Ni se te ocurra —le advirtió ella.

—A mi padre le daría un ataque si nos casáramos por el rito católico —comentó él—. Nosotros los Kemble siempre hemos sigo protestantes militantes.

—¡Santo cielo! —dijo Victoria, llorando de risa—. ¿Te imaginas lo que haría mi padre? ¿El buen vicario de Bellfield? Se moriría en el acto. Estoy segura.

—Insistiría en volver a casarnos en persona —dijo Robert—. Y Ellie puede que cobrara la entrada.

La expresión de Victoria se suavizó.

—¡Ah, Ellie...! ¡Cuánto la echo de menos!

—¿Nunca has tenido ocasión de verla? —Robert se recostó en la silla para dejar que el posadero pusiera una bandeja de ostras sobre la mesa.

Victoria sacudió la cabeza.

—No, desde... Bueno, ya sabes. Pero nos escribimos con frecuencia. Es la misma de siempre. Me ha contado que habló contigo.

—Sí, fue una conversación bastante seria, pero noté que seguía siendo irreductible.

—Sí, desde luego. ¿Sabes qué hizo con el dinero que te sacó cuando éramos novios?

—No, ¿qué?

—Primero lo invirtió en una cuenta que rendía interés. Luego, cuando pensó que podía conseguir mayores réditos por su dinero, se puso a estudiar las hojas de economía del *Times* y empezó a invertir en Bolsa.

Robert soltó una carcajada mientras ponía unas ostras en el plato de Victoria.

—Tu hermana nunca deja de sorprenderme. Yo creía que las mujeres no tenían permitido invertir en Bolsa.

Victoria se encogió de hombros.

—Le dice a su corredor que actúa en nombre de nuestro padre. Creo que le dijo que papá es una especie de ermitaño que no sale nunca de casa.

Robert se rio tan fuerte que tuvo que dejar la ostra que estaba a punto de comerse.

—Tu padre montará en cólera si se entera de que va difundiendo esas historias por ahí.

—Nadie guarda mejor un secreto que Ellie.

Una sonrisa nostálgica cruzó el semblante de Robert.

—Lo sé. Creo que debería consultar con ella ciertos asuntos financieros.

Victoria le miró con interés.

—¿Lo harías?

—¿Hacer qué?

—Pedirle consejo.

—¿Por qué no? Nunca he conocido a nadie con más talento que tu hermana para administrar el dinero. Si fuera hombre, dirigiría el Banco de Inglaterra. —Robert tomó la ostra que había dejado—. Cuando nos casemos... No, no, no. No te molestes en recordarme que no has aceptado mi proposición, porque soy muy consciente de ello. Solamente iba a decir que deberías invitarla a vivir con nosotros.

—¿Me dejarías?

—No soy un ogro, Victoria. No sé por qué pareces pensar que te controlaré con mano de hierro cuando estemos casados. Créeme, estaré encantado de compartir contigo algunas de las responsabilidades de mi título. Pueden llegar a ser agotadoras.

Victoria le miró pensativa. Nunca había imaginado que los privilegios de Robert pudieran ser también una carga. Aunque su título sería solo honorífico hasta la muerte de su padre, tenía numerosas responsabilidades para con sus tierras y arrendatarios.

Robert señaló su plato.

—¿No te gustan las ostras? —Sonrió con picardía—. ¿O acaso temes que mi experimento científico tenga éxito?

Victoria salió de su ensoñación con un parpadeo.

—Nunca he probado las ostras. No tengo ni la menor idea de cómo se comen.

—Ignoraba que hubiera esa laguna en tu educación culinaria. Espera, deja que te prepare una. —Robert cogió una ostra de la fuente del centro de la mesa, le puso un poco de jugo de limón y una pizca de rábano picante y se la dio.

Victoria miró el molusco, indecisa.

—¿Y ahora qué hago?

—Te la acercas a los labios y la sorbes.

—¿Sorberla? ¿Sin masticar?

Él sonrió.

—No, mastícala un poco. Pero primero tenemos que brindar.

Victoria miró a su alrededor.

—Creo que no nos han traído copas.

—No, no me refiero a esa clase de brindis. Brindaremos por la felicidad, pero con las ostras.

—¿Con las ostras? —Entornó los ojos con sospecha—. Estoy segura de que eso no es costumbre.

—Pues será costumbre para nosotros. —Robert levantó su ostra en el aire—. Tú también.

Victoria levantó su ostra.

—Me siento como una idiota.

—Pues no lo hagas. Todos nos merecemos un poco de diversión de vez en cuando.

Ella sonrió con ironía. Diversión. ¡Qué idea tan novedosa!

—Muy bien. ¿Por qué brindamos?

—Por nosotros, claro.

—Robert.

—Mira que eres aguafiestas. Esta bien, ¡por la felicidad!

Victoria hizo entrechocar las ostras de ambos.

—Por la felicidad. —Observó cómo se comía Robert su ostra y tras mascullar «Solo se vive una vez, supongo», hizo lo propio y sorbió la suya.

Robert la observaba con aire divertido.

—¿Te ha gustado?

—¡Dios mío! —dijo Victoria—. Ha sido la experiencia culinaria más extraña que he tenido nunca.

—Me cuesta entender si eso es positivo o negativo —dijo Robert.

—A mí también —contestó ella, un poco sobresaltada—. No sé si es lo mejor o lo peor que he probado nunca.

Él soltó una carcajada.

—Tal vez deberías probar otra.

—Supongo que aquí no servirán estofado de ternera.

Robert negó con la cabeza.

—Bueno, entonces me parece que voy a necesitar otra ostra, si no quiero morirme de hambre esta tarde.

Él le preparó otra.

—Tus deseos son órdenes para mí.

Ella le lanzó una mirada incrédula.

—Voy a hacerte un pequeño favor: no contestaré a ese comentario como se merece.

—Creo que acabas de hacerlo.

Victoria se comió otra ostra, se limpió los labios con la servilleta y sonrió con picardía.

—Sí, ¿verdad?

Robert se quedó callado un momento, y luego dijo:

—Creo que está funcionando.

—¿Cómo dices?

—Las ostras. Creo que ya te gusto más.

—No es cierto —contestó ella, esforzándose por no sonreír.

Robert se llevó la mano al pecho.

—Me rompes el corazón. Muero de dolor.

—Deja de hacer el tonto.

—O tal vez... —Se rascó la cabeza en un intento de parecer serio y pensativo—. Tal vez si no te gusto más es porque ya te gustaba mucho.

—¡Robert!

—Lo sé, lo sé. Me estoy divirtiendo a tu costa. Pero tú también lo estás pasando bien.

Ella no dijo nada.

—¿Sigues enfadada por que hayamos venido a Whitsable?

Hubo un largo silencio, y luego Victoria negó con la cabeza.

Robert no se dio cuenta de que había estado conteniendo el aliento hasta que lo dejó escapar en un largo suspiro. Alargó el brazo sobre la mesa y puso la mano sobre la de ella.

—Puede ser siempre así —susurró—. Podrías ser siempre así de feliz.

Ella abrió la boca, pero Robert no la dejó hablar.

—Te lo noto en los ojos —dijo—. Has disfrutado más esta tarde que en estos últimos siete años.

Victoria obligó a su corazón reticente a apartar la mano.

—No has estado conmigo estos últimos siete años. No puedes saber lo que he sentido.

—Lo sé. —Hizo una pausa—. Y eso me rompe el corazón.

Pasaron el resto de la comida sin hablar.

Tardaron más de tres horas en llegar a Ramsgate. A Robert le sorprendió que Victoria se quedara dormida en el carruaje. Creía que estaba demasiado tensa para adormilarse, pero tal vez estuviera simplemente exhausta. No le importó aquella descortesía; le gustaba mirarla mientras dormía.

Y de ese modo pudo, además, llevarla en brazos a la casita cuando llegaron. Su cuerpo era cálido, suave y todo cuanto él podía anhelar. La colocó con cuidado sobre la cama del cuarto de invitados y la tapó con una colcha. Quizá estuviera incómoda durmiendo vestida, pero supuso que preferiría que no la desvistiera él.

Él, desde luego, habría preferido... Se estremeció y sacudió la cabeza. Daba igual lo que hubiera preferido. Se estaba excitando con solo pensarlo, y de pronto le apretaba la corbata.

Salió de la habitación con un gruñido y tomó la firme decisión de darse un baño en el mar helado lo antes posible.

17

Victoria se despertó con un olor a salitre. Bostezó y parpadeó, algo desorien-
tada. Aquella debía de ser la casa de campo de Robert, se dijo. Se preguntaba cuándo la habría comprado. No la tenía unos años antes, cuando
eran novios.

Se sentó en la cama y recorrió la habitación con la mirada. Era bastante bonita, decorada en tonos de azul y naranja. No era especialmente
femenina, pero tampoco masculina, y Victoria no dudaba de que no era
allí donde dormía Robert. Dejó escapar un suspiro de alivio. No pensaba
en realidad que él tuviera la osadía de llevarla a su dormitorio, pero había tenido ese miedo latente.

Se levantó y decidió explorar la casa. Todo estaba en silencio: Robert
dormía o había salido. En todo caso, aquello le ofrecía la oportunidad
perfecta de husmear un rato. Salió al pasillo con sigilo, sin molestarse en
ponerse los zapatos. La casa era pequeña y recia, con gruesas paredes de
piedra y tejado envigado. En la segunda planta, muy cómoda y abrigada,
había solamente dos habitaciones, cada una de ellas con su chimenea.
Victoria se asomó a la otra habitación y comprendió enseguida que era
la de Robert. La cama de cuatro postes era sólida y masculina, y miraba
a un gran ventanal que se abría a una vista magnífica del estrecho de
Dover. Junto a la ventana había un telescopio. A Robert siempre le había
encantado mirar las estrellas.

Volvió al pasillo y bajó las escaleras. La casa era muy acogedora. No
había comedor formal, y el cuarto de estar parecía confortable y bien
cuidado. Victoria estaba atravesando la zona reservada para comer con

intención de echar un vistazo a la cocina cuando vio una nota sobre la mesa. La cogió y al instante reconoció la letra de Robert.

V:

He ido a nadar,

R.

¿A nadar? ¿Acaso estaba loco? Era verano, sí, pero el día no estaba siendo muy soleado y el agua tenía que estar helada. Victoria se acercó a una ventana por si veía a Robert en la playa, pero el mar estaba demasiado lejos para distinguir nada.

Corrió arriba a ponerse los zapatos. Como no tenía chal (en realidad ni siquiera tenía una muda, excepto el seductor camisón azul que le había comprado Robert), cogió una manta fina para envolverse los hombros. Parecía que empezaba a levantarse el viento y que el cielo se oscurecía. Dudaba de que su vestido fuera lo bastante grueso para hacer frente a los elementos.

Volvió a bajar a toda prisa y salió por la puerta principal. Vio a su izquierda un sendero que bajaba por la empinada colina, hasta la playa pedregosa. Era muy estrecho, así que comenzó a descender con paso cuidadoso, sujetando con una mano la manta alrededor de sus hombros mientras usaba la otra para mantener el equilibrio. Cuando llevaba varios minutos caminando llegó abajo y escudriñó el horizonte en busca de Robert.

¿Dónde estaba?

Puso los brazos en jarras y le llamó a gritos. No oyó respuesta, excepto el fragor de las olas. No esperaba que él le respondiera a voces, pero habría sido agradable que un saludo o una seña le demostraran que aún seguía vivo.

Se ciñó la manta al cuerpo y luego volvió a colocarla para protegerse la ropa al sentarse.

El viento soplaba cada vez más fuerte y el aire salado azotaba sus mejillas. El pelo empezaba a ponérsele tieso, tenía los pies helados y,

¡maldita sea!, ¿dónde estaba Robert? No podía ser bueno bañarse con aquel tiempo. Se levantó otra vez, escrutó el horizonte y gritó su nombre. Luego, justo cuando pensó que su situación no podía ser peor, una gruesa gota de lluvia se estrelló en su mejilla.

Victoria bajó la mirada y vio que le temblaban los brazos. Y entonces se dio cuenta de que no era por el frío: estaba aterrorizada. Si Robert se había ahogado...

Ni siquiera podía contemplar esa idea. Seguía enfadada con él por haberla avasallado esa última semana, y no estaba en absoluto segura de que quisiera casarse con él, pero la idea de que hubiera desaparecido para siempre de la faz de la tierra le resultaba inconcebible.

La lluvia comenzó a arreciar. Ella siguió gritando el nombre de Robert, pero el viento se negaba a llevar su voz hasta el mar. Se sentía impotente y desamparada. Era absurdo adentrarse en el agua para salvarle: no tenía ni idea de dónde estaba y, además, Robert nadaba mucho mejor que ella. Así que volvió a llamarle a gritos. Robert no podía oírla, pero no podía hacer otra cosa.

Y no hacer nada era un tormento.

Vio que el cielo se oscurecía de forma amenazadora, sintió que los gritos del viento se hacían más feroces... y se ordenó a sí misma respirar acompasadamente mientras su corazón latía a toda prisa, presa del pánico. Y entonces, justo cuando estaba segura de que estallaría de impotencia, vio un destello rosa en el horizonte.

Corrió hasta la orilla.

—¡Robert! —gritó. Pasó un minuto, y luego, por fin, vio que lo que se movía en el agua era un hombre, en efecto—. ¡Oh, gracias a Dios, Robert! —murmuró, y se metió en el agua hasta la pantorrilla.

Robert seguía estando demasiado lejos para que Victoria pudiera servirle de ayuda, pero aun así no pudo evitar avanzar hacia él. Además, le parecía absurdo preocuparse por sus tobillos mojados cuando la lluvia ya había calado su ropa.

Siguió chapoteando hasta que las olas le llegaron a las rodillas. La corriente era fuerte y tiraba de ella hacia el horizonte. Victoria temblaba de miedo. Robert estaba luchando contra aquella misma corriente. Ahora le veía más cerca; sus brazadas seguían siendo enérgicas, pero parecían cada vez más irregulares. Empezaba a cansarse.

Victoria gritó de nuevo su nombre y esta vez él se detuvo y levantó la vista. Su boca se movió y Victoria intuyó que había dicho su nombre.

Metió la cabeza en el agua y siguió nadando. Tal vez fueran imaginaciones suyas, pero a Victoria le pareció que de pronto nadaba con más brío. Ella tendió los brazos y dio otro paso adelante. Ya solo les separaban diez metros.

—¡Ya casi has llegado! —gritó ella—. ¡Puedes conseguirlo, Robert!

Tenía el agua a la cintura. Luego, de pronto, una ola gigantesca se abatió sobre ella, cubriéndola por completo. Cayó dando una voltereta y por un momento no supo dónde estaba la superficie. Después, como por milagro, sus pies tocaron el suelo y su cara encontró el aire. Parpadeó, se dio cuenta de que estaba de cara a la playa y se volvió justo a tiempo de ver que Robert se precipitaba hacia ella. Tenía el pecho desnudo y las calzas pegadas a los muslos.

Casi chocó con ella.

—¡Dios mío, Victoria! —jadeó—. Cuando he visto que te hundías... —Incapaz de acabar la frase, se dobló por la cintura y respiró con esfuerzo, intentando recobrar el aliento.

Victoria le agarró del brazo y empezó a tirar de él.

—Tenemos que llegar a la orilla —le suplicó.

—¿Estás...? ¿Estás bien?

Ella le miró boquiabierta a través de la fuerte lluvia.

—¿Y me lo preguntas tú? ¡Robert, estabas mar adentro! No te veía. Estaba aterrorizada. Yo... —Se detuvo—. ¿Por qué estamos discutiendo ahora?

Avanzaron a trompicones hasta la playa. Victoria tenía frío y se sentía débil, pero sabía que él lo estaba aún más, así que obligó a sus piernas a seguir adelante. Robert se agarraba a ella, y Victoria sentía cómo le flaqueaban las piernas.

—Victoria... —jadeó él.

—No digas nada. —Se concentró en la orilla y, al alcanzarla, lo hizo en el camino.

Pero él se detuvo, obligándola a hacer lo mismo. Tomó su cara entre las manos y, haciendo caso omiso de la lluvia y el viento, la miró a los ojos.

—¿Estás bien? —repitió.

Victoria le miró fijamente, incapaz de creer que se detuviera en medio de la tormenta para preguntarle aquello. Cubrió una de sus manos con la suya y dijo:

—Estoy bien, Robert. Tengo frío, pero estoy bien. Tienes que entrar en casa.

Victoria no entendería nunca cómo lograron subir la cuesta del camino. El viento y la lluvia habían aflojado la tierra, y más de una vez uno de ellos tropezó y resbaló por el suelo, y el otro tuvo que ayudarle a levantarse. Por fin, Victoria se encaramó al borde de la colina con las manos arañadas y despellejadas, y cayó sobre la hierba verde del prado de la casa. Un segundo después, Robert se reunió con ella.

La lluvia se había vuelto torrencial y el viento aullaba como un centenar de fieras. Llegaron tambaleándose a la puerta de la casa. Robert agarró el pomo, la abrió de un tirón y empujó a Victoria hacia el cálido interior. Una vez dentro, se quedaron muy quietos, paralizados momentáneamente por el alivio que sentían.

Robert fue el primero en recuperarse y, alargando el brazo, agarró a Victoria y la apretó contra sí. Sus brazos temblaban de forma incontrolada, pero la sostenían con firmeza.

—Pensé que te había perdido —susurró, besando su sien—. Pensé que te había perdido.

—No seas tonto, yo...

—Pensé que te había perdido —repitió él sin dejar de estrecharla—. Primero pensé que iba a..., que no conseguiría volver, y no quería... ¡Dios! No quería morir, estando tan cerca de... —Acercó las manos a su cara y la sujetó mientras memorizaba cada rasgo, cada peca, cada pestaña—. Luego, cuando te hundiste...

—Fue solo un momento, Robert.

—Ignoraba si sabías nadar. Nunca me lo has dicho.

—Sé nadar. No tan bien como tú, pero puedo... Es igual. Estoy bien. —Apartó las manos de Robert de su cara e intentó llevarle hacia la escalera—. Tienes que meterte en la cama. Vas a coger un resfriado de muerte si no te secas.

—Tú también —masculló él mientras dejaba que le guiara.

—Yo no he pasado Dios sabe cuánto tiempo sumergida en el estrecho de Dover. En cuanto nos hayamos ocupado de ti, te prometo que me pondré ropa seca. —Prácticamente le empujó escaleras arriba. Robert tropezó una y otra vez: nunca parecía levantar la pierna lo suficiente para llegar al siguiente escalón. Cuando llegaron a la planta de arriba, Victoria le instó a seguir adelante.

—Supongo que esta es tu habitación —dijo, entrando delante de él.

Robert asintió.

—Quítate la ropa —ordenó ella.

Robert tenía las fuerzas justas para echarse a reír.

—Si supieras cuántas veces he soñado con que dijeras eso... —Se miró las manos, que temblaban con violencia por el frío. Tenía las uñas de un azul purpúreo.

—No seas tonto —dijo Victoria con severidad mientras iba de un lado a otro encendiendo velas. Era aún temprano, pero la tormenta había apagado casi por completo la luz del sol. Victoria se dio la vuelta y vio que Robert no había avanzado mucho quitándose la ropa—. ¿Qué te pasa? —le reprendió—. He dicho que te desvistas.

Él se encogió de hombros, indefenso.

—No puedo. Mis dedos...

Victoria miró sus manos, que luchaban con los botones de las calzas. Los dedos de Robert temblaban con fuerza, y no lograba agarrar los botones. Con enérgica determinación que recordaba sus días no tan lejanos como institutriz, Victoria se acercó a él, le desabrochó las calzas y procuró no mirar cuando se las bajó.

—Suelo ser un poco más imponente —bromeó Robert.

Victoria no pudo evitar echar un vistazo tras aquel comentario.

—¡Uh! —dijo, sobresaltada—. No es lo que me esperaba.

—Para mí tampoco es una visión agradable, desde luego —masculló él.

Ella se sonrojó y dio media vuelta.

—A la cama —dijo, intentando poner una voz formal sin conseguirlo del todo.

Robert intentó darle una explicación mientras ella le metía en la cama.

—A los hombres, cuando nos enfriamos, se nos...

—Ya es suficiente, gracias. Es más de lo que necesito saber, te lo aseguro.

Él sonrió, pero el castañeteo de sus dientes arruinó el efecto de su sonrisa.

—Te da vergüenza.

—¡Vaya! Lo has notado —dijo ella mientras se acercaba al ropero—. ¿Tienes más mantas?

—Hay una en tu habitación.

—Me la llevé a la playa. Debo de haberla perdido en el agua. —Cerró el armario y se volvió—. ¿Qué haces? —dijo casi gritando. Robert estaba sentado en la cama, sin hacer ningún esfuerzo por taparse con las mantas. Había cruzado los brazos y se apretaba con fuerza.

La miraba fijamente, sin pestañear.

—Creo que nunca he tenido tanto frío.

Victoria le tapó con las mantas hasta la barbilla.

—Pues no vas a entrar en calor si no te tapas.

Él asintió con la cabeza sin dejar de temblar.

—Tienes las manos heladas.

—No tanto como tú.

—Ve a cambiarte —ordenó él.

—Quiero asegurarme de que...

—Ve, anda. —Su voz era suave, pero no carecía de autoridad.

Ella se detuvo un momento y luego asintió brevemente con la cabeza.

—No te muevas.

—Ni una manada de caballos salvajes podría...

—¡Lo digo en serio! —le advirtió ella.

—Victoria —dijo Robert, y su voz sonó muy cansada—, no podría moverme aunque quisiera, y no quiero, dicho sea de paso.

—Bien.

—¡Vete!

Ella levantó los brazos.

—Ya voy, ya voy.

Robert se hundió un poco más bajo las sábanas cuando ella se marchó. ¡Santo cielo, qué frío tenía! Al irse a nadar, no se le había pasado por la cabeza que pudiera desatarse una tormenta tan feroz. Apretó los dientes, pero siguieron castañeteando de todos modos. Odiaba depender así de Victoria, sobre todo porque ella también estaba helada. Siempre le había gustado ser para ella el caballero de reluciente armadura: fuerte, valiente y fiel. Ahora estaba mojado, congelado y era patético. Y para colmo de males, ella por fin le había visto desnudo, y él no tenía mucho de lo que jactarse.

—¡¿Sigues debajo de las mantas?! —gritó Victoria desde la otra habitación—. Si sales de la cama, te...

—¡No me he movido!

Oyó un gruñido que sonó parecido a un «bien». Sonrió. Tal vez no le gustara depender de Victoria, pero que ella le mimara era otro cantar.

Se envolvió bien en las mantas y frotó los pies contra las sábanas en un vano intento de calentárselos. Apenas notaba las manos, así que se las metió bajo las nalgas, pero como también tenía frío el trasero no sirvió de gran cosa. Se tapó la cabeza con las mantas y se sopló las manos. Sintió un alivio momentáneo.

Oyó pasos en el pasillo un instante antes de que Victoria dijera:

—¿Qué haces ahí abajo?

Él sacó la cabeza lo justo para verla.

—Aquí se está más caliente. —Entonces la miró con más atención—. ¿Qué llevas puesto?

Ella hizo una mueca.

—Tal vez recuerdes que olvidé traer una muda.

Robert habría deseado tener la cara más caliente para poder sonreír.

—Lo único que tenía —continuó ella— era el camisón que me regalaste. Y esta colcha en la que me he envuelto por una cuestión de decencia.

—Con un resoplido señorial, se ciñó más aún la citada colcha alrededor del cuerpo.

Robert levantó los ojos al cielo mientras gemía.

—Debo de estar más enfermo de lo que creía.

—¿Qué quieres decir? —Victoria corrió a su lado, se encaramó al borde de la cama y, apartándole el cabello, le puso una mano sobre la frente—. ¿Tienes fiebre?

Robert sacudió la cabeza con expresión afligida.

—Entonces, ¿qué pasa?

—Es por ti —dijo él con voz ronca.

Los ojos de Victoria se abrieron como platos.

—¿Por mí?

—Por ti. Con ese camisón.

Ella frunció el ceño.

—No tenía otra cosa.

—Lo sé —gimió él—. Es mi fantasía más salvaje hecha realidad. Y estoy tan hecho polvo que ni siquiera te deseo.

Ella se echó hacia atrás y cruzó los brazos.

—Te está bien empleado, en mi opinión.

—Tenía la impresión de que ibas a decir eso —masculló él.

—¿Vas entrando en calor? —preguntó Victoria mientras le miraba con escasa compasión.

Él sacudió la cabeza.

Victoria se levantó.

—Voy abajo, a prepararte un poco de caldo. Imagino que habrá comida en la cocina.

Él la miró de forma inexpresiva.

—Comida —repitió ella—. En la cocina.

—Creo que sí —dijo Robert, aunque no parecía muy convencido.

Ella le miró con incredulidad.

—¿Me secuestras y olvidas comprar provisiones?

Los labios de Robert se tensaron en una sonrisa muy débil.

—Puede que sí.

—Robert, esto es tan impropio de ti que no sé qué pensar. Tú nunca olvidas un detalle.

—Mandé aviso al guarda de que iba a venir para que preparara la casa. Estoy seguro de que trajo comida. —Hizo una pausa y tragó saliva—. Al menos, eso espero.

Victoria se levantó con una expresión de severa institutriz firmemente puesta en la cara.

—¿Sabes cocinar? —preguntó Robert, esperanzado.

—Soy una cocinera de primera, cuando tengo los ingredientes.

—Los tendrás.

Ella no dijo nada más al salir de la habitación.

Robert se quedó en la cama. Tiritaba y se sentía enfermo. Cuando Victoria estaba allí, no le había parecido para tanto. Ella (y aquel diabólico camisón que empezaba a desear no haber comprado) le hacía olvidar el hecho de que tenía clavados en los pies diez pequeños carámbanos a los que antes llamaba «dedos».

Unos minutos después, Victoria volvió a aparecer en la puerta con dos tazas humeantes en las manos. A Robert se le iluminó la cara.

—¿Caldo? —preguntó. No recordaba que el caldo le hubiera parecido nunca tan apetitoso.

Victoria sonrió con dulzura. Con excesiva dulzura, quizá.

—Hoy es tu día de suerte, Robert.

Robert olfateó el aire, buscando algún aroma.

—Gracias, Victoria, por... —Se detuvo cuando le dio la taza—. ¿Qué es esto?

—Agua caliente.

—¿Me has traído agua caliente? ¿No se supone que uno tiene que tomar algún alimento cuando está enfermo?

—Tú no estás enfermo: tienes frío. Y el agua caliente es, por definición, caliente. Estoy segura de que te hará entrar en calor.

Robert suspiró.

—No hay comida, ¿no?

—Ni siquiera una galleta.

Él bebió un sorbo de agua y se estremeció de placer cuando el calor descendió por sus entrañas. Luego, sin apartar la boca del borde de la taza, levantó la vista.

—¿No hay té?

—Ni una hoja.

Él bebió un poco más, y luego dijo:

—Jamás pensé que una casa inglesa pudiera quedarse sin té; es inaudito.

Victoria sonrió.

—¿Te sientes ya mejor?

Él asintió con un gesto y le tendió la taza vacía.

—Supongo que no hay más.

Ella cogió su taza y se levantó, señalando la ventana. La lluvia seguía azotando la casa con furia.

—No creo que corramos peligro de quedarnos sin agua. Estoy calentando un poco en el fogón, y he puesto un cubo fuera para recoger más.

Él levantó la vista de repente.

—No pensarás salir con este tiempo. No quiero que te mojes.

Ella sonrió e hizo un ademán para quitar importancia a su comentario.

—No te preocupes por mí. El alero del tejado me mantendrá seca. Solo se me mojará la mano. —Se dispuso a marcharse.

—¡Espera, Victoria!

Ella se volvió.

—¿Sigues teniendo frío? No has hecho otra cosa que ocuparte de mí. No quiero que pilles un resfriado.

—El agua me ha sentado bien. Voy a...

—Te siguen temblando las manos. —Parecía casi un reproche.

—No, estoy bien. De verdad. Es solo que tardo un poco en entrar en calor de arriba abajo.

Robert frunció el ceño, pero antes de que pudiera decir algo más, Victoria salió apresuradamente de la habitación. Unos minutos después volvió a aparecer. La manta que llevaba alrededor de los hombros resbaló y Robert procuró no fijarse en que la seda azul del camisón se ceñía a sus curvas. Era la cosa más extraña que le había pasado nunca: por su mente discurrían velozmente toda clase de fantasías eróticas, y su cuerpo se negaba a reaccionar.

Maldijo el frío con notable elocuencia.

Al darle su agua caliente, Victoria preguntó:

—¿Decías algo?

—Nada apropiado para tus oídos —masculló él.

Ella levantó las cejas, pero aparte de eso no volvió a preguntar. Pasaron unos minutos en medio de un grato silencio, con Victoria sentada al otro lado de la cama, frente a Robert.

De pronto se sentó muy derecha, con tal brusquedad que a Robert casi se le cayó la taza.

—¿Dónde está MacDougal? —preguntó, envolviéndose mejor en la manta.

—Le mandé de vuelta a Londres.

Victoria se relajó a ojos vista.

—¡Ah! Menos mal. No me gustaría que nadie me viera con esta pinta.

—Pues sí, aunque si MacDougal estuviera aquí, podríamos mandarle a buscar comida.

A Victoria le sonaron las tripas a modo de respuesta.

Robert la miró de reojo.

—¿Tienes hambre?

—¡Oh! Solo un poco —dijo ella, mintiendo descaradamente.

—¿Sigues enfadada conmigo?

—¡Oh! Solo un poco —repitió ella en el mismo tono.

Robert se echó a reír.

—No era mi intención matarte de hambre, ¿sabes?

—No, estoy segura de que abusar de mí era tu prioridad absoluta.

—Mi principal objetivo era el matrimonio, como muy bien sabes.

—¡Buf!

—¿Qué se supone que quiere decir eso? ¿No dudarás de mis intenciones?

Ella suspiró.

—No, dudo de ti. Has demostrado un gran entusiasmo.

Hubo un largo silencio. Robert la vio dejar la taza sobre la mesita de noche y frotarse las manos.

—Sigues teniendo frío, ¿verdad? —preguntó.

Ella asintió con la cabeza y acercó las piernas al cuerpo para preservar el calor.

—Métete en la cama —dijo Robert.

Victoria volvió lentamente la cabeza hacia él.

—Será una broma.

—Los dos estaremos más calientes si unimos el calor de nuestros cuerpos.

Para su sorpresa, Victoria rompió a reír.

—No sabía que te hubieras vuelto tan creativo, Robert.

—No me lo estoy inventando. Ya sabes que en la universidad estudié ciencias. Y la termodinámica era uno de mis temas favoritos. Te lo juro.

—Robert, me niego a comprometer mi...

—¡Vamos, Torie! No puedes comprometerte más. —Error, pensó al ver su expresión acongojada—. Lo que quiero decir —continuó— es que cualquiera que descubra que has pasado la noche aquí conmigo pensará lo peor. Dará igual que nos hayamos comportado o no con decencia. A nadie le importará.

—A mí sí.

—Victoria, no voy a seducirte. Ni siquiera podría intentarlo. Tengo el cuerpo congelado. No estoy en óptimo estado de funcionamiento, te lo aseguro.

—¿Todavía tienes frío? —preguntó ella.

Robert iba a sonreír, pero se contuvo justo a tiempo. ¡Claro! Victoria no se metería en la cama para entrar en calor, pero tenía tan buen corazón que lo haría por él.

—Estoy helado —dijo, y para demostrarlo hizo castañetear sus dientes un par de veces.

—¿Y te ayudará a entrar en calor el que yo me meta en la cama? —Parecía incrédula.

Robert asintió con la cabeza. Pudo mantener una expresión sincera porque en rigor no estaba mintiendo. Estaría mucho más caliente si había otro cuerpo en la cama, a su lado.

—¿Y yo también estaré más caliente? —Ella se estremeció.

Robert entornó los ojos.

—Me has estado mintiendo, ¿verdad? Sigues estando helada. Has estado correteando por la casa para ocuparte de mis necesidades sin pensar en tu propio bienestar. —Se acercó un poco y sacó los brazos de debajo de las mantas. Estas resbalaron, dejando al descubierto su pecho musculoso.

—¡Robert!

Él la agarró por el pie descalzo.

—¡Dios mío! —exclamó—. Estás más fría que yo.

—Solo son los pies. Las tablas del suelo...

—¡Vamos! —bramó él.

Victoria se metió debajo de las mantas. Robert la rodeó con el brazo y la arrastró hasta su lado de la cama.

—Estoy segura de que esto no es necesario —protestó Victoria.

—Claro que es necesario.

Victoria tragó saliva cuando la apretó contra sí. Tenía la espalda pegada a su pecho y la única cosa que se interponía entre la piel desnuda de ambos era una fina película de seda. No estaba del todo segura de cómo había acabado en aquella situación. Robert la había manipulado sin que ella se diera cuenta siquiera.

—Sigo teniendo frío —dijo, irritada.

Cuando Robert habló, lo hizo con ardor, junto a su oído.

—No te preocupes. Tenemos toda la noche.

Victoria le dio un codazo en las costillas. Con fuerza.

—¡Ay! —Robert se echó hacia atrás y se frotó la tripa—. ¿A qué ha venido eso?

—«Tenemos toda la noche» —le imitó ella—. De veras, Robert, eres de lo más ofensivo. Te estoy haciendo un favor...

—Lo sé.

—... aquí tumbada, a tu lado, y... —Levantó la vista—. ¿Qué has dicho?

—He dicho que lo sé. Me estás haciendo un favor enorme. Ya me siento mejor.

Victoria se desinfló un poco al oír aquello y solo pudo decir:

—Grmmmf. —No estaba muy ocurrente, pensó.

—Pero sigues teniendo los pies como carámbanos.

Victoria hizo una mueca.

—Irradian frío, ¿verdad?

—No se puede irradiar frío —dijo él. De pronto se había puesto muy académico—. Los objetos fríos absorben el calor del aire que los rodea. Por eso parece que irradian frío, pero en realidad solo se puede irradiar calor.

—¡Ah! —dijo Victoria, más que nada para que él pensara que le estaba escuchando.

—Es un error muy frecuente.

Aquello pareció zanjar la conversación, y Victoria se encontró de nuevo en el punto de partida: tendida en la cama, junto a un hombre desnudo, y cubierta con un camisón de escote escandaloso. Aquello era el colmo. Intentó apartarse unos centímetros de él, pero el brazo de Robert, aunque frío, parecía muy fuerte. Estaba claro que él no pensaba dejarla deslizarse hasta el otro lado de la cama.

Victoria apretó los dientes con tanta fuerza que pensó que iba a partírsele la mandíbula.

—Voy a dormirme —declaró con firmeza, y cerró los ojos.

—¿De veras? —preguntó Robert con sorna, y el tono de su voz dejó claro que no creía que fuera capaz.

—De veras —contestó ella sin abrir los ojos. Dudaba de que pudiera quedarse dormida enseguida, pero siempre se le había dado bien fingir que dormía—. Buenas noches.

Veinte minutos después, Robert la miró con sorpresa. Las pestañas de Victoria reposaban levemente sobre sus mejillas, y su pecho subía y bajaba con un ritmo suave y constante.

—No puedo creer que se haya dormido —masculló Robert. No quería soltarla, pero se le estaba entumeciendo el brazo, así que se volvió con un fuerte suspiro y cerró los ojos.

A unos centímetros de distancia, Victoria abrió por fin los párpados y se permitió esbozar una sonrisa.

18

Al día siguiente, cuando Victoria despertó, un brazo desnudo le rodeaba el hombro y una pierna también desnuda reposaba sobre su cadera. El hecho de que ambos miembros estuvieran unidos a un hombre desnudo hizo que su corazón se acelerara de inmediato.

Se desasió con cuidado y se bajó de la cama, llevándose una manta para tapar parte de la piel que el camisón azul dejaba al descubierto. Acababa de llegar a la puerta cuando oyó removerse a Robert. Asió el pomo con la esperanza de salir antes de que abriera los ojos, pero antes de que pudiera girar la mano le oyó decir a su espalda con voz soñolienta:

—Buenos días.

No tuvo más remedio que volverse.

—Buenos días, Robert.

—Espero que hayas dormido bien.

—Como un bebé —mintió ella—. Si me disculpas, voy a cambiarme de ropa.

Él bostezó, se desperezó y dijo:

—Supongo que ayer se te estropeó el vestido.

Ella tragó saliva; ya no se acordaba del maltrato que había recibido su único traje el día anterior. El viento, la lluvia, las rocas y el salitre lo habían dejado inservible. Aun así, era más decoroso y respetable que lo que llevaba puesto, y así se lo dijo a Robert.

—Es una lástima —repuso él—. Estás preciosa con ese camisón azul.

Ella soltó un bufido y se ciñó más aún la bata.

—Es un camisón indecente, y estoy segura de que eso es justamente lo que pretendías cuando lo compraste.

—La verdad es que te favorece más aún de lo que esperaba —reflexionó él.

Victoria pensó que «favorecer» era un eufemismo que sustituía a otra palabra completamente distinta y salió a toda prisa de la habitación. No quería verse expuesta a las insinuaciones de Robert. Y lo que era aún peor: la aterrorizaba que él empezara a minar su resolución. Odiaba imaginar lo que haría si él intentaba besarla de nuevo.

Puede que le devolviera el beso. ¡Qué pesadilla!

Entró en su cuarto, sobre cuya cama estaba el vestido destrozado. El agua del mar lo había dejado tieso, y tuvo que estirar y sacudir la tela hasta que estuvo lo bastante flexible para poder ponérselo. Se dejó puesto el camisón azul a manera de camisa; la suya picaba endemoniadamente y tenía un trozo de alga enredado en un tirante.

Cuando por fin se puso delante del espejo no pudo contener un gruñido. Estaba hecha un desastre. Tenía el pelo enredado sin remedio. No podría peinárselo si no se quitaba antes el salitre, y al inspeccionar rápidamente la casa no había encontrado ni una sola pastilla de jabón. El vestido estaba arrugado a más no poder, roto por cuatro sitios, que ella viera. No, por cinco, vio al inspeccionar el bajo. Aun así, la cubría más que el camisón.

Y si Robert no la encontraba muy atractiva..., en fin, él la había secuestrado. Le estaba bien empleado.

Robert, siempre tan franco, no hizo intento de quitar importancia a su desaliño.

—Parece que te ha atacado una jauría de perros —dijo cuando se cruzaron en el pasillo. Él también se había vestido, pero a diferencia de Victoria estaba impecable. Supuso que guardaba algo de ropa en la casa para no tener que hacer el equipaje cada vez que hacía visitas como aquella.

Levantó los ojos al cielo y dijo:

—Halagándome no vas a conseguir nada. —Y pasó a su lado para bajar las escaleras.

Robert la siguió a la cocina con expresión alegre.

—¿Ah, sí? Entonces, ¿cuál es el camino que lleva a tu corazón? Acepto encantado cualquier consejo.

—La comida —contestó Victoria sin perder un segundo.

—¿La comida? ¿En serio? ¿Eso es lo único que hace falta para impresionarte?

Costaba seguir enfurruñada estando él tan alegre, pero Victoria hizo lo que pudo.

—Sería un comienzo, desde luego. —Justo en ese momento le sonaron con fuerza las tripas, como si quisieran confirmarlo.

Robert hizo una mueca.

—Yo estoy igual —dijo, tocándose la cintura. Se miró la tripa. Parecía plana, pero en realidad estaba hundida. La noche anterior estuvo demasiado helado para intentar seducir a Victoria, y esa mañana estaba demasiado hambriento.

Miró de nuevo su cara. Ella le observaba expectante, como si le hubiera dicho algo y él no le hubiera hecho caso.

—Esto... ¿Me estabas diciendo algo? —preguntó Robert.

Victoria arrugó el ceño y repitió:

—Yo no puedo salir con este aspecto.

Robert parpadeó: todavía se estaba riendo para sus adentros, imaginándose a Victoria y a sí mismo haciendo el amor por fin y desmayándose de hambre en mitad del acto.

—Robert —dijo ella con impaciencia—, ¿vas a ir al pueblo o no? Necesitamos comida y yo necesito algo que ponerme.

—Muy bien —dijo él, y pareció sonreír y refunfuñar al mismo tiempo—. Iré. Pero debo exigirte un pago.

—¡¿Estás loco?! —exclamó ella, casi gritando—. Primero me secuestras, haciendo caso omiso de mis deseos, luego estoy a punto de ahogarme intentando salvarte y ¿ahora tienes la cara dura de decirme que tengo que pagar para comer?

Él levantó un lado de la boca en una sonrisa perezosa.

—Solo un beso —dijo. Entonces, antes de que ella tuviera ocasión de reaccionar, la apretó contra sí y le dio un sonoro beso. Pretendía que fuera un beso en broma, un beso de simple diversión, pero en cuanto sus labios se tocaron se apoderó de él un ansia tan intensa que eclipsó el hambre que llevaba toda la mañana atenazando su estómago. Victoria encajaba a la perfección en sus brazos; era pequeña, suave y cálida, y todo cuanto había soñado que podía ser una mujer.

Acercó su lengua a la de ella y le maravilló su calor. Victoria se estaba rindiendo a él. No, ya se había rendido, y le estaba devolviendo las caricias.

A Robert, aquel beso le llegó al alma.

—Volverás a quererme —murmuró. Y entonces apoyó la barbilla en su cabeza y la estrechó entre sus brazos.

A veces bastaba con eso. A veces, sentirla entre sus brazos era lo único que necesitaba. Su cuerpo no se agitaba, lleno de deseo; su sexo no se endurecía ni palpitaba. Solamente necesitaba abrazarla.

Estuvieron así un minuto largo. Luego Robert se apartó y vio que ella tenía una expresión de recelo y desconcierto. Antes de que dijera algo que no le apetecía oír, Robert le lanzó una sonrisa pícara y dijo:

—Te huele el pelo a algas.

Aquello le valió un golpe a un lado de la cabeza con la bolsa de azúcar vacía que ella estaba sosteniendo. Robert solo se rio y dio gracias por que no llevara en las manos un rodillo de amasar.

Más o menos una hora después de que Robert se fuera a hacer la compra, Victoria se dio cuenta de que ambos habían pasado por alto un detalle importante. MacDougal se había llevado el carruaje de vuelta a Londres. Que ella supiera, no había ni una sola montura para que Robert fuera al pueblo. El día anterior no había inspeccionado la finca con mucha atención, pero estaba segura de no haber visto ningún edificio que pudiera albergar a un caballo.

No le inquietaba especialmente que Robert tuviera que ir andando al pueblo. Hacía un día precioso, sin rastro alguno de la tormenta de la víspera, y seguramente le sentaría bien hacer un poco de ejercicio. Pero se preguntaba cómo iba a llevar las provisiones a casa. Estaban los dos hambrientos: tendría que comprar un montón de comida. Y, naturalmente, ella necesitaba uno o dos vestidos.

Sacudiendo la cabeza, decidió no preocuparse por ello. Robert tenía muchos recursos y adoraba hacer planes. No había duda de que se le ocurriría un modo de resolver aquel pequeño problema.

Vagó sin rumbo por la casa, fijándose en ella con más atención que el día anterior. Era una casita encantadora, y Victoria no entendía cómo soportaba Robert vivir en otro sitio. Imaginaba que estaba acostumbrado a casas más grandes y ostentosas. Lanzó un suspiro melancólico. Una casita como aquella era lo único que deseaba. Limpia, ordenada, acogedora, con una hermosa vista sobre el mar. ¿Qué más podía pedirse?

Consciente de que empezaba a ponerse sentimental, procuró espabilarse y prosiguió con su inspección. Sabía que estaba invadiendo la intimidad de Robert al hurgar en sus armarios y cajones, pero no se sentía demasiado culpable por ello. A fin de cuentas, él la había secuestrado. Y ella, como víctima de aquella situación, tenía ciertos derechos.

Además, por más que le pesara admitirlo ante sí misma, sabía que estaba buscando fragmentos de sí misma. ¿Había guardado Robert algún recuerdo de su noviazgo, algún símbolo de su amor? Aunque así fuera, era absurdo pensar que los hubiera llevado a aquella casita, pero no pudo evitar echar un vistazo.

Volvía a estar enamorada de él. Robert estaba consiguiendo su propósito: iba minando su resolución poco a poco. Victoria se preguntaba si habría algún modo de hacer cambiar de signo la marea. No quería amarlo, desde luego.

Regresó al dormitorio de Robert y abrió la puerta de lo que parecía ser su vestidor. En un rincón había una bañera, y en la bañera... ¿Sería posible? Miró un poco más de cerca. En efecto, pegada al fondo de la bañera había una pastilla de jabón medio derretida que alguien (posiblemente Robert) había olvidado recoger. Nunca le había alegrado tanto la falta de orden y limpieza de otra persona. La última vez que había intentado pasarse la mano por el pelo, se le había quedado atascada allí. Poder quitarse el salitre era lo más parecido al paraíso que podía imaginar.

Puede que Robert pasara fuera varias horas. Tendría tiempo de sobra de disfrutar de un baño caliente. Con un gruñido de cansancio, sacó la bañera del vestidor y la metió en el cuarto de Robert, por cuyas ventanas entraba el sol. Pero de pronto se sintió muy incómoda pensando en bañarse en su dormitorio, y arrastró la bañera por el pasillo, hasta su habitación. Intentó despegar el jabón, pero parecía haberse fundido con el metal. Decidió dejarlo allí. Ya se desprendería con el agua caliente.

Le costó casi media hora y varios viajes escalera arriba y escalera abajo, pero al final consiguió llenar la bañera de agua humeante. Con solo mirarla, se estremecía de emoción. Se quitó la ropa a toda prisa y se metió en el agua. Estaba tan caliente que le irritaba la piel, pero estaba limpia y clara y era como estar en la gloria.

Suspiró de felicidad mientras se sentaba lentamente en la bañera metálica. Vio cómo las blancas costras de salitre pegadas a su piel se disolvían en el agua caliente y se sumergió para mojarse el pelo. Tras pasar un buen rato en remojo, usó el pie izquierdo para intentar arrancar el jabón, todavía pegado al fondo.

No se movió.

—¡Oh, vamos! —masculló—. Llevas veinte minutos. —Se le pasó por la cabeza que estaba hablando con una pastilla de jabón, pero después de lo que le había ocurrido aquellas últimas cuarenta y ocho horas, le parecía que tenía derecho a desvariar un poco si le apetecía.

Cambió al pie derecho y empujó más fuerte. Aquella cosa ya tendría que haberse despegado.

—¡Muévete! —ordenó, y lo empujó con el talón. El jabón estaba terso y resbaladizo, y lo único que pasó fue que su piel resbaló por encima—. ¡Maldita sea! —masculló, sentándose. Iba a tener que usar las manos para arrancarlo. Le clavó las uñas y tiró. Luego se lo pensó mejor y empezó a retorcerlo. Por fin notó que comenzaba a moverse y, pasados unos segundos más de retorcer y tirar, se quedó con un trozo entre las manos.

—¡Ajá! —gritó triunfalmente, aunque su enemigo no era más que una vieja pastilla de jabón—. ¡He ganado! ¡He ganado! ¡He ganado!

—¡Victoria!

Se quedó paralizada.

—Victoria, ¿con quién estás hablando?

Robert. ¿Cómo podía haber ido y vuelto del pueblo en tan poco tiempo? Y con toda la compra, además. Solo llevaba fuera una hora. ¿O eran dos?

—¡Estoy hablando sola! —respondió ella a gritos, intentando ganar tiempo. ¡Santo cielo! Robert estaba allí, y ella aún no se había lavado ni el pelo. ¡Maldición! Estaba deseando lavárselo.

Los pasos de Robert resonaron en la escalera.

—¿No quieres saber qué he comprado?

No quedaba otro remedio: tendría que decírselo. Haciendo una mueca de fastidio, contestó prácticamente gritando:

—¡No entres aquí!

Los pasos se detuvieron.

—¿Va todo bien, Victoria?

—Sí, es que... estoy...

Pasado un momento, Robert dijo justo desde el otro lado de la puerta:

—¿Piensas acabar la frase?

—Me estoy dando un baño.

Más silencio. Y luego:

—Ya veo.

Victoria tragó saliva.

—Preferiría que no.

—¿Que no qué?

—Que no veas. Que no me veas, quiero decir.

Él dejó escapar un gruñido que Victoria oyó a través de la puerta, desde el otro lado de la habitación. Era imposible no imaginárselo pensando en ella en la bañera y...

—¿Necesitas una toalla?

Victoria exhaló, encantada de que hubiera interrumpido sus pensamientos, que habían tomado un rumbo demasiado peligroso.

—No —contestó—. Tengo una aquí.

—¡Qué mala pata! —masculló él.

—La encontré con las sábanas —dijo ella, más que nada porque tenía la sensación de que debía decir algo.

—¿Y jabón? ¿Necesitas?

—Estaba pegado a la bañera.

—¿Y comida? He traído media docena de empanadas.

A Victoria le sonaron las tripas, pero dijo:

—Luego me comeré una, si no te importa.

—¿Necesitas algo? —Parecía casi desesperado.

—No, la verdad es que no, aunque...

—¿Aunque qué? —dijo él enseguida—. ¿Qué necesitas? Te lo traigo encantado. Te lo traigo de mil amores. Cualquier cosa con tal de que te sientas cómoda.

—¿Me has comprado por casualidad un vestido nuevo? Voy a necesitar algo para cambiarme. Supongo que podría volver a ponerme este, pero pica muchísimo por la sal.

Le oyó decir:

—Un momento. No te muevas. No vayas a ninguna parte.

—Como si pudiera ir a algún sitio de esta guisa —dijo ella para sí misma mientras se miraba el cuerpo desnudo.

Un momento después oyó que Robert corría por el pasillo.

—¡Ya estoy aquí! —exclamó él—. Tengo tu vestido. Espero que te quede bien.

—Cualquier cosa será mejor que esta... —Sofocó un gemido al ver girar el pomo de la puerta—. ¿Qué haces? —gritó.

Por suerte, el pomo se detuvo de pronto. Victoria supuso que hasta Robert sabía cuándo se pasaba de la raya.

—Te traigo el vestido —dijo él. Pero su voz tenía un leve tono interrogativo.

—Abre la puerta un poquito y déjalo en el suelo —le ordenó ella.

Un momento de silencio, y luego:

—¿No puedo entrar?

—¡No!

—¡Ah! —Parecía un colegial desilusionado.

—Robert, no pensarías que iba a dejarte entrar mientras me baño.

—Esperaba... —Se interrumpió y lanzó un profundo suspiro.

—Deja el vestido junto a la puerta.

Él hizo lo que le pedía.

—Ahora, ciérrala.

—¿Quieres que te deje también una empanada?

Victoria calculó la distancia entre la bañera y la puerta. Tendría que salir del baño para conseguir la comida. No era una idea muy apetecible, pero su estómago rugió al pensar en una empanada de carne.

—¿Podrías lanzar la empanada por el suelo? —preguntó.

—¿No se ensuciará?

—No me importa. —Y era cierto: tenía tanta hambre que no le importaba.

—Muy bien. —Las manos de Robert aparecieron unos centímetros por encima del suelo—. ¿En qué dirección?

—¿Cómo dices?

—¿En qué dirección empujo la empanada? No quiero mandarla donde no la alcances.

Victoria pensó que lo que debería haber sido una tarea muy sencilla se estaba convirtiendo en una empresa complejísima, y se preguntó si Robert habría encontrado algún insidioso agujerito por el que mirar. Tal vez estaba dándole largas mientras la miraba. Quizá podía verla desnuda. Quizá...

—¿Victoria?

Entonces recordó la precisión científica con que abordaba todo lo que hacía. Puede que el muy chiflado solo quisiera saber en qué dirección deslizar la empanada.

—Estoy a la una en punto, más o menos —dijo ella, sacando la mano izquierda de la bañera y sacudiéndola para que se le secara.

Robert giró la mano un poco a la derecha y empujó la empanada por el suelo de madera. La empanada se detuvo al chocar con un lado de la bañera metálica.

—¡Diana! —gritó Victoria—. Ya puedes cerrar la puerta.

Nada.

—¡He dicho que ya puedes cerrar la puerta! —repitió con un poco más de severidad.

Otro profundo suspiro y la puerta se cerró.

—Te espero en la cocina —dijo Robert con una vocecita.

Victoria le habría contestado, pero tenía la boca llena.

Robert se sentó en un taburete y apoyó la cabeza con aire derrotado sobre la mesa de madera de la cocina. Primero se había quedado congelado. Luego había pasado hambre. Y ahora, bueno, para ser sincero, ahora su cuerpo estaba en perfecto estado de funcionamiento, y Victoria estaba desnuda en la bañera y él...

Soltó un gruñido. Él no estaba cómodo.

Se atareó en la cocina, guardando parte de la comida que había llevado. No estaba acostumbrado a aquella tarea, pero rara vez llevaba muchos sirvientes con él a la casita de Ramsgate, así que allí se sentía más a sus anchas que en Castleford o Londres. Además, no había mucho que guardar; había dado instrucciones a los tenderos de que le llevaran casi todas sus compras. Solamente había llevado consigo lo que estaba ya hecho y podía comerse en el acto.

Acabó su tarea guardando dos bollos en la panera y volvió a sentarse en el taburete, intentando con todas sus fuerzas no imaginarse lo que estaría haciendo Victoria.

No lo consiguió, y empezó a notarse tan acalorado que tuvo que abrir una ventana.

—Olvídate de ella —masculló—. No hace falta que pienses en Victoria. Hay millones de personas en este planeta, y Victoria solo es una de ellas. Y, además, hay otros planetas. Están Mercurio, Venus, Marte...

Enseguida se quedó sin planetas y, ansioso por pensar en cualquier cosa que no fuera Victoria, empezó a recitar la taxonomía linneana.

—Reino, filo y luego...

Hizo una pausa. ¿Había oído pasos? No, debían de ser imaginaciones suyas. Suspiró y volvió a empezar.

—Clase, orden, familia y luego... y luego... —¡Maldita sea! ¿Qué iba después?

Empezó a dar golpes con el puño sobre la mesa en un intento por refrescar su memoria.

—¡Venga, venga, venga! —decía, remachando cada golpe. Sabía muy bien que estaba enojándose en exceso por su incapacidad para recordar un simple término científico, pero aquella labor había adquirido tintes casi heroicos. Victoria estaba arriba, en la bañera, y...

—¡Género! —dijo casi gritando—. ¡Género y luego especie!

—¿Cómo dices?

Giró la cabeza al instante. Victoria estaba en la puerta, con el pelo todavía mojado. El vestido que le había comprado le quedaba un pelín largo y arrastraba por el suelo, pero por lo demás le sentaba bastante bien. Robert se aclaró la garganta.

—Estás... —Tuvo que aclararse la garganta otra vez—. Estás guapísima.

—Muchas gracias —dijo ella de forma automática—, pero ¿qué estabas gritando?

—Nada.

—Habría jurado que estabas diciendo algo sobre el genio de la especia.

Robert se quedó mirándola, convencido de que su sexo había absorbido buena parte de la energía de su cerebro, porque realmente no tenía ni idea de qué estaba hablando.

—¿Qué significa eso? —preguntó.

—No lo sé. ¿Por qué lo has dicho?

—Yo no lo he dicho. He dicho «género y especie».

—¡Ah! —Se quedó callada un momento—. Eso lo explicaría todo, supongo, si supiera qué significa.

—Significa... —Levantó la vista. Ella tenía una mirada expectante y algo divertida—. Son términos científicos.

—Entiendo —dijo ella lentamente—. ¿Y hay alguna razón que explique por qué los estabas gritando a pleno pulmón?

—Sí —dijo Robert, con los ojos clavados en su boca—. Sí la hay.

—¿Sí?

Robert dio un paso hacia ella y luego otro.

—Sí. Verás, intentaba olvidarme de algo.

Ella se humedeció los labios con nerviosismo y se sonrojó.

—¡Ah! Ya veo.

Robert se acercó más aún.

—Pero no ha funcionado.

—¿Ni un poquito? —preguntó ella con voz chillona.

Él sacudió la cabeza, tan cerca de ella que sus narices casi se rozaban.

—Sigo deseándote. —Se encogió de hombros con aire de disculpa—. No puedo evitarlo.

Victoria no hizo otra cosa que mirarle. Robert decidió que aquello era mejor que un rechazo en toda regla y apoyó la mano sobre sus riñones.

—Inspeccioné la puerta en busca de un agujerito por el que mirar —dijo.

Victoria no parecía sorprendida cuando susurró:

—¿Y lo encontraste?

Él negó con la cabeza.

—No. Pero tengo mucha imaginación. No es lo mismo, me temo... —Se inclinó y le dio un levísimo beso en los labios— pero bastó para ponerme en el estado de extrema incomodidad en el que me encuentro.

—¿Incomodidad? —repitió ella mientras sus ojos se dilataban y desenfocaban.

—Mmm... —La besó de nuevo, con otro leve contacto pensado para excitar, no para invadir.

Ella no intentó apartarse. Las esperanzas de Robert empezaron a aumentar, lo mismo que su miembro viril. Pero refrenó su deseo, notando que Victoria necesitaba que la sedujeran tanto por los actos como por las palabras. Tocó su mejilla y susurró:

—¿Puedo besarte?

Ella pareció alarmada por que se lo preguntara.

—Acabas de hacerlo.

Él sonrió con lentitud.

—Supongo que técnicamente esto... —le dio en la boca otro de aquellos besos suaves como plumas— puede considerarse un beso. Pero lo que quiero hacerte es tan distinto que parece un atentado contra el léxico llamarlo de la misma manera.

—¿Que-qué quieres decir?

Su curiosidad encantó a Robert.

—Creo que lo sabes —contestó con una sonrisa—. Pero solo para refrescarte la memoria...

Puso la boca sobre la suya y la besó profundamente, mordisqueándole los labios y explorando su boca con la lengua.

—Me refería a eso, más o menos.

Sintió que ella empezaba a dejarse arrastrar por la marea de su pasión. Se le había acelerado el pulso y respiraba cada vez más aprisa. Robert sentía bajo la mano el ardor de su piel a través de la fina tela del vestido. Cuando le besó el cuello, trazando una línea de fuego sobre su garganta, ella echó la cabeza hacia atrás.

Se estaba derritiendo. Robert podía sentirlo.

Deslizó las manos hacia abajo y agarró sus nalgas, apretándola con firmeza contra sí. Era innegable que estaba excitado, y al ver que ella no se apartaba enseguida, se tomó su quietud por un signo de consentimiento.

—Ven conmigo arriba —le susurró al oído—. Ven y deja que te ame.

Victoria no se congeló en sus brazos, pero se quedó muy quieta, como si no reaccionara.

—¿Victoria? —Seguía susurrando, pero su voz se había vuelto muy áspera.

—No me pidas esto —dijo ella, apartando la cara.

Robert masculló una maldición.

—¿Cuánto tiempo vas a hacerme esperar?

Ella no dijo nada.

Robert la apretó con más fuerza.

—¿Cuánto?

—No estás siendo justo conmigo. Sabes que no me resulta sencillo... No está bien.

Él la soltó tan bruscamente que Victoria se tambaleó.

—No tiene nada de malo, Victoria, pero tú no quieres verlo. —La miró un momento más, enfadado. Se sentía tan furioso y rechazado que no le importó su expresión de angustia. Luego dio media vuelta y salió de la habitación.

19

Victoria había cerrado los ojos para no ver su amargura, pero no pudo cerrar los oídos. Los pasos furiosos de Robert resonaron por la casa y acabaron con un fuerte portazo cuando entró en su habitación.

Ella se apoyó en la pared de la cocina. ¿De qué tenía tanto miedo? Ya no podía negar que Robert le importaba. Nada tenía el poder de animarla como una sola de sus sonrisas. Pero dejar que le hiciera el amor era un paso tan decisivo... Tendría que desprenderse de ese pedacito de rabia que llevaba albergando dentro de sí desde hacía años. En algún momento, esa rabia se había convertido en parte de su ser, y nada la asustaba más que perder el sentido de sí misma. Cuando era institutriz, no había podido aferrarse a otra cosa. *Soy Victoria Lyndon*, se decía después de un día particularmente difícil. *Eso nadie podrá quitármelo.*

Se tapó la cara con las manos y dejó escapar un suspiro. Seguía teniendo los ojos cerrados, pero solo veía la cálida expresión de Robert. Oía su voz dentro de su cabeza, diciéndole una y otra vez: «Te quiero». Entonces inhaló. Y sus manos olían a él: a sándalo y cuero. Era arrebatador.

—Tengo que salir de aquí —masculló, y se acercó a la puerta que daba al jardín de atrás de la casa. Una vez fuera, inspiró una profunda bocanada de aire fresco. Se arrodilló en la hierba y tocó las flores—. Mamá —murmuró—, ¿me estás escuchando?

No hubo ningún relámpago que rasgara el cielo, pero un sexto sentido le dijo que se diera la vuelta, y al hacerlo vio a Robert en la ventana de su habitación. Estaba sentado en el alféizar, de espaldas a ella. Parecía triste y desolado.

Le estaba haciendo sufrir. Se estaba aferrando a su ira porque era lo único en lo que podía confiar, pero lo único que estaba consiguiendo era herir a la persona a la que...

La flor que tenía en la mano se partió en dos. ¿Había estado a punto de decir que le quería?

Sintió que se ponía en pie como si la levantara una fuerza invisible. Había ahora algo más en su corazón. No sabía si era amor, pero era una sensación suave y deliciosa; una sensación que había logrado hacer a un lado la ira. Hacía años que no se sentía tan libre.

Volvió a mirar la ventana. Robert tenía la cabeza entre las manos. Aquello no estaba bien. No podía hacerle sufrir así. Era un buen hombre. Un poco dominante a veces, pensó con una sonrisa indecisa, pero bueno de todos modos.

Entró en la casa y subió a su habitación sin hacer ruido.

Estuvo un minuto entero sentada en la cama, sin moverse. ¿Podía hacerlo de veras? Cerró los ojos y asintió con la cabeza. Luego respiró hondo y acercó las manos temblorosas a los botones del vestido.

Se puso el camisón azul y deslizó las manos por la larga seda. Se sentía transformada.

Y por fin reconoció ante sí misma lo que sabía desde el principio: que deseaba a Robert. Le deseaba, y quería saber que él también la deseaba a ella. El amor era aún una cuestión demasiado espinosa para que la afrontara, aunque fuera íntimamente, pero el deseo era poderoso e imposible de negar. Con una resolución que hacía tiempo que no sentía, se acercó a la puerta de la alcoba de Robert y giró el pomo.

Robert había echado la llave.

Se quedó boquiabierta. Probó otra vez a abrir, solo para asegurarse. Estaba cerrado, sí.

Estuvo a punto de dejarse caer al suelo de pura frustración. Ella tomaba las decisiones más importantes de su vida, y él iba y cerraba con llave la maldita puerta.

Se le ocurrió dar media vuelta y volver a su cuarto para enrabietarse a solas. El muy condenado no sabría nunca lo que se había perdido. Pero entonces se dio cuenta de que ella tampoco lo sabría. Y quería sentirse amada de nuevo.

Levantó la mano y llamó a la puerta.

Robert levantó la cabeza, sorprendido. Creía haber oído moverse el pomo de la puerta, pero había pensado que eran simplemente crujidos de una casa vieja. Ni en sus sueños más atrevidos habría imaginado que Victoria pudiera acudir a él por propia voluntad.

Pero entonces oyó otra cosa. Un toque en la puerta. ¿Qué podía querer?

Cruzó la habitación con largas y rápidas zancadas y abrió la puerta de un tirón.

—¿Qué...? —Se quedó sin aliento. No sabía qué esperaba, pero no era aquello, desde luego. Victoria se había puesto el sugerente camisón que le había regalado, y esta vez no se había cubierto con la colcha. La seda azul se ceñía a cada una de sus curvas, el amplio escote dejaba al descubierto el delicado valle de sus pechos, y una de sus piernas se veía a través de la larga raja que el camisón tenía a un lado.

Robert se puso tenso al instante. De alguna manera logró articular su nombre. No fue fácil; la boca se le había quedado seca de repente.

Victoria estaba de pie ante él. Tenía un porte orgulloso y altivo, pero le temblaban las manos.

—He tomado una decisión —dijo a media voz.

Él inclinó la cabeza. No sabía si podría hablar.

—Te deseo —dijo ella—. Si todavía quieres.

Robert se quedó paralizado; le costaba tanto creer lo que estaba oyendo que no podía moverse.

Ella pareció desanimada.

—Lo siento —dijo, malinterpretando su inmovilidad—. ¡Qué maleducada soy! Por favor, olvida que...

El resto de su frase se perdió cuando Robert la apretó contra sí y empezó a deslizar con frenesí las manos por su cuerpo. Quería devorarla;

quería envolverla y no soltarla nunca. Tan avasalladora fue su reacción que temió que su pasión la asustara. Con un suspiro entrecortado, se apartó de ella unos centímetros.

Victoria le miró con los ojos azules dilatados y expresión interrogativa.

Él logró esbozar una sonrisa trémula.

—Todavía quiero —dijo.

Ella tardó un segundo en reaccionar. Luego se rio. Su risa sonó casi musical, e hizo más por el alma de Robert de lo que había hecho nunca la Iglesia de Inglaterra. Tomó la cara de Victoria entre las manos con ternura reverencial.

—Te quiero, Torie —dijo—. Siempre te querré.

Ella estuvo un momento sin decir nada. Luego se puso de puntillas y le dio un beso muy leve en los labios.

—Yo aún no puedo hablar del mañana —murmuró—. Por favor, no...

Él comprendió y le ahorró el tener que acabar la frase apoderándose de su boca de nuevo en un beso ferozmente posesivo. No le importaba que no estuviera preparada aún para hablar del mañana. Pronto lo estaría. Él le demostraría que su amor era para siempre. Se lo demostraría con las manos, con los labios, de viva voz.

Deslizó las manos por su cuerpo, arrugando la seda del camisón con los dedos. Sentía cada una de sus curvas a través del fino tejido.

—Voy a enseñarte lo que es el amor —susurró. Se inclinó y posó los labios sobre la piel tersa de su pecho—. Voy a amarte aquí.

Deslizó los labios hasta su cuello.

—Y aquí.

Apretó sus nalgas.

—Y aquí.

Victoria profirió un gemido ronco y sensual que surgió del fondo de su garganta. Robert dudó de pronto de que pudiera seguir sosteniéndose en pie. La levantó en brazos y la llevó a la cama. Al tumbarla sobre ella, dijo:

—Voy a amarte en todas partes.

Victoria contuvo el aliento. Los ojos de Robert la abrasaban, y se sentía expuesta, como si él pudiera ver su alma. Luego, Robert se tumbó a su lado, y ella se extravió en el calor de su cuerpo y en la pasión del momento. El cuerpo de Robert era duro y fuerte, caliente y arrebatador. Los sentidos de Victoria zozobraron.

—Quiero tocarte —susurró ella, y apenas pudo creer su propia audacia.

Robert cogió su mano y se la acercó al pecho. Le ardía la piel, y ella sintió el violento latido de su corazón bajo los dedos.

—Siénteme —murmuró Robert—. Siente lo que me haces.

Poseída por la curiosidad, Victoria se incorporó, doblando las piernas. Vio una pregunta en los ojos de Robert y murmuró con mucha dulzura:

—¡Chist!

Dejó que sus dedos resbalaran por la piel tensa de su abdomen, fascinada por la vibración de sus músculos al tocarlos. Sentía que poseía un inmenso poder. Era una sensación asombrosamente intensa saber que podía hacerle aquello, que podía conseguir que su respiración se hiciera dificultosa y entrecortada, que todos sus músculos se tensaran.

Se sentía audaz. Se sentía salvaje y temeraria. Quería el mundo entero, y lo quería esa tarde. Se meció hacia delante, provocándole con su cercanía, y luego se apartó aturdida. Bajó más aún la mano, hasta rozar la cinturilla de sus calzas.

Robert sofocó un gemido de sorpresa, y su mano cubrió la de ella.

—Todavía no —dijo con voz ronca—. No puedo controlarme... Todavía no.

Victoria levantó la mano.

—Dime qué hacer —dijo—. Lo que quieras.

Él se quedó mirándola, incapaz de pronunciar palabra.

Victoria se tambaleó hacia él.

—Lo que quieras —susurró—. Cualquier cosa.

—Quiero sentir tus manos otra vez —logró decir él por fin—. Las dos.

Ella alargó los brazos, pero se detuvo cuando su mano estaba a unos centímetros del hombro de Robert.

—¿Aquí?

Él asintió con un gesto y contuvo el aliento cuando la mano de Victoria comenzó a deslizarse desde su hombro a su antebrazo. Ella tocó sus bíceps.

—Eres muy fuerte.

—Tú me haces fuerte —dijo él—. Todo lo que en mí hay de bueno es por ti. Contigo soy más yo. —Se encogió de hombros, indefenso—. No sé lo que digo. No sé cómo explicarlo. No me salen las palabras.

Los ojos de Victoria se llenaron de lágrimas, y unas emociones que no quería sentir se agolparon contra su corazón. Movió la mano hasta la nuca de Robert.

—Bésame.

Él obedeció. ¡Oh, cómo obedeció! Fue tierno al principio, incitándola sin piedad, y dejó su cuerpo tenso y ansioso. Después, justo cuando Victoria estaba segura de que no podría soportar un segundo más aquel tormento sensual, la rodeó con los brazos y la apretó contra sí con firmeza.

Se volvió loco, sus movimientos se hicieron incontrolables. Subió la seda del camisón hasta enrollarlo sobre su cintura. Separó sus piernas con uno de sus fuertes muslos y Victoria sintió en el sexo el roce de la tela de sus calzas. Era tan embriagador que estaba segura de que se habría caído si él no la hubiera estrechado con tanta fuerza contra su cuerpo.

—Te deseo —gimió Robert—. ¡Dios, cuánto te deseo!

—Por favor —suplicó ella.

Robert siguió subiendo la tela del camisón hasta que pudo deslizárselo por encima de la cabeza y arrojarlo al suelo, junto a la cama, donde quedó hecho un guiñapo. Presa de un súbito arrebato de timidez, Victoria apartó la mirada. Era incapaz de ver a Robert mirándola. Sintió que él le tocaba la barbilla y que ejerciendo una suave presión la obligaba a volver la cabeza hasta que se miraron de nuevo cara a cara.

—Te quiero —dijo Robert con voz suave pero vehemente.

Ella no dijo nada.

—Pronto me lo dirás —dijo él, y la estrechó entre sus brazos para tumbarla de nuevo sobre la cama—. No me preocupa. Puedo esperar. Por ti, puedo esperar eternamente.

Victoria no supo cómo lo hizo, pero unos segundos después dejó de sentir las calzas entre ellos. Quedaron piel con piel, y de pronto se sintió exquisitamente unida a él.

—¡Dios, qué preciosa eres! —dijo Robert, apoyándose en los brazos para mirarla.

Ella le tocó la mejilla.

—Tú también.

—¿Precioso? —preguntó con la voz teñida por una sonrisa.

Ella asintió con la cabeza.

—Soñaba contigo, ¿sabes? Todos estos años.

—¿Sí?

Victoria inhaló bruscamente cuando él tocó sus pechos y los apretó con delicadeza.

—No podía evitarlo —reconoció—. Y luego me di cuenta de que no quería evitarlo.

Robert profirió un sonido entrecortado y gutural.

—Yo también soñaba contigo. Pero nunca era así, nunca era tan delicioso. —Bajó la cabeza hasta que sus labios estuvieron a escasos centímetros de su pecho—. En sueños no podía sentir tu sabor.

Ella levantó las caderas del colchón cuando Robert cerró la boca alrededor de su pezón y empezó a amarla con irresistible minuciosidad. Sin darse cuenta de lo que hacía, metió los dedos entre su espeso cabello.

—¡Oh, Robert...! —gimió.

Él susurró algo junto a su pecho. Victoria no distinguió las palabras, y entonces se dio cuenta de que ello carecía de importancia. La lengua de Robert trazaba filigranas sobre su piel, su aliento era endiabladamente seductor. Él deslizó la boca por su cuello, murmurando:

—Quiero más, Torie. Lo quiero todo.

Le separó las piernas y ella sintió que se apoyaba en su cuerpo. Su sexo era duro y caliente, amenazador y al mismo tiempo reconfortante.

Robert tenía las manos bajo su cuerpo y le apretaba las nalgas, estrechándola contra sí.

—Quiero ir despacio —murmuró—. Quiero que sea perfecto.

Victoria advirtió la emoción que entrecortaba su voz y comprendió al instante lo que le había costado pronunciar aquellas palabras. Levantó las manos y pasó los pulgares por sus cejas.

—Solo puede ser perfecto —dijo en un susurro—. Hagas lo que hagas.

Robert la miró fijamente. Su cuerpo, tembloroso de deseo, parecía a punto de estallar de amor. No podía creer que Victoria le estuviera acogiendo entre sus brazos sin reservas. Era sincera y abierta, era todo cuanto había deseado, no solo en una mujer, sino en la vida.

¡Qué demonios! Ella era su vida. Y no le importaba quién lo supiera. Tenía ganas de gritárselo a las vigas del techo en aquel mismo instante, justo antes de hacerla suya por fin. «¡Quiero a esta mujer!», deseaba gritar. «¡La quiero!»

Se colocó al borde de su sexo.

—Puede que te duela un poco —dijo.

Victoria le tocó la mejilla.

—No me dolerá.

—No quiero hacerte daño, pero... —No pudo acabar la frase. La había penetrado apenas un par de centímetros, pero era tan perfecto que se quedó sin habla.

—¡Oh, Dios mío! —jadeó ella.

Robert se limitó a gruñir. No pudo hacer otra cosa. Estaba claro que había perdido la capacidad de hablar. Se obligó a quedarse quieto, esperando a que los músculos de Victoria se relajaran en torno a su sexo antes de introducirse más en ella. Le era casi imposible refrenarse; todos los nervios de su cuerpo pedían a gritos que se descargara. Tuvo que apretar los dientes, los músculos, el cuerpo entero para mantener a raya su pasión, pero lo consiguió.

Todo porque la amaba. Era un sentimiento asombroso.

Al fin se movió un par de centímetros más y se estremeció, presa de un placer total y absoluto. Fue el más dulce de los abrazos. El deseo más intenso que había sentido en toda su vida se apoderó de él. Nunca, sin embargo, se había sentido más colmado y protegido.

—Ahora somos uno —susurró mientras le apartaba de la frente un mechón de cabello húmedo de sudor—. Tú y yo. Somos una sola persona.

Victoria asintió con un gesto y respiró hondo. Se sentía muy rara. Rara y completa al mismo tiempo. Robert estaba dentro de ella; apenas alcanzaba a comprenderlo. Era la sensación más extraña y, sin embargo, la más natural que había experimentado nunca. Se sentía como si fuera a estallar si él se movía un ápice, y aun así estaba ansiosa por que siguiera. Que no parara.

—¿Te he hecho daño? —susurró él.

Ella sacudió la cabeza.

—Es tan... extraño.

Robert dejó escapar una risita.

—Con el tiempo irá mejorando. Te lo prometo.

—¡Oh! No está mal —dijo ella, intentando tranquilizarle—. Por favor, no creas...

Él se rio de nuevo y posó un dedo sobre sus labios con suavidad.

—Calla. Déjame enseñarte. —Cambió los dedos por la boca y la distrajo para que no notara cuándo empezaba a moverse dentro de ella.

Pero ella lo notó. El primer roce de aquella exquisita fricción la hizo gemir, y antes de que se diera cuenta de lo que hacía rodeó a Robert con las piernas.

—¡Oh, Victoria! —gimió él. Pero fue un gemido muy feliz. Se movió de nuevo hacia delante y luego se retiró, creando lentamente un ritmo tan bello como primitivo.

Victoria se movía con él: a falta de experiencia, la guiaba el instinto. Algo empezó a crecer dentro de ella: una presión cada vez más intensa. No sabía si era dolor o si era placer, y en ese momento no le importaba demasiado. Solo sabía que iba camino de alguna parte y que, si no llegaba pronto, estallaría sin lugar a dudas.

Luego llegó a su destino y estalló de todos modos, y entonces, por primera vez en su vida, comprendió lo que significaba estar en paz con el mundo.

Los movimientos de Robert se hicieron más frenéticos y un instante después él también gritó, presa del placer, y se dejó caer sobre ella. Pasaron varios minutos antes de que se sintieran capaces de hablar.

Robert se tumbó de lado y la arrastró consigo. Besó con dulzura sus labios.

—¿Te ha dolido?

Ella negó con la cabeza.

—¿Peso mucho?

—No. Me gusta sentir tu peso. —Se sonrojó. Se sentía muy atrevida—. ¿Por qué echaste la llave?

—¿Mmm?

—La puerta. Estaba cerrada.

Robert se volvió para mirarla. Sus ojos azules tenían una expresión cálida y pensativa.

—Por costumbre, supongo. Siempre cierro con llave mi puerta. No pensaba dejarte fuera, desde luego. —Sus labios se distendieron en una sonrisa perezosa y satisfecha—. Me gusta bastante tu compañía.

Ella se rio por lo bajo.

—Sí, creo que me lo has demostrado.

Él se puso serio.

—No habrá más puertas cerradas entre nosotros. No hay lugar para barreras en nuestra relación, ya sean puertas, mentiras o malentendidos.

Victoria tragó saliva. Estaba tan emocionada que no podía hablar. Solo consiguió asentir con la cabeza.

Robert deslizó una pierna sobre ella, atrayéndola hacia sí.

—No vas a irte, ¿verdad? Sé que estamos en pleno día, pero podemos dormir una siesta.

—Sí —dijo ella. Y se acurrucó en sus brazos, cerró los ojos y se sumió en un apacible sopor.

20

Una hora después, cuando Victoria despertó de la siesta, la cara sonriente de Robert estaba apenas a unos centímetros de la suya. Él estaba apoyado en un codo, y Victoria sospechó que se había pasado toda la siesta mirándola.

—Hoy —anunció él con alegría— hace un día espléndido para casarse.

Victoria pensó que le había oído mal.

—¿Cómo dices?

—Para casarse. Marido y mujer.

—¿Tú y yo?

—No, la verdad es que creo que los puercoespines del jardín deberían unirse en santo matrimonio. Llevan años viviendo en pecado. No puedo soportarlo más.

—Robert... —dijo Victoria, riéndose a su pesar.

—Y todos esos puercoespinitos ilegítimos... Piensa en su estigma. Sus padres han estado criando como conejos. O como puercoespines, mejor dicho.

—Robert, este es un asunto muy serio.

Los ojos de Robert perdieron de pronto su expresión alborozada y se clavaron en ella, ardientes e intensos.

—Nunca he hablado más en serio.

Victoria se quedó callada un momento mientras elegía con cuidado sus palabras.

—¿No crees que hoy es un poco repentino? Casarse es un asunto muy serio. Deberíamos pensarlo muy bien.

—Yo no pienso en otra cosa desde hace casi un mes.

Victoria se sentó, tirando de la sábana para tapar su desnudez.

—Pero yo no. Aún no estoy preparada para tomar esa decisión.

El semblante de Robert se endureció.

—Deberías haberlo pensado antes de llamar a mi puerta esta tarde.

—No estaba pensando en...

—¿En qué? —preguntó él con brusquedad.

—Había herido tus sentimientos —susurró ella—. Y quería...

Robert salió de la cama y se puso en pie en menos de un segundo. Apoyó las manos en las caderas y la miró con furia, ajeno al hecho de que estaba completamente desnudo.

—¿Has hecho el amor conmigo por lástima? —le espetó.

—¡No! —Ella, en cambio, tenía muy presente su desnudez, así que dijo que no mirándole a las rodillas.

—¡Mírame! —ordenó él con voz enronquecida por la rabia.

Victoria levantó los ojos un poco y volvió a bajarlos.

—¿Podrías ponerte algo de ropa, por favor?

—Es un poco tarde para andarse con pudores —replicó él, pero recogió las calzas del suelo y se las puso.

—No lo he hecho por lástima —dijo ella cuando por fin le miró a la cara, a pesar de que hubiera preferido mirar al techo, o a las paredes, o incluso al orinal del rincón—. Lo he hecho porque me apetecía, y no estaba pensando en lo que pasaría mañana.

—Me cuesta creer que tú, una persona que ansía llevar una vida estable, se embarque en una relación pasajera.

—Para mí no era eso.

—Entonces, ¿qué es para ti?

Victoria le miró a los ojos, vio la vulnerabilidad que él intentaba esconder bajo su furia y se dio cuenta de lo importante que era su respuesta para él.

—No estaba pensando con la cabeza —dijo en voz baja—. Estaba pensando con el corazón. Miré tu ventana y te vi tan triste...

—Como ya has tenido la amabilidad de decirme —contestó él con amargura.

Victoria se quedó callada un momento para dejarle hablar. Luego continuó:

—No ha sido solo por ti. Ha sido también por mí. Supongo que simplemente quería sentirme amada.

La esperanza brilló en los ojos de Robert.

—Eres amada —dijo con fervor, alargando los brazos para tomar sus manos—. Y podrías sentirte así el resto de tu vida si quisieras. Cásate conmigo, Victoria. Cásate conmigo y hazme el hombre más feliz del mundo. Cásate conmigo y concédete paz y tranquilidad. Y —añadió con un susurro ronco— amor. Porque nunca ha habido una mujer a la que hayan amado más profunda y sinceramente que a ti.

Victoria intentó contener el llanto, cuyo escozor notaba en los ojos, pero las palabras de Robert eran tan conmovedoras que sintió la humedad y la sal de las lágrimas en las mejillas.

—Robert —comenzó, sin saber muy bien qué iba a decir—, llevo tanto tiempo...

—Podrías estar embarazada —la cortó él—. ¿Lo has pensado?

—No —reconoció ella, tragando saliva— pero...

—Cásate conmigo —repitió Robert, y le apretó las manos—. Tú sabes que es lo correcto.

—¿Por qué has tenido que decir eso? —preguntó Victoria—. Sabes que odio que intentes decirme lo que me conviene.

Robert suspiró, exasperado.

—No era eso lo que quería decir, y lo sabes.

—Lo sé, es solo que...

—¿Qué? —dijo él con dulzura—. ¿Por qué dudas, Torie?

Ella apartó la mirada. Se sentía como una idiota.

—No lo sé. El matrimonio es tan permanente... ¿Y si cometo un error?

—Si es un error, ya lo has cometido —repuso él lanzando una mirada a la cama—. Pero no es un error. No siempre será fácil estar casados, pero la vida sin ti... —Se pasó la mano por el pelo; su semblante mostraba hasta qué punto se sentía incapaz de expresar lo que sentía—. Vivir sin ti sería imposible. No sé qué más decir.

Victoria se mordió el labio inferior, consciente de que empezaba a sentir lo mismo. A pesar de todo lo ocurrido el mes anterior, no podía concebir la vida sin sus sonrisas de soslayo, sin el brillo de sus ojos, sin su pelo alborotado, que nunca parecía haberse peinado bien. Le miró y clavó los ojos en los suyos.

—Tengo algunas dudas —comenzó a decir.

—No serías humana si no las tuvieras —dijo él en tono tranquilizador.

—Pero veo que hay varias razones por las que sería buena idea casarse. —Hablaba despacio, ensayando las palabras de cabeza antes de pronunciarlas. Lanzó una rápida mirada a Robert; esperaba a medias que él la estrechara de nuevo entre sus brazos. Pero se quedó quieto. Evidentemente, entendía que ella necesitaba decir lo que pensaba.

—En primer lugar —dijo Victoria—, como tú has dicho, está la cuestión de un posible embarazo. He sido una irresponsable por no tenerlo en cuenta, pero así ha sido, y ya no puede hacerse nada al respecto. Supongo que podría esperar unas semanas y ver si...

—Yo no te lo aconsejaría —se apresuró a decir Robert.

Ella refrenó una sonrisa.

—No, supongo que no vas a dejarme volver a Londres, e imagino que si me quedo aquí...

—No voy a poder mantenerme alejado de ti —dijo él, encogiéndose de hombros con aire de disculpa—. Tengo que admitirlo.

—Y yo no voy a intentar decirte que no... disfruto de tus atenciones. —Se sonrojó—. Porque sería mentira. Ya sabes que siempre ha sido así, incluso hace siete años.

Él sonrió con picardía.

—Pero hay otros motivos por los que deberíamos casarnos o no casarnos.

—Deberíamos.

Ella parpadeó.

—¿Cómo dices?

—Deberíamos casarnos. No, no deberíamos.

A Victoria le estaba costando contener la risa. Cuando deseaba algo con ansia, Robert era más adorable que un cachorrito.

—Me preocupa que no me dejes decidir por mi cuenta —le advirtió ella.

—Intentaré respetar tus deseos —dijo él con expresión solemne—. Si me convierto en un bruto avasallador, te doy permiso para darme un bolsazo en la cabeza.

Ella entornó los ojos.

—¿Podrías ponérmelo por escrito?

—Desde luego. —Cruzó la habitación hasta su escritorio, abrió un cajón y sacó una pluma, una hoja de papel y un tintero. Victoria le miró boquiabierta mientras escribía una frase y firmaba la hoja con una floritura. Robert volvió a su lado, le dio el papel y dijo—: Ahí lo tienes.

Victoria bajó la mirada y leyó:

—«Si me convierto en un bruto avasallador, doy permiso a mi amada esposa, Victoria Mary Lyndon Kemble...». —Ella le miró—. ¿Kemble?

—Será Kemble. Y hoy mismo, si me salgo con la mía. —Señaló un garabato que había en lo alto de la página—. Pero de todos modos le he puesto fecha de la semana que viene. Para entonces ya te apellidarás Kemble.

Victoria prefirió no hacer comentario alguno sobre su asombrosa certeza y siguió leyendo.

—Veamos... «Victoria Mary Lyndon, ejem, Kemble... para darme en la cabeza con el objeto que prefiera». —Le miró interrogante—. ¿Con cualquier objeto?

Robert se encogió de hombros.

—Si me pongo realmente mandón, tal vez quieras darme con algo más contundente que el bolso.

Los hombros de Victoria se sacudieron cuando volvió a mirar la nota.

—«Firmado: Robert Phillip Arthur Kemble, conde de Macclesfield.»

—No soy notario, pero creo que tiene validez legal.

Victoria esbozó una sonrisa llorosa. Se enjugó una lágrima con gesto impaciente.

—Por esto voy a casarme contigo —dijo, sosteniendo la hoja de papel en el aire.

—¿Porque he dicho que puedes atizarme a tu antojo?

—No —contestó ella, sorbiendo ruidosamente—. Porque no sé qué será de mí si no te tengo a ti para hacerme reír. Me he vuelto demasiado seria, Robert. Y no siempre he sido así.

—Lo sé —contestó él con dulzura.

—Durante siete años he tenido prohibido reírme. Y he olvidado cómo se hace.

—Yo te lo recordaré.

Ella asintió con la cabeza.

—Creo que te necesito, Robert. Creo que sí.

Él se sentó al borde de la cama y la estrechó en un tierno abrazo.

—Yo sé que te necesito, mi querida Torie. Lo sé.

Tras disfrutar un momento del calor de sus brazos, Victoria se apartó lo justo para decir:

—¿Decías en serio lo de casarnos hoy mismo?

—Por supuesto.

—Pero eso es imposible. Tenemos que publicar las amonestaciones.

Él sonrió con picardía.

—Me he procurado una licencia especial.

—¿Sí? —Le miró boquiabierta—. ¿Cuándo?

—Hace una semana.

—Tu certeza era un poco prematura, ¿no te parece?

—Al final todo ha salido bien, ¿no?

Victoria intentó adoptar una expresión de sospecha, pero no pudo evitar reírse con los ojos.

—Creo, milord, que algunas personas podrían considerarle un bruto avasallador por esa clase de comportamiento.

—¿Un bruto avasallador o un bruto realmente mandón? Me gustaría saberlo, dado que el bienestar de mi cráneo depende de ello.

Victoria se derritió entre risas.

—¿Sabes, Robert? Creo que quizá me guste estar casada contigo.

—¿Significa eso que me perdonas por haberte raptado?

—Todavía no.

—¿En serio?

—Sí, tendré que reservarme el perdón hasta haber sacado el máximo provecho a la situación.

Esta vez fue Robert quien rompió a reír a carcajadas. Mientras intentaba recobrar el aliento, Victoria le clavó el dedo en el hombro y dijo:

—En todo caso, no podemos casarnos hoy.

—¿Y eso por qué?

—Es mucho más de mediodía. Y una boda como es debido debe ser por la mañana.

—Esa es una norma estúpida.

—Mi padre siempre la siguió —dijo ella—. Lo sé porque yo tocaba el órgano en las bodas que oficiaba.

—Ignoraba que hubiera un órgano en la vicaría del pueblo.

—No lo hay. Eso era en Leeds. Y creo que estás cambiando de tema.

—No —contestó él mientras frotaba la nariz contra su cuello—. Solo ha sido un inciso. En cuanto a las bodas matutinas, creo que solo son de rigor cuando se trata de matrimonios convencionales. Con una licencia especial, podemos hacer lo que nos plazca.

—Supongo que debería dar gracias al cielo por casarme con un hombre tan sumamente organizado.

Robert dejó escapar un suspiro lleno de felicidad.

—Acepto cualquier cumplido que quieras hacerme.

—¿De veras quieres que nos casemos esta tarde?

—No se me ocurre nada más apetecible. No tenemos cartas para jugar, y ya he leído casi todos los libros de la biblioteca.

Ella le dio un golpe con la almohada.

—Hablo en serio.

Robert solo tardó un momento en tumbarla de espaldas y colocarse sobre ella, aplastando sus pechos con el torso mientras clavaba sus ojos ardientes en los suyos.

—Yo también —contestó.

Victoria contuvo el aliento y después sonrió.

—Te creo.

—Además, si no me caso contigo esta misma noche, tendré que volver a deshonrarte.

—¿Ah, sí?

—Sí. Pero tú eres una mujer devota, hija de un vicario, nada menos, así que sé que querrás reducir al mínimo tus pecados prematrimoniales. —Su expresión se volvió seria de pronto—. Había jurado que, cuando hiciera el amor contigo, seríamos marido y mujer.

Ella sonrió y le tocó la mejilla.

—Pues hemos incumplido ese voto.

—Una sola vez no es para tanto, supongo —contestó él mientras le besaba la oreja—. Pero me gustaría ponerte un anillo en el dedo antes de que la lujuria vuelva a apoderarse de mí.

—¿No se ha apoderado ya? —preguntó ella con expresión incrédula. No era muy difícil sentir la impronta del deseo de Robert en su cadera.

Él se rio junto a su barbilla.

—Me va a encantar estar casado contigo, Torie.

—Supongo que esa es una buena razón para declararse —susurró ella, intentando ignorar los espasmos de placer que le estaba provocando Robert.

—Mmm... Sí. —Se acercó a su boca y la besó a conciencia, hasta dejarla temblorosa. Luego se apartó y se puso en pie—. Más vale que pare ya —dijo con una sonrisa malévola—, porque dentro de un momento no podré.

A Victoria le dieron ganas de gritar que no le importaba, pero se contentó con arrojarle una almohada.

—No quiero comprometerte más —prosiguió Robert, que había esquivado su ataque sin dificultad—. Y quería recordarte... —se inclinó y depositó un último beso sobre sus labios— esto. Por si acaso empezabas a tener dudas.

—Ya las tengo —replicó ella, convencida de que parecía tan frustrada como lo estaba.

Robert se rio al cruzar la habitación.

—Estoy seguro de que te gustará saber que mi pequeño recordatorio ha hecho que me sienta tan incómodo e insatisfecho como tú.

—Yo estoy perfectamente —dijo ella, levantando la barbilla.

—Sí, claro —bromeó él mientras rebuscaba en la bolsa de viaje que había dejado sobre el escritorio.

Victoria estaba a punto de proferir una réplica mordaz cuando a Robert se le ensombreció el semblante y exclamó:

—¡Maldita sea!

—¿Ocurre algo? —preguntó ella.

Robert levantó la cabeza para mirarla.

—¿Has tocado esta bolsa?

—No, claro que no... —Se puso colorada al recordar que había estado curioseando entre sus cosas—. Bueno, la verdad es que he echado un vistazo por ahí, lo reconozco, pero encontré la bañera antes que tu maleta.

—Por mí puedes levantar las tablas del suelo —dijo él distraídamente—. Lo que es mío es tuyo. Pero guardaba papeles importantes en esta bolsa y han desaparecido.

Una burbuja de alegría se elevó en el pecho de Victoria.

—¿Qué clase de papeles? —preguntó con cautela.

Robert volvió a mascullar una maldición antes de contestar:

—La licencia de matrimonio.

Victoria tuvo la sensación de que aquel no era momento para desternillarse de risa, pero lo hizo de todos modos.

Robert puso los brazos en jarras al volverse hacia ella.

—Esto no tiene gracia.

—Lo siento —dijo ella, aunque no parecía muy compungida—. Es que... ¡Ay, Dios! —Volvió a reír a carcajadas.

—Debe de estar en mi otra maleta —dijo Robert—. ¡Maldita sea!

Victoria se enjugó los ojos.

—¿Y dónde está tu otra maleta?

—En Londres.

—Entiendo.

—Tendremos que irnos enseguida.

Ella se quedó boquiabierta.

—¿A Londres? ¿Ahora?

—No queda otro remedio.

—Pero ¿cómo vamos a llegar hasta allí?

—MacDougal dejó mi carruaje en un establo, a un cuarto de milla de aquí, antes de marcharse a Londres. El arrendatario del pueblo siempre ha sido muy amable. Estoy seguro de que podrá prestarnos un mozo para que nos lleve.

—¡¿Me has hecho creer que estaba aquí atrapada?!—gritó ella.

—No me lo preguntaste —contestó él, encogiéndose de hombros—. Bueno, sugiero que te vistas. Estás irresistible con ese atuendo, pero hace un poco de frío.

Ella se envolvió bien en las sábanas.

—Mi vestido está en el otro cuarto.

—¿Ahora vas a ponerte pudorosa?

Ella torció la boca en una mueca ofendida.

—Siento no ser tan cosmopolita como tú, Robert. No tengo mucha experiencia en estas cosas.

Robert sonrió y le dio un tierno beso en la frente.

—Lo siento, lo siento. Pero es tan divertido hacerte rabiar... Enseguida te traigo el vestido. Y —añadió al abrir la puerta— te dejaré sola para que te cambies tranquilamente.

Media hora después iban camino de Londres. A Robert le costaba refrenarse para no ponerse a cantar. De hecho, al volver de buscar el carruaje, se había puesto a vociferar una versión algo desafinada del *Aleluya* de Händel. Puede que hubiera terminado la pieza si los caballos no hubieran empezado a relinchar a causa de aquel tormento auditivo. Robert bajó la voz, pensando que convenía no torturar también los oídos de su prometida... ¡Su prometida! Le encantaba decirlo. ¡Qué demonios! Le e encantaba pensarlo.

Aun así, su dicha era tan grande que no lograba contenerla por completo dentro de sí, y de cuando en cuando se descubría silbando.

—No sabía que te gustara silbar —dijo Victoria la quinta vez que Robert se sorprendió silbando.

—Cantar no sé, desde luego —contestó él—. Así que silbo.

—Creo que no te había oído silbar desde... —Se quedó pensando un momento—. No recuerdo cuándo fue la última vez.

Él sonrió.

—Hace muchos años que no era tan feliz.

Una pausa, y luego ella dijo:

—¡Ah! —Parecía ridículamente satisfecha, y Robert se sintió ridículamente dichoso de que lo pareciera. Estuvo cantando sin ton ni son unos minutos más, y luego levantó la vista y dijo:

—¿Te das cuenta de lo maravilloso que es volver a improvisar?

—¿Cómo dices?

—Cuando te conocí, solíamos corretear por el bosque a medianoche. Éramos libres, nada nos preocupaba.

—Era maravilloso —dijo Victoria en voz baja.

—Ahora, en cambio... Bueno, ya sabes lo ordenada que es la vida que llevo. Soy, como a ti te gusta decir, el hombre más organizado de toda Inglaterra. Siempre tengo un plan y siempre lo cumplo. Es muy agradable volver a hacer algo de forma espontánea.

—Me secuestraste —dijo Victoria—. Eso fue algo espontáneo.

—En absoluto —contestó él agitando una mano en el aire—. Lo planeé con mucho cuidado, te lo aseguro.

—No tanto; olvidaste las provisiones —respondió ella con un toque sarcástico.

—¡Ay, sí! Las provisiones —repuso él—. Un pequeño descuido.

—En su momento no me lo pareció —masculló ella.

—No te has muerto de hambre, ¿no?

Ella le dio un golpe juguetón en el hombro.

—Y has olvidado la licencia matrimonial. Si se tiene en cuenta que me secuestraste con el único fin de casarte conmigo, creo que puede decirse que tu plan tenía una enorme laguna.

—No olvidé pedir la licencia. Solo olvidé traerla. Y pensaba hacerlo, desde luego.

Victoria se puso a mirar por la ventanilla. El crepúsculo se adivinaba en el aire, y así seguiría siendo durante varias horas. Esa noche no llegarían a Londres, pero recorrerían más de la mitad del camino.

—La verdad es que me alegro de que hayas olvidado la licencia.

—Quieres posponer lo inevitable todo el tiempo posible, imagino —dijo él. Estaba bromeando, pero Victoria sintió que su respuesta era importante para él.

—En absoluto —contestó—. Cuando tomo una decisión, me gusta ponerla en práctica de inmediato. Pero es agradable verte hacer algo mal de vez en cuando.

—¿Perdona?

Ella se encogió de hombros.

—Eres casi perfecto, ¿sabes?

—¿Por qué será que no me ha sonado a cumplido? Y lo que es más importante aún: si soy tan perfecto, ¿por qué he tardado tanto en convencerte de que te cases conmigo?

—Porque eres perfecto —contestó Victoria con una sonrisa sarcástica—. Y eso puede ser muy exasperante. ¿Para qué hacer nada, si tú vas a hacerlo mejor?

Robert sonrió con expresión diabólica y la apretó contra sí.

—Se me ocurren muchas cosas que tú haces mejor que yo.

—¿Ah, sí? —murmuró ella, intentando no excitarse demasiado por la forma en que él le acariciaba la cadera.

—Mmm... Tú besas mejor. —Para demostrárselo, dejó que sus labios se deslizaran sobre los de ella.

—Me enseñaste tú.

—Tú estás mucho más atractiva sin la ropa puesta.

Victoria se sonrojó, pero empezaba a sentirse tan cómoda con él que se atrevió a decir:

—Eso es cuestión de opiniones.

Robert se apartó con un fuerte suspiro.

—Muy bien. Tú coses mejor.

Ella parpadeó.

—En eso tienes razón.

—Y sabes mucho más de niños que yo —añadió él—. Cuando seamos padres, tendré que apoyarme continuamente en tu buen criterio. Soy muy capaz de lanzarme a una diatriba sobre las tres leyes newtonianas del movimiento antes de que los niños salgan de la cuna. Algo de lo más inapropiado. Tendrás que enseñarme un montón de cancioncillas infantiles.

A Victoria le aleteó el corazón al oírle. Su breve carrera como costurera le había mostrado la dicha de poder tomar decisiones importantes por sí sola. Temía, más que cualquier otra cosa, que el matrimonio supusiera perder todo eso. Pero Robert le estaba diciendo que valoraba su criterio.

—Y tú tienes el corazón más grande —añadió él, tocándole la mejilla—. Yo a menudo me encierro en mí mismo. Pero tú siempre estás pendiente de las necesidades de los demás. Ese es un don muy raro y maravilloso.

—¡Oh, Robert! —Se inclinó hacia él, ansiosa por sentir el calor de sus brazos. Pero antes de que pudiera tocarle, el carruaje pisó un profundo bache, y ella resbaló.

—¡Ay! —exclamó, sorprendida.

—¡Aaarg! —gruñó Robert, dolorido.

—¡Ay, Dios! —dijo Victoria enseguida—. ¿Qué ha pasado?

—Tu codo —jadeó él.

—¿Qué? ¡Ah! Lo siento... —El carruaje dio otra sacudida, y su codo se clavó aún más en la cintura de Robert. O al menos le parecía que era su cintura.

—Por favor... Apártalo... ¡ya!

Victoria logró desenredarse de él a duras penas.

—Lo siento mucho —repitió. Luego le miró con más atención. Estaba doblado sobre sí mismo, y a pesar de que había poca luz vio que se había puesto de un tono verdoso—. ¿Robert? —preguntó, indecisa—. ¿Estás bien?

—Lo estaré dentro de unos minutos.

Victoria se quedó mirándole unos segundos y después se aventuró a decir:

—¿Te he dado en el estómago? Te aseguro que ha sido sin querer.

Él seguía encogido cuando respondió:

—Es más bien dolor de hombre, Victoria.

—¡Ah! —murmuró ella—. No tenía ni idea.

—No esperaba que la tuvieras —masculló él.

Pasó otro minuto, y luego a Victoria se le ocurrió una idea espantosa.

—No será permanente, ¿no?

Él sacudió la cabeza.

—No me hagas reír. Por favor.

—Lo siento.

—Deja de decir que lo sientes.

—Pero es que lo siento.

—Frío, hambre y luego una herida mortal —dijo Robert en voz baja—. ¿Hubo alguna vez hombre más desgraciado?

Victoria no vio motivo para contestar. Mantuvo la mirada clavada en la ventana, viendo pasar la campiña de Kent. Robert no emitió ningún sonido durante al menos diez minutos y luego, justo cuando pensaba que se había quedado dormido, ella notó que le tocaba el hombro.

—¿Sí? —dijo, volviéndose hacia él.

Robert estaba sonriendo.

—Ya me siento mejor.

—Bueno, pues me alegro mucho por ti —contestó, sin saber qué debía decirse en situaciones como aquella.

Robert se inclinó hacia ella con mirada ávida.

—No. Quería decir que me siento mucho mejor.

Victoria deseó que dejara de hablar con tanto misterio.

—Bueno, pues me alegro mucho por ti —repitió.

—No sé si me entiendes —murmuró él.

Victoria quiso decirle que no, pero antes de que pudiera pronunciar palabra, Robert tiró de sus piernas y se descubrió tumbada de espaldas en el asiento. Gritó su nombre, pero él la hizo callar con un beso.

—Estoy mucho mejor —dijo contra su boca—. Mucho... —La besó—. Mucho... —La besó de nuevo—. Mucho mejor. —Levantó la cabeza y la obsequió con la más lenta y lánguida de las sonrisas—. ¿Quieres que te lo demuestre?

21

—¡¿Aquí?! —exclamó Victoria con voz ronca—. ¿En el carruaje?

—¿Por qué no?

—Porque... porque... ¡es una indecencia! —Intentó apartarse, y luego masculló—: Tiene que serlo.

Robert levantó un poco la cabeza. Sus ojos azules brillaban con picardía.

—¿Sí? No recuerdo que tu padre diera nunca un sermón sobre el tema.

—Robert, estoy segura de que esto es de lo más inapropiado.

—Por supuesto que sí —dijo él mientras frotaba la nariz debajo de su barbilla. La piel de Victoria era cálida y suave, y seguía oliendo a su jabón de sándalo—. Normalmente no me entregaría a estos placeres aquí, en el carruaje, pero quiero tranquilizarte.

—¡Ah! Entonces ¿lo haces por mí?

—Estabas tan preocupada por los posibles efectos permanentes de mi lesión...

—Pues no —dijo ella mientras intentaba recobrar el aliento—. Confío en tu recuperación, te lo aseguro.

—Pero quiero asegurarme de que no te queda ninguna duda. —La agarró de los tobillos y empezó deslizar las manos por sus piernas, dejando a su paso una estela ardiente que atravesaba sus medias.

—No me queda ninguna, créeme.

—¡Chist! Bésame. —Mordisqueó sus labios y empezó a deslizar las manos por la suave curva de sus caderas. Luego las rodeó y sujetó sus tersas nalgas.

—Pensaba... —Se aclaró la garganta—. Pensaba que no querías volver a hacerlo hasta que estemos casados.

—Eso fue cuando aún creía que podíamos casarnos esta misma tarde —contestó él, acercándose a la comisura de su boca—. Pero he descubierto que los escrúpulos morales tienen su momento y su lugar.

—¿Y este no es uno de ellos?

—Desde luego que no. —Acarició la piel desnuda de la parte superior de sus muslos y la apretó. Victoria dejó escapar un gemido de placer. Él gruñó. Le encantaban sus expresiones de deseo. Nada tenía el poder de inflamar su pasión como ver y oír su placer. La sintió arquearse bajo él y deslizó las manos hasta su espalda, donde comenzó a desabrochar los botones de su vestido. La necesitaba. ¡Dios! La necesitaba en ese mismo instante.

Le bajó el corpiño del vestido. Ella llevaba aún el camisón azul a modo de camisa. Demasiado impaciente para desabrocharlo, Robert se apoderó de uno de sus pechos con la boca y, sirviéndose de la lengua, humedeció la tela alrededor del endurecido pezón.

Victoria se retorcía debajo de él; murmullos incomprensibles escapaban de sus labios. Robert levantó la cabeza un momento para mirarla. Su cabello azabache se desparramaba, libre y salvaje, sobre los cojines del asiento y sus ojos azules oscuros parecían casi negros de deseo. Robert sintió que su garganta se constreñía de pronto y no pudo contener la emoción que se había apoderado de él.

—Te quiero —susurró—. Siempre te querré.

Vio que ella se debatía en su interior y supo que también quería decírselo. Pero lo que la refrenaba seguía atenazando su corazón, y no pudo. A Robert no le importó; sabía que con el tiempo entendería su amor por él. Pero no soportaba verla tan dividida, así que puso un dedo sobre sus labios con delicadeza.

—No digas nada —susurró—. Ahora no hacen falta palabras.

La besó de nuevo con frenesí. Buscó sus polainas y unos segundos después la prenda yacía en el suelo del carruaje. La tocó íntimamente, excitando con los dedos los pliegues de su sexo.

—¡Oh, Robert! —jadeó ella—. ¿Qué...? La otra vez no...

—Hay más de un modo de amarse —murmuró él. La tocó más profundamente, y se maravilló al sentirla tan receptiva a sus caricias. Victoria comenzó a frotarse contra él, haciendo que sus dedos la penetraran más adentro. Espoleaba el deseo de Robert más y más, y él sintió la presión de su miembro contra las calzas. Besó con vehemencia la vena que palpitaba en su sien y murmuró:

—¿Me deseas?

Ella le miró con incredulidad.

—Quiero oírte decirlo —dijo Robert con voz ronca.

Ella asintió con la cabeza, jadeante.

Robert decidió que bastaba con eso y desabrochó a duras penas los botones de sus calzas. Estaba tan excitado, tan a punto, que no quiso quitárselas. Sacó su miembro y se abrió paso entre los muslos de Victoria, donde sus dedos seguían aún buscando el camino al cielo.

Una de las piernas de Victoria resbaló del asiento, dejándole más espacio para acometer su sexo. Apretó e introdujo solo la punta dentro de ella. Los músculos de Victoria se convulsionaron, ardientes, alrededor de su miembro, y Robert se estremeció por entero.

—Quiero más, Torie —jadeó—. Más.

Sintió que ella asentía y empujó de nuevo, acercándose cada vez más al centro mismo de su ser, hasta que finalmente la penetró por completo. La apretó con fuerza contra sí mientras disfrutaba en silencio de su unión. Deslizó los labios por su mejilla, hasta su oído, y murmuró:

—Ya estoy en casa. —Luego sintió lágrimas en su cara, notó el sabor de la sal cuando rodaron hasta sus labios, y se perdió. Un deseo animal se apoderó de él, y su mente y su cuerpo se escindieron. La acometió de forma implacable, pero de algún modo logró contener su descarga hasta que sintió que ella se tensaba y gemía bajo él.

Con un gruñido, dio un último empujón y se derramó dentro de ella. Casi al instante se desplomó: un exquisito cansancio había hecho presa en sus músculos. En ese instante, un millar de ideas chocaron en su mente: ¿pesaba demasiado para ella? ¿Se arrepentía Victoria? ¿La habría dejado embarazada? Pero su boca estaba tan ocupada buscando aire que no habría podido hablar ni aunque su vida hubiera dependido de ello.

Por fin, cuando pudo oír algo más, aparte del latido conjunto de sus corazones, se apoyó en el codo, incapaz de creer lo que había hecho. Había poseído a Victoria en un estrecho carruaje en marcha. Estaban medio desnudos, con la ropa arrugada... ¡Demonios! Ni siquiera había conseguido quitarse las botas. Supuso que debía decir que lo sentía, pero no era cierto. ¿Cómo iba a sentirlo cuando Victoria (no, Torie) yacía bajo él, jadeando aún por los últimos vestigios del clímax, con las mejillas arreboladas de placer?

Aun así, le pareció que debía decir algo y, ofreciéndole una sonrisa ladeada, dijo:

—Ha sido muy interesante.

Ella abrió la boca y movió despacio la mandíbula, como si intentara decir algo, pero no le salió la voz.

—¿Victoria? —preguntó él—. ¿Ocurre algo?

—Dos veces —dijo ella, parpadeando, aturdida—. Dos veces antes de la boda. —Cerró los ojos y asintió con la cabeza—. Dos veces no es para tanto.

Robert echó la cabeza hacia atrás y rompió a reír.

Al final, no fueron dos. Para cuando Robert consiguió deslizar una alianza de oro en el dedo anular de la mano izquierda de Victoria, le había hecho el amor no dos, sino cuatro veces. Habían tenido que parar en una fonda de camino a Londres, y Robert ni siquiera se molestó en consultarle antes de informar al posadero de que eran marido y mujer y pedir una habitación con una cama grande y cómoda.

Después dijo que sería un pecado malgastar una cama tan grande y mullida.

Cuando llegaron a Londres se casaron casi inmediatamente. Para regocijo de Victoria, Robert la dejó esperando en el carruaje mientras entraba corriendo a su casa en busca de la licencia matrimonial. Volvió menos de cinco minutos después, y acto seguido se fueron a casa del reverendo lord Stuart Pallister, hijo menor del marqués de Chippingworth y antiguo compañero de estudios de Robert. Lord Pallister los casó en un periquete, despachando la ceremonia en la mitad de tiempo que solía invertir en ella el padre de Victoria.

Cuando por fin llegaron a casa de Robert, Victoria se sintió terriblemente aturdida. La casa era imponente, pero, como su padre vivía aún, Robert ocupaba solo unas de las habitaciones más pequeñas. Con todo, su mansión londinense era muy elegante, y Victoria tuvo la sensación de que vivir en las habitaciones señoriales de semejante casa sería muy distinto a habitar en el cuchitril de la institutriz, en el ático.

Temía, además, que todos los criados se dieran cuenta enseguida de que era una farsante. ¡La hija de un vicario! ¡Una institutriz! No les gustaría recibir órdenes de ella. Era esencial que empezara con buen pie o podría tardar años en corregir una mala impresión inicial. Ojalá hubiera sabido cuál era el pie bueno.

Robert parecía entender su dilema. Mientras volvían de casa de lord Pallister en el carruaje, le dio una palmadita en la mano y dijo:

—Ahora serás condesa cuando entres en tu nuevo hogar. Así será mucho mejor.

Victoria estaba de acuerdo, pero eso no impidió que le temblaran las manos cuando subió la escalinata. Intentaba detenerlas, pero no lo conseguía, y de pronto la alianza de boda le pareció muy pesada.

Robert se detuvo antes de abrir la puerta.

—Estás temblando —dijo, tomando su mano enguantada.

—Estoy nerviosa —reconoció ella.

—¿Por qué?

—Me siento como si estuviera en un baile de disfraces.

—¿Y de qué vas disfrazada? —preguntó él.

Victoria soltó una risa nerviosa.

—De condesa.

Robert sonrió.

—No es un disfraz, Victoria. Eres condesa. Mi condesa.

—No me siento como tal.

—Ya te acostumbrarás.

—Para ti es fácil decirlo. Tú naciste en este ambiente. Yo no tengo ni idea de cómo comportarme.

—¿No has pasado siete años trabajando de institutriz? Seguramente habrás aprendido una o dos cosas de lady... No, lo retiro —dijo él con el ceño fruncido—. Intenta no imitar a lady Hollingwood. Tan solo sé tú misma. En ningún sitio dice que una condesa tenga que ser severa y altiva.

—Muy bien —dijo ella, poco convencida.

Robert alargó la mano hacia el picaporte, pero la puerta se abrió antes de que la tocara. Un mayordomo hizo una profunda reverencia, murmurando:

—Milord.

—Creo que me espía por la mirilla —susurró Robert al oído de Victoria—. Ni una sola vez he conseguido agarrar el pomo.

Victoria dejó escapar una risita a su pesar. Robert se esforzaba tanto por tranquilizarla... Decidió allí mismo no defraudarle. Podía estar muerta de miedo, pero iba a ser la condesa perfecta, aunque muriera en el intento.

—Yerbury —dijo Robert al entregarle el sombrero al mayordomo—, le presento a mi esposa, la condesa de Macclesfield.

Si Yerbury se sorprendió, no se le notó en la cara, que en opinión de Victoria parecía hecha de granito.

—Mi más sincera enhorabuena —dijo el mayordomo, y volviéndose hacia ella añadió—: Señora, será un placer servirla.

Victoria estuvo a punto de reírse otra vez al oír aquello. Le parecía tan extraña la idea de que alguien la sirviera... Pero, decidida a actuar con propiedad, logró contener la risa, compuso una sonrisa cordial y dijo:

—Gracias, Yerbury. Estoy encantada de entrar a formar parte de esta casa, que también es la suya.

Los ojos pálidos de Yerbury se entibiaron un poco al oírla. Luego ocurrió lo inimaginable: Yerbury estornudó.

—¡Ah! —exclamó él, y pareció querer que se le tragara la tierra—. Le pido mil perdones, milady.

—No sea tonto, Yerbury —contestó Victoria—. Solo ha sido un estornudo.

Yerbury volvió a estornudar mientras decía:

—Un buen mayordomo nunca estornuda. —Y estornudó cuatro veces en rápida sucesión.

Victoria nunca había visto a un hombre tan angustiado. Lanzó una rápida mirada a Robert, se adelantó y agarró del brazo al mayordomo.

—Vamos, Yerbury —dijo con afecto, antes de que él tuviera ocasión de desmayarse ante tan íntimo contacto con la nueva condesa—. ¿Por qué no me enseña las cocinas? Conozco un remedio excelente. Estará usted curado en un abrir y cerrar de ojos.

Y entonces Yerbury, cuyo semblante desvelaba más emoción de la que había mostrado en cuarenta años, la condujo al fondo de la casa mientras le daba profusamente las gracias.

Robert se limitó a sonreír, abandonado en el vestíbulo. Victoria solo había tardado dos minutos en encandilar al mayordomo. Robert predijo que esa misma noche tendría al resto del servicio comiendo de su mano.

Pasaron unos días y Victoria fue acostumbrándose poco a poco a su nuevo papel. No creía que alguna vez fuera capaz de dar órdenes al servicio a diestro y siniestro, como hacían la mayoría de los miembros de la nobleza; había pasado demasiado tiempo entre sus filas como para no saber que los criados también eran personas, con esperanzas y sueños semejantes a los suyos. Y aunque no sabían nada de su pasado, los sirvientes parecían percibir que la unía a ellos una afinidad especial.

Victoria y Robert estaban desayunando una mañana cuando una doncella especialmente solícita insistió en volver a calentar el chocolate de su señora porque se había quedado tibio. Cuando la doncella se escabulló con la taza, Robert comentó:

—Creo de veras que darían su vida por ti, Torie.

—No seas tonto —dijo ella con el ceño fruncido y una sonrisa.

Robert añadió:

—No estoy tan seguro de que sientan lo mismo por mí.

Victoria se disponía a repetir su comentario anterior cuando Yerbury entró en la habitación.

—Señor, señora —dijo—, la señora Brightbill y la señorita Brightbill están aquí. ¿Les digo que no están en casa?

—Gracias, Yerbury —dijo Robert, y volvió a su periódico.

—¡No! —exclamó Victoria. Yerbury se paró en seco.

—¿Quién se supone que manda aquí? —masculló Robert al ver que su mayordomo desoía sus órdenes por deferencia a su esposa.

—Robert, son de la familia —dijo Victoria—. Tenemos que recibirlas. Si no, tu tía se ofenderá muchísimo.

—Mi tía se ofende con mucha facilidad, y a mí me apetece estar a solas con mi esposa.

—No estoy sugiriendo que invitemos a todo Londres a cenar. Solo que inviertas unos minutos en saludar a tu tía y a tu prima. —Victoria miró al mayordomo—. Yerbury, por favor, hágalas pasar. Quizá quieran desayunar con nosotros.

Robert frunció el ceño, pero Victoria vio que en realidad no estaba enfadado. Unos segundos después, la señora Brightbill y Harriet entraron en la habitación. Robert se puso en pie de inmediato.

—¡Mi queridísimo sobrino! —gorjeó la señora Brightbill—. ¡Qué niño más malo has sido!

—Mamá —añadió Harriet, lanzando a Robert una mirada compungida—, no creo que a estas alturas pueda llamársele «niño».

—¡Tonterías! Yo puedo llamarle como se me antoje. —Se volvió hacia Robert y clavó en su rostro una mirada severa—. ¿Tienes idea de lo enfadado que está tu padre contigo?

Robert volvió a sentarse en cuanto las dos mujeres tomaron asiento.

—Tía Brightbill, mi padre lleva siete años enfadado conmigo.

—¡No le invitaste a tu boda!

—No invité a nadie a mi boda.

—Eso no tiene nada que ver.

Harriet se volvió hacia Victoria y dijo tapándose la boca con la mano:

—A mi madre le encanta tener una buena causa.

—¿Y qué causa es esta?

—La justa indignación —contestó Harriet—. No hay nada que le guste más.

Victoria miró a su flamante esposo, que estaba soportando el rapapolvo de su tía con notable paciencia. Luego se volvió hacia Harriet.

—¿Cuánto tiempo crees que podrá soportarlo?

Harriet arrugó la frente mientras sopesaba la cuestión.

—Yo diría que está a punto de estallar.

Como en respuesta a una señal, Robert dio una palmada sobre la mesa, haciendo tintinear todos los platos.

—¡Ya basta! —gritó.

La doncella se quedó en la puerta de la cocina, aterrorizada.

—¿No quieren más chocolate? —murmuró.

—No —dijo Victoria, poniéndose en pie—. No se refería a usted, Joanna. Sí que queremos más chocolate, ¿verdad, Harriet?

Harriet asintió con entusiasmo.

—Estoy segura de que mi madre también querrá. ¿A que sí, mamá?

La señora Brightbill se giró en el asiento.

—¿De qué estás hablando, Harriet?

—Del chocolate —contestó su hija con paciencia—. ¿Quieres un poco?

—Por supuesto —dijo la señora Brightbill con un resoplido—. Ninguna mujer sensata rechaza un chocolate.

—Mi madre siempre se ha preciado de ser muy sensata —le dijo Harriet a Victoria.

—Desde luego —repuso Victoria en voz alta—. Tu madre es muy sensata y sincera.

La señora Brightbill sonrió, radiante.

—Te perdono, Robert —dijo con un fuerte bufido—, por no invitarnos a Harriet y a mí a tu boda, pero solo porque por fin has dado muestras del sentido común que te concedió el Señor y has elegido como esposa a la encantadora señorita Lyndon.

—La encantadora señorita Lyndon —dijo Robert con firmeza— es ahora lady Macclesfield.

—Desde luego —contestó la señora Brightbill—. Y, como te iba diciendo, es imprescindible que la presentes en sociedad lo antes posible.

Victoria sintió que se le revolvía el estómago. Una cosa era ganarse el cariño de los sirvientes de Robert. Y otra bien distinta ganarse el de los miembros de la nobleza.

—La temporada está tocando a su fin —dijo Robert—. No veo razón para que no podamos esperar hasta el año que viene.

—¡El año que viene! —gritó la señora Brightbill (y la señora Brightbill sabía gritar mejor que la mayoría)—. ¿Estás loco?

—Presentaré a Victoria a mis mejores amigos en cenas privadas, pero no veo motivo para hacerle pasar por un odioso baile de gala cuando lo único que queremos es un poco de intimidad.

Victoria se descubrió deseando fervientemente que Robert se saliera con la suya.

—¡Tonterías! —dijo la señora Brightbill desdeñosamente—. Todo el mundo sabe ya que estás en Londres. Si la escondes, darás la impresión de que te avergüenzas de tu esposa, de que quizá has tenido que casarte con ella.

Robert dio un respingo, enfadado.

—Tú sabes que no es así.

—Sí, por supuesto. Yo lo sé, y Harriet lo sabe, pero nosotras solo somos dos entre un millón.

—Puede ser —dijo Robert con más calma—, pero siempre he tenido en la más alta estima tu capacidad para difundir información.

—Quiere decir que habla un montón —le dijo Harriet a Victoria.

—Sé lo que quiere decir —contestó Victoria, y enseguida se avergonzó de sí misma, porque acababa de llamar «chismosa» a su recién adquirida tía política.

Harriet notó su expresión azorada y dijo:

—¡Oh! No te preocupes por eso. Hasta ella sabe que es una chismosa de tomo y lomo.

Victoria refrenó una sonrisa y se volvió hacia el combate que estaba teniendo lugar al otro lado de la mesa.

—Robert —estaba diciendo la señora Brightbill, con una mano colocada teatralmente sobre el corazón—, ni siquiera yo soy tan eficiente. Tendrás que presentar a tu esposa en sociedad antes de que acabe la temporada. Y no es mi opinión. Es un hecho.

Robert suspiró y miró a Victoria. Ella intentó con todas sus fuerzas que no se le notara el pánico en los ojos, y temió haberlo conseguido, porque él dejó escapar otro suspiro (este muchísimo más cansino) y dijo:

—Muy bien, tía Brightbill. Haremos una sola aparición. Pero solo una, ojo. Todavía estamos recién casados.

—Es tan romántico... —susurró Harriet mientras se abanicaba con la mano.

Victoria cogió su taza de chocolate y se la llevó a la boca en un intento por disimular una sonrisa. Pero solo consiguió demostrar que le temblaban las manos, así que dejó la taza otra vez y se miró el regazo.

—Naturalmente —dijo la señora Brightbill—, tendré que llevar a Victoria de compras para que encargue un nuevo vestuario. Necesitará el consejo de una persona familiarizada con las costumbres de la alta sociedad.

—¡Mamá! —terció Harriet—. Estoy segura de que la prima Victoria es muy capaz de elegir su propia ropa. A fin de cuentas, trabajó unas cuantas semanas en la tienda de Madame Lambert, la modista más exclusiva de Londres.

—¡Uf! —resopló la señora Brightbill a modo de respuesta—. No me lo recuerdes. Tendremos que hacer todo lo posible por ocultar ese pequeño episodio.

—No me avergüenzo de mi trabajo —dijo Victoria con calma. Y no lo hacía, lo cual no significaba, sin embargo, que no la aterrorizaran las personas de los círculos en los que se movía Robert.

—Y no tiene por qué avergonzarse —dijo la señora Brightbill—. Trabajar no tiene nada de malo. Pero no hace falta hablar de ello.

—No creo que pueda evitarse —dijo Victoria—. Atendí a muchas señoras en la tienda. A Madame Lambert le gustaba que atendiera yo porque tengo un acento refinado. Seguro que alguien me reconoce.

La señora Brightbill dejó escapar un suspiro resignado.

—Sí, será inevitable. ¿Qué voy a hacer? ¿Cómo puedo impedir, sin embargo, un escándalo?

Con visible fastidio, Robert volvió a concentrarse en su desayuno y se llevó a la boca un trozo de tortilla.

—Estoy seguro de que podrás hacerlo, tía Brightbill.

Harriet se aclaró la garganta y dijo:

—No me cabe duda de que todo el mundo lo entenderá cuando conozca la romántica historia de vuestro pasado. —Suspiró—. Dos jóvenes enamorados separados por un padre cruel... Ni mis mejores novelas francesas pueden compararse con eso.

—No pienso arrastrar por el polvo el nombre del marqués —dijo la señora Brightbill.

—Mejor el suyo que el de Victoria —contestó Robert—. Él tiene más culpa que nosotros de que nos separáramos.

—La tenemos por igual —dijo Victoria con firmeza—. Lo mismo que mi padre.

—Da igual de quién sea la culpa —afirmó la señora Brightbill—. A mí solo me interesa reducir al mínimo los daños. No creo que Harriet tenga una idea cabal de lo que esto implica.

Harriet esbozó una radiante sonrisa.

—Limítate a informarme de dónde tengo que estar y cuándo —dijo Robert con expresión aburrida.

—Puedes estar seguro de que también te diré qué debes decir —replicó la señora Brightbill—. En cuanto a los pormenores, creo que el baile que ofrecen los Lindworthy mañana por la noche servirá para nuestro propósito.

—¿Mañana? —dijo Victoria moviendo la boca sin emitir sonido. De pronto notaba tal aleteo en el estómago que no lograba que su voz funcionara como debía.

—Sí —contestó la señora Brightbill—. Todo el mundo estará allí. Incluido mi queridísimo Basil.

Victoria parpadeó.

—¿Quién es Basil?

—Mi hermano —contestó Harriet—. No viene mucho por Londres.

—Cuanta más familia haya, mejor —añadió la señora Brightbill con energía—. Por si Victoria no es bien recibida y tenemos que cerrar filas.

—Nadie se atreverá a desairar a Victoria —gruñó Robert—. A no ser que quiera responder ante mí.

La inusitada ferocidad de su primo dejó boquiabierta a Harriet.

—Victoria —dijo—, creo que te quiere de verdad.

—Claro que la quiero —le espetó Robert—. ¿Crees que me habría tomado la molestia de raptarla si no la quisiera?

Victoria sintió calor en el pecho; un calor que se parecía sospechosamente al amor.

—Y nadie querrá hacer enfadar a mi queridísimo Basil —añadió la señora Brightbill.

Victoria se volvió hacia su marido con una sonrisa cómplice y susurró:

—Me temo que quiere más a Basil que a ti, cariño. A él le llama «queridísimo», y a ti, solo «querido».

—Cosa por la cual doy gracias al Creador todos los días de mi vida —masculló Robert.

La señora Brightbill entornó los ojos con recelo.

—No sé de qué estáis hablando, pero os juro que no me importa. Yo sé centrarme en las tareas más urgentes, no como otros.

—¿De qué estás hablando? —preguntó Robert.

—De las compras. Victoria tiene que venir conmigo esta misma mañana si quiere tener un vestido apropiado para mañana por la noche. A Madame Lambert le va a dar un ataque por las prisas, pero no se puede hacer otra cosa.

—Tía Brightbill —dijo Robert, mirándola por encima de su taza de café—, tal vez convenga que preguntes a Victoria si está libre.

Victoria sofocó una sonrisa al ver cómo daba la cara por ella. Robert le demostraba en tantos sentidos cuánto la amaba... Desde sus besos apasionados a su apoyo y su respeto infatigables, no podría haberle dejado su amor más claro ni aunque lo hubiera gritado a los cuatro vientos. La idea la hizo sonreír.

—¿De qué te ríes? —preguntó él con cierta sospecha.

—De nada, de nada —se apresuró a decir ella, y de pronto se dio cuenta de que le quería. No sabía cómo decírselo, pero sabía que era cierto. Todo lo que había sido de niño lo era diez veces más ahora, de adulto, y Victoria no podía imaginarse la vida sin él.

—¿Victoria? —insistió él, interrumpiendo sus cavilaciones.

—Sí. —Se sonrojó, avergonzada por haberse distraído—. Claro que iré de compras con la señora Brightbill. Siempre tengo tiempo para mi nueva tía favorita.

La señora Brightbill sorbió una lágrima sentimental.

—¡Ay, mi querida niña! Me sentiría muy honrada si me llamaras «tía Brightbill», lo mismo que mi querido Robert.

Su querido Robert parecía haber tenido suficiente.

Victoria puso una mano sobre la de su tía.

—Será para mí un honor.

—¡¿Lo ves?! —exclamó Harriet—. Ya sabía yo que acabaríamos siendo familia. ¿No te lo dije?

22

La señora Brightbill resultó ser tan organizada que casi daba miedo, y Victoria se descubrió siendo llevada de tienda en tienda con precisión magistral. Era evidente de dónde había sacado Robert su capacidad para idear un plan y llevarlo a cabo con resolución. La tía Brightbill era una mujer decidida, y nada podía interponerse en su camino.

Normalmente no habrían podido comprar un vestido apropiado con tan escaso margen de tiempo, pero esta vez el pasado de Victoria jugó en su favor. Las empleadas de la tienda de Madame Lambert se entusiasmaron al volver a verla y trabajaron de sol a sol para asegurarse de que su vestido fuera incomparable.

Victoria sufrió los preparativos con cierta desgana. Ahora que por fin había llegado a la conclusión de que amaba a Robert, no tenía ni idea de cómo decírselo. Debería haber sido fácil; sabía que él la quería y que se mostraría encantado, se lo dijera como se lo dijese. Pero quería que fuera perfecto, y era difícil hacer las cosas a la perfección teniendo a cuatro costureras clavándole alfileres en el costado. Y más difícil aún con la tía Brightbill repartiendo órdenes como un general.

Le quedaba la noche, por supuesto, pero Victoria no quería decírselo en el ardor de la pasión. Quería que quedara claro que su amor por él se basaba en algo más que el deseo.

Así pues, cuando llegó el momento de prepararse para el baile, aún no se lo había dicho. Estaba sentada ante su tocador, pensando en ello mientras una doncella la peinaba. Llamaron a la puerta y Robert entró sin esperar respuesta.

—Buenas noches, cariño —dijo, y se inclinó para darle un beso en la coronilla.

—¡En el pelo no! —gritaron al unísono la doncella y ella.

Robert se detuvo a un par de centímetros de su cabeza.

—Sabía que había un buen motivo para negarme a asistir a más de un baile. Me encanta revolverte el pelo.

Victoria sonrió. Estaba dispuesta a decirle que le quería allí mismo, pero no quería hacerlo delante de la doncella.

—Estás preciosa esta noche —dijo Robert al sentarse en un sillón cercano—. Ese vestido te sienta muy bien. Deberías llevar ese color con más frecuencia. —Parpadeó distraídamente—. ¿Cómo se llama?

—Malva.

—Sí, claro. Malva. No entiendo por qué las mujeres inventan tantos nombres para los colores. Con rosa habría servido igual.

—Es de suponer que necesitamos algo en lo que ocupar nuestro tiempo mientras vosotros los hombres dirigís el mundo.

Robert sonrió.

—He pensado que quizá necesitaras algo para acompañar tu vestido nuevo. No sabía qué color iba bien con el malva... —Sacó una cajita de detrás de su espalda y la abrió—, pero me han dicho que los diamantes van con todo.

Victoria gimió, sorprendida.

Su doncella gimió aún más fuerte.

Robert se sonrojó. Parecía un poco azorado.

—¡Oh, Robert! —exclamó Victoria. Casi le daba miedo alargar el brazo y tocar el refulgente collar y los pendientes a juego—. Nunca había visto nada tan bonito.

—Yo sí —murmuró él, tocándole la mejilla.

La doncella, que era francesa y muy discreta, salió con sigilo de la habitación.

—Son demasiado caros —dijo Victoria, pero alargó la mano para tocarlos con expresión maravillada.

Robert cogió el collar e hizo amago de ponérselo alrededor del cuello con galantería.

—¿Puedo? —Al ver que Victoria asentía, se colocó tras ella—. Y dime, ¿en qué otra cosa debería gastar mi dinero?

—No-no lo sé —tartamudeó Victoria. Le encantó sentir las piedras preciosas sobre la clavícula, a pesar de sus protestas—. Estoy segura de que debe de haber algo mejor en que invertirlo.

Robert le tendió los pendientes para que se los pusiera.

—Eres mi esposa, Victoria. Me gusta hacerte regalos. Espera muchos más en el futuro.

—Pero yo no tengo nada para ti.

Robert se inclinó sobre ella y la besó con galantería.

—Me basta con que estés aquí —murmuró—. Aunque...

—¿Aunque? —insistió ella. Ansiaba darle lo que quisiera.

—Estaría bien tener un hijo —dijo él con una sonrisa tímida—. Si pudieras darme uno...

Victoria se puso colorada.

—Al paso que vamos, no creo que eso vaya a ser un problema.

—Bien. Entonces, si pudieras conseguir que fuera una niña y que se pareciera a ti...

—Sobre eso no tengo ningún control —contestó ella, riendo. Luego se puso seria. Tenía en la punta de la lengua decirle que le quería. Todos los músculos de su cuerpo parecían preparados para lanzarse en sus brazos y decirle «Te quiero» una y otra vez. Pero no quería que pensara que confundía amor con gratitud, así que decidió esperar hasta esa noche. Encendería una vela perfumada en su habitación, esperaría hasta que su ánimo fuera el apropiado...

—¿Por qué te has puesto tan soñadora de repente? —preguntó Robert, acariciándole la barbilla.

Victoria sonrió con aire misterioso.

—Por nada. Es que tengo un regalito para esta noche.

—¿En serio? —Sus ojos se iluminaron, llenos de ilusión—. ¿Para el baile o para después?

—Para después.

Robert entornó los párpados con aire sensual.

—Me muero de ganas.

Una hora después esperaban ante la puerta de la mansión de los Lindworthy. La señora Brightbill y Harriet estaban justo detrás de los recién casados. Habían decidido que sería más fácil que fueran los cuatro en un solo carruaje.

Robert miró a su flamante esposa con preocupación.

—¿Sigues estando nerviosa?

Ella le miró sorprendida.

—¿Cómo sabes que estaba nerviosa?

—Ayer, cuando la tía Brightbill declaró su intención de presentarte inmediatamente en sociedad, pensé que ibas a vomitar el desayuno.

Victoria esbozó una tímida sonrisa.

—¿Tan transparente soy?

—Solo para mí, cariño. —Se llevó su mano a los labios y depositó un largo beso sobre los nudillos—. No has contestado a mi pregunta. ¿Todavía estás nerviosa?

Victoria sacudió un poco la cabeza.

—Estaría muerta si no estuviera un poco nerviosa, pero no, no tengo miedo.

Robert estaba tan orgulloso de ella en ese momento que se preguntaba si su familia vería cómo se le hinchaba el pecho.

—¿Por qué has cambiado de idea?

Ella le miró fijamente a los ojos.

—Por ti.

Robert tuvo que hacer un esfuerzo para no estrecharla entre sus brazos. ¡Dios, cuánto amaba a aquella mujer! Tenía la impresión de que la quería desde antes de nacer.

—¿Qué quieres decir? —preguntó. Era consciente de que tenía el corazón en los ojos, pero no le importaba.

Victoria tragó saliva, y luego dijo con dulzura:

—Simplemente, sé que estás conmigo, que te tengo a mi lado. Que tú no dejarás que me pase nada malo.

Él le apretó la mano con fervor.

—Te defendería con mi vida, Torie. Tú lo sabes.

—Y yo a ti —contestó ella en voz baja—. Pero es absurdo hablar así. Estoy segura de que estamos destinados a llevar una vida feliz y sin contratiempos.

Robert la miró con intensidad.

—Aun así, te...

—El conde y la condesa de Macclesfield.

Robert y Victoria se separaron de un brinco cuando el mayordomo de los Lindworthy anunció sus nombres a voz en grito, pero el daño ya estaba hecho. Durante años se comentaría que la primera vez que se les vio juntos se estaban devorando con la mirada. El silencio descendió sobre la multitud, y luego alguien gritó:

—¡Vaya, eso sí que es una boda por amor!

Robert esbozó una sonrisa al ofrecer el brazo a su esposa.

—Supongo que podríamos adquirir peor fama.

Victoria respondió con una sonrisa.

Y entonces empezó la velada.

Tres horas después, Robert no estaba tan contento. ¿Por qué? Porque llevaba tres horas observando cómo la alta sociedad se comía con los ojos a su mujer. Y parecían hacerlo con gran simpatía. Sobre todo los hombres.

Si un solo petimetre más se acercaba a besarle la mano... Robert gruñó para sus adentros, intentando controlar el impulso de tirarse de la corbata. Era un calvario quedarse atrás y sonreír con serenidad mientras el duque de Ashbourne (al que todo el mundo conocía como el donjuán de la alta sociedad londinense) saludaba a Victoria entre susurros.

Sintió la mano de su tía en el brazo, refrenándole.

—Intenta contenerte —le susurró ella.

—Pero ¿tú ves cómo la está mirando? —siseó él—. Me dan ganas de...

—Con eso basta —contestó la señora Brightbill—. Victoria se está portando de maravilla, y Ashbourne nunca ha sido de los que tontean con mujeres casadas. Además, anda detrás de una estadounidense, así que deja de quejarte y sonríe.

—Estoy sonriendo —dijo él entre dientes.

—Si eso es una sonrisa, me estremezco al imaginarte riendo.

Robert le ofreció una sonrisa zalamera.

—Deja de preocuparte —dijo la señora Brightbill, dándole una palmadita en el brazo—. Aquí viene mi querido Basil. Voy a decirle que saque a Victoria a bailar.

—Yo bailaré con ella.

—No, nada de eso. Has bailado con ella tres veces. Ya habéis dado suficiente que hablar.

Antes de que Robert pudiera contestar, Basil apareció a su lado.

—Hola, mamá. Primo —dijo.

Robert se limitó a saludarle con una inclinación de cabeza, sin quitar ojo a Victoria.

—¿Estás disfrutando de tu primera fiesta con tu encantadora esposa? —preguntó Basil.

Robert miró a su primo. Había olvidado oportunamente que Basil siempre había sido uno de sus parientes favoritos.

—Cállate, Brightbill —le espetó—. Sabes muy bien que estoy pasando por un infierno.

—¡Ah, sí! La maldición de la bella esposa. ¿No es curioso que a una virgen su propia inocencia la proteja de los libertinos, y que a una mujer casada, que ha jurado ante Dios ser fiel a un único hombre, se la considere una buena presa?

—¿Adónde quieres ir a parar, Brightbill? —Robert se miró las manos y miró luego el cuello de su primo, calculando cómo encajaría este en aquellas.

—Nada —dijo Basil, encogiéndose de hombros—. Solo que seguramente tu plan de desaparecer una temporada es muy sensato. ¿Has notado cómo la miran los hombres?

—¡Basil! —exclamó la señora Brightbill—. Deja de provocar a tu primo. —Se volvió hacia Robert—. Solo está bromeando.

Robert parecía a punto de estallar. Pero la señora Brightbill no apartó la mano de su brazo, lo cual atestiguaba su valor.

Basil se limitó a sonreír, muy satisfecho por haber conseguido que Robert picara el anzuelo.

—Si me disculpáis, debo presentar mis debidos respetos a mi prima favorita.

—Creía que tu primo favorito era yo —dijo Robert con sarcasmo.

—Ni punto de comparación —dijo Basil, sacudiendo la cabeza lentamente, casi con mala conciencia.

—¡Basil! —dijo Victoria con afecto cuando llegó a su lado—. ¡Cuánto me alegro de volver a verte esta noche!

Robert abandonó toda pretensión de comportarse con cordura y normalidad y se acercó a ella en dos zancadas.

—¡Robert! —dijo Victoria, y a él le pareció que decía su nombre con el doble de afecto con que había pronunciado el de Basil.

Él sonrió como un tonto.

—Estaba disfrutando de la compañía de tu esposa —dijo Basil.

—Procura no disfrutarla demasiado —gruñó Robert.

Victoria se quedó boquiabierta.

—Pero, Robert, ¿estás celoso?

—En absoluto —mintió él.

—¿No confías en mí?

—Claro que sí —replicó él—. Es en él en quien no confío.

—¿En mí? —preguntó Basil muy serio.

—No confío en ninguno de ellos —gruñó Robert.

Harriet, que estaba en silencio al lado de Victoria, le dio un codazo y dijo:

—¿Lo ves? Ya te decía yo que te quiere.

—¡Ya basta! —dijo Robert—. Ella ya lo sabe. Te lo aseguro.

—Todos la queremos —dijo Basil con una sonrisa.

Robert soltó un gruñido.

—Mi familia es un tormento.

Victoria le tocó el brazo y sonrió.

—Y yo estoy agotada. ¿Te importa que vaya al tocador un momento?

Los ojos de Robert se empañaron al instante, llenos de preocupación.

—¿Te encuentras mal? Porque puedo pedir un...

—No, no me encuentro mal —dijo ella en voz baja—. Solo necesito ir al aseo. Intentaba ser educada.

—¡Ah! —contestó Robert—. Te acompaño.

—No, no seas tonto. Está al fondo del pasillo. Volveré antes de que te des cuenta de que me he ido.

—Yo siempre me doy cuenta cuando te vas.

Victoria le acarició la mejilla.

—Eres un encanto.

—¡Deja de tocarle! —exclamó la señora Brightbill—. ¡La gente va a decir que estáis enamorados!

—¿Y qué demonios tiene eso de malo? —preguntó Robert, volviéndose hacia ella.

—En teoría, nada. Pero el amor no está de moda.

Basil se rio.

—Me parece que estás atrapado en un pésimo sainete, primo.

—Sin escape a la vista —añadió Harriet.

Victoria aprovechó la ocasión para escabullirse.

—Si me disculpáis —murmuró.

Avanzó por el salón de baile hasta llegar a las puertas que conducían al pasillo. La señora Brightbill le había indicado ya esa noche dónde estaba el tocador de señoras, y a Victoria no le costó volver a encontrarlo.

El tocador se componía, en realidad, de dos partes. Victoria pasó por la antesala cubierta de espejos, entró en el aseo y cerró la puerta a su espalda. Oyó que otra persona entraba en la antesala mientras hacía sus necesidades y se dio prisa, pensando que la otra señora también necesitaría hacerlo. Se alisó las faldas con rapidez y abrió la puerta con una sonrisa educada pegada a la cara.

Pero su sonrisa duró menos de un segundo.

—Buenas noches, lady Macclesfield.

—¡Lord Eversleigh! —exclamó ella.

El hombre que la había atacado en casa de los Hollingwood. Victoria se encontró de pronto intentando contener una náusea. Luego pensó que, ya que iba a vomitar, mejor hacerlo en los pies de Eversleigh y cambió el sentido de sus esfuerzos.

—Se acuerda de mi nombre —murmuró él—. ¡Qué gran honor!

—¿Qué hace aquí? Esto es el tocador de señoras.

Él se encogió de hombros.

—Y las señoras que intenten entrar se encontrarán la puerta cerrada. Es una suerte que los Lindworthy hayan habilitado otro aseo al otro lado de la casa.

Victoria pasó deprisa a su lado e intentó abrir la puerta. No se movió.

—La invito a buscar la llave —dijo él con insolencia—. La llevo encima.

—¡Está usted loco!

—No —dijo él, empujándola contra la pared—. Solo furioso. A mí nadie me pone en ridículo.

—Mi marido le matará —dijo ella en voz baja—. Sabe dónde estoy. Si le encuentra aquí...

—Supondrá que le está engañando —concluyó Eversleigh por ella mientras acariciaba su hombro desnudo con repugnante ternura.

Victoria sabía que Robert no pensaría lo peor de ella, sobre todo teniendo en cuenta el pasado comportamiento de Eversleigh.

—Le matará —repitió.

Eversleigh deslizó la mano hasta la curva de su cintura.

—Me pregunto cómo consiguió atraparle para que se casara con usted. ¡Qué astuta ha resultado la pequeña institutriz!

—Quíteme las manos de encima —siseó ella.

Él no hizo caso y agarró la curva de su cadera.

—Sus encantos son evidentes —comentó—, pero no tenía precisamente madera de esposa para el heredero de un marquesado.

Victoria intentó ignorar la repulsión que agitaba su estómago.

—Le repito que me quite las manos de encima —le advirtió.

—¿O qué? —dijo él con una sonrisa divertida. Saltaba a la vista que no creía que pudiera ser una amenaza para él.

Victoria le pisó con todas sus fuerzas y, mientras él aullaba de sorpresa, levantó la pierna y le asestó un rodillazo en la entrepierna. Eversleigh se desplomó de inmediato. Murmuró algo. A Victoria le pareció que la llamaba «zorra», pero estaba tan dolorido que se le trababa la lengua. Ella se frotó las manos y se permitió una sonrisa satisfecha.

—He aprendido una o dos cosas desde nuestro último encuentro —dijo.

Antes de que pudiera decir algo más, alguien empezó a aporrear la puerta. Robert, pensó Victoria, y, en efecto, comprobó que era él cuando le oyó gritar su nombre en el pasillo.

Agarró el picaporte, pero la puerta no se movió.

—¡Maldita sea! —masculló al recordar que Eversleigh había echado la llave—. Un momento, Robert —dijo alzando la voz.

—¿Qué demonios está pasando ahí? —preguntó él—. Hace horas que te fuiste.

No hacía horas, desde luego, pero Victoria no vio razón para llevarle la contraria. Tenía tantas ganas como él de salir del tocador.

—Enseguida salgo —dijo dirigiéndose a la puerta. Luego se dio la vuelta y miró al patético pelele que yacía en el suelo—. Deme la llave.

Eversleigh logró reírse por lo bajo, a pesar de su estado.

—¡¿Con quién estás hablando?! —gritó Robert.

Victoria no le hizo caso.

—¡La llave! —dijo, clavando en Eversleigh una mirada furiosa—. O juro que vuelvo a hacer lo mismo.

—¿Hacer qué? —preguntó Robert—. Victoria, insisto en que abras la puerta.

Exasperada, Victoria puso los brazos en jarras y gritó:

—¡Lo haría si tuviera la dichosa llave! —Se volvió hacia Eversleigh y gruñó—: La llave.

—Jamás.

Victoria flexionó el pie.

—Esta vez le daré una patada. Apuesto a que puedo hacerle más daño con el pie que con la rodilla.

—¡Apártate de la puerta, Torie! —bramó Robert—. Voy a echarla abajo.

—Robert, preferiría que... —Se apartó a tiempo de esquivar el estruendoso golpe de la puerta.

Robert apareció en el vano, jadeando por el esfuerzo y ofuscado por la ira. La puerta quedó colgando de sus bisagras.

—¿Estás bien? —preguntó Robert al correr a su lado. Luego miró hacia abajo. Su cara se puso casi morada de rabia—. ¿Qué hace Eversleigh en el suelo? —preguntó con voz gélida.

Victoria sabía que no era buen momento para echarse a reír, pero no pudo evitarlo.

—Le he puesto yo ahí —respondió.

—¿Te importaría explicarte? —preguntó Robert, y asestó una patada a Eversleigh en el estómago. Luego le plantó la suela de la bota sobre la espalda.

—¿Recuerdas nuestro viaje en carruaje desde Ramsgate?

—Con todo detalle.

—Esa parte no —se apresuró a decir Victoria, sonrojándose—. Cuando te... Cuando te di accidentalmente en...

—Sí, me acuerdo —la cortó él. El tono de su voz era seco, pero a Victoria le pareció detectar un asomo de humor en ella.

—Bien —dijo—, pues intento aprender de mis errores, y me acordé de que quedaste incapacitado. Así que pensé que quizá también funcionaría con Eversleigh.

Robert empezó a reír a carcajadas.

Victoria se encogió de hombros y dejó de intentar contener una sonrisa.

—Lo dejé fuera de combate —explicó.

Robert levantó una mano.

—No digas más —dijo sin dejar de reír—. Tú siempre tan capaz, milady. Y yo te quiero.

Victoria suspiró. Había olvidado por completo la presencia de Eversleigh.

—Y yo a ti —suspiró—. Muchísimo.

—Si me permiten interrumpir esta conmovedora escena... —dijo Eversleigh.

Robert le dio otra patada.

—No. —Volvió a fijar la mirada en su esposa—. ¿Lo dices de veras, Victoria?

—De todo corazón.

Robert hizo amago de abrazarla, pero Eversleigh estaba en medio.

—¿Hay una ventana por aquí? —preguntó, señalando hacia el aseo con la cabeza.

Victoria asintió.

—¿Cabe un hombre?

Ella tensó los labios.

—Yo diría que sí.

—¡Qué bien! —Robert agarró a Eversleigh por las solapas y la culera de los pantalones y le sacó a medias por la ventana—. Creo que la última vez que agredió a mi esposa le dije que le descuartizaría miembro a miembro si volvía a las andadas.

—Entonces no era su esposa —replicó Eversleigh.

Robert le dio un puñetazo en el estómago y luego se volvió hacia Victoria y dijo:

—Es asombroso lo bien que sienta. ¿Quieres probar?

—No, gracias. Verás, tendría que tocarle.

—Tienes razón —murmuró Robert. Y mirando de nuevo a Eversleigh, dijo—: El matrimonio me ha puesto de muy buen humor, razón por la cual no voy a matarle en el acto. Pero si vuelve a acercarse a mi esposa una sola vez, no vacilaré en meterle una bala entre los ojos. ¿Me he explicado con claridad?

Puede que Eversleigh intentara asentir, pero costaba saberlo, estando colgado cabeza abajo de la ventana.

—¡¿Me he explicado con claridad?! —bramó Robert. Victoria dio un paso atrás. Robert había dominado tan bien sus emociones que ella no tenía ni idea de que estuviera aún tan furioso.

—¡Sí, maldita sea! —gritó Eversleigh.

Robert le dejó caer.

Victoria corrió a la ventana.

—¿Hay mucha distancia al suelo? —preguntó.

Robert se asomó.

—No mucha. Pero ¿sabes por casualidad si los Lindworthy tienen perros?

—¿Perros? No, ¿por qué?

Él sonrió.

—Parece que había un poco de porquería ahí fuera. Era simple curiosidad.

Victoria se tapó la boca con la mano.

—¿Le has...? ¿Le hemos...?

—Sí. Su ayuda de cámara va a pasar un mal rato para lavarle el pelo.

No hubo modo de que pudiera contener su risa al oír aquello. Victoria se dobló de la risa y logró recuperar el aliento lo justo para decir:

—Apártate, que quiero ver. —Se asomó a la ventana a tiempo de ver a Eversleigh sacudiendo la cabeza mientras se alejaba sin dejar de lanzar furiosos exabruptos. Victoria volvió a meter la cabeza—. Huele fatal, desde luego —dijo.

Robert, sin embargo, se había puesto muy serio.

—Victoria —comenzó a decir con timidez—, lo que has dicho... ¿Lo decías...?

—Sí, lo decía en serio —contestó ella, y le cogió de las manos—. Te quiero. Pero hasta ahora no he sido capaz de decírtelo.

Él parpadeó.

—¿Necesitabas dar un rodillazo a un hombre en la entrepierna para poder decirme que me quieres?

—¡No! —Luego se quedó pensando—. Bueno, sí, en cierto modo. Siempre me ha dado miedo que gobernaras mi vida. Pero he aprendido que tenerte conmigo no significa que no pueda valerme también por mí misma.

—A Eversleigh le has dado su merecido, desde luego.

Ella levantó un poco la barbilla y se permitió una sonrisa satisfecha.

—Sí, ¿verdad? ¿Y sabes una cosa? Creo que no podría haberlo hecho sin ti.

—Lo has hecho tú sola, Victoria. Yo ni siquiera estaba presente.

—Sí que lo estabas. —Cogió su mano y se la puso sobre el corazón—. Estabas aquí. Y me diste fuerzas.

—Torie, eres la mujer más fuerte que conozco. Siempre lo has sido.

Ella ni siquiera intentó contener las lágrimas que rodaron por sus mejillas.

—Estoy mucho mejor contigo que sin ti. Te quiero muchísimo, Robert.

Él se inclinó para besarla y entonces cayó en la cuenta de que la puerta del tocador seguía colgando de sus bisagras. Cerró la puerta del excusado y echó el pestillo.

—Ya está —murmuró con su mejor voz de donjuán, o eso esperaba—. Ahora te tengo para mí solo.

—En efecto, milord. En efecto.

Un rato después, Victoria apartó un poco la boca de la suya.

—Robert —dijo—, ¿te das cuenta de que...?

—Calla, mujer, estoy intentando besarte y aquí hay tan poco espacio que no se puede maniobrar.

—Sí, pero ¿te das cuenta de...?

Él la cortó con un beso. Victoria se rindió durante un minuto más, pero luego volvió a apartarse.

—Lo que quería decirte...

Él dejó escapar un suspiro teatral.

—¿Qué?

—Algún día, nuestros hijos nos preguntarán cuál fue el momento más decisivo de nuestras vidas. Y querrán saber dónde sucedió.

Robert levantó la cabeza y miró el estrecho y atiborrado aseo. Entonces se echó a reír.

—Cariño, habrá que mentirles y decir que viajamos a China, porque esto no se lo cree nadie.

Luego volvió a besarla.

Epílogo

Varios meses después, Victoria contemplaba los copos de nieve a través de la ventanilla del carruaje mientras volvía con Robert de cenar en Castleford. Robert no quería ir a visitar a su padre, pero ella había insistido en que tenían que hacer las paces con sus familias antes de empezar a pensar en fundar una propia.

Su reencuentro con su padre había tenido lugar dos semanas antes. Al principio había sido difícil, y Victoria no podía afirmar aún que su relación estuviera del todo restaurada, pero al menos había empezado el proceso de curación. Tras aquella visita a Castleford, tenía la impresión de que Robert y su padre habían llegado a un punto similar.

Lanzó un suave suspiro y se volvió hacia el interior del carruaje. Robert se había adormilado. Sus largas y oscuras pestañas reposaban sobre sus mejillas. Victoria alargó la mano para apartarle un mechón y él abrió los párpados.

Bostezó.

—¿Me he quedado dormido?

—Tan solo un momento —dijo Victoria. Acto seguido, ella también bostezó—. ¡Santo cielo! Deben de ser contagiosos.

Robert sonrió.

—¿Los bostezos?

Ella asintió con la cabeza, bostezando más todavía.

—No esperaba que nos quedáramos hasta tan tarde —dijo Robert.

—Yo me alegro de que nos hayamos quedado. Quería que pasaras algún tiempo con tu padre. Es un buen hombre. Tiene algunas ideas equivocadas, pero te quiere, y eso es lo que importa.

Robert la atrajo hacia sí.

—Victoria, no conozco a nadie que tenga el corazón más grande que tú. ¿Cómo puedes perdonarle, después de cómo te trató?

—Tú perdonaste a mi padre —contestó ella.

—Solo porque tú me lo ordenaste.

Victoria le dio un manotazo en el hombro.

—Aunque solo sea eso, podemos aprender de sus errores. Para cuando tengamos hijos.

—Supongo que tendremos que contentarnos con eso —masculló él.

—Ojalá aprendamos pronto —dijo ella con intención.

Robert estaba aún medio dormido, porque no captó la indirecta y se limitó a asentir.

—Muy pronto —repitió Victoria—. Quizá para principios de verano.

Él no era tan estúpido como para no captar la indirecta a la segunda.

—¿Qué? —preguntó, sentándose muy derecho.

Ella asintió con la cabeza y se puso una mano sobre la tripa.

—¿Estás segura? No te has mareado. Me habría dado cuenta, si tuvieras náuseas por las mañanas.

Victoria le lanzó una sonrisa divertida.

—¿Te desilusiona que consiga retener el desayuno?

—No, claro que no, es solo que...

—¿Qué, Robert?

Él tragó saliva y Victoria se sorprendió al ver que se le saltaban las lágrimas. Pero más aún se sorprendió al comprobar que no hacía intento de enjugárselas.

Robert se volvió hacia ella y le dio un beso en la mejilla.

—Cuando por fin nos casamos, pensé que no podía ser más feliz de lo que lo era en ese momento, pero acabas de demostrarme que estaba equivocado.

—Es agradable demostrarte que te equivocas de vez en cuando —rio ella. Luego se sobresaltó al ver que Robert se envaraba de pronto—. ¿Qué ocurre?

—Vas a pensar que estoy loco —dijo, un poco asombrado.

—Quizá, pero solo en el buen sentido —bromeó ella.

—La luna —dijo—. Juraría que acaba de guiñarme un ojo.

Victoria giró la cabeza para mirar por la ventana. La luna colgaba del cielo baja y pesada.

—Yo la veo como siempre.

—Habrá sido la rama de un árbol al cruzar por la ventana —masculló Robert.

Victoria sonrió.

—¿No es curioso cómo nos sigue la luna allá donde vamos?

—Hay una explicación científica para...

—Lo sé, lo sé. Pero prefiero pensar que me sigue a mí.

Robert miró de nuevo la luna, pasmado todavía por el incidente del guiño.

—¿Te acuerdas de cuando te prometí la luna? —preguntó—. ¿De cuando te prometí todo lo que desearas y además la luna?

Ella asintió, soñolienta.

—Tengo todo lo que necesito aquí, en este carruaje. Ya no necesito la luna.

Robert vio cómo la luna seguía su carruaje, guiñándole un ojo de nuevo.

—¡Qué demonios...! —Estiró el cuello, buscando la rama de algún árbol. No vio ninguna.

—¿Qué ocurre? —masculló Victoria, arrimándose a él.

Robert se quedó mirando la luna. Para sus adentros, la desafiaba a guiñarle un ojo otra vez. Pero la luna siguió llena y burlona.

—Cariño —dijo distraídamente—, respecto a la luna...

—¿Sí?

—Creo que da igual que la quieras o no.

—¿De qué estás hablando?

—De la luna. Creo que es tuya.

Victoria bostezó, sin molestarse en abrir los ojos.

—Muy bien. Me alegro de tenerla.

—Pero... —Robert sacudió la cabeza. Empezaba a volverse fantasioso. La luna no era de su mujer. No la seguía, ni la protegía. Y desde luego no guiñaba los ojos.

Pero se quedó mirando por la ventana el resto del camino, solo por si acaso.

¿TE GUSTÓ ESTE LIBRO?

escríbenos y
cuéntanos tu opinión en

 /Sellotitania   /@Titania_ed

/titania.ed

#SíSoyRomántica

Ecosistema
digital

Floqq
Complementa tu
lectura con un curso
o webinar y sigue
aprendiendo.
Floqq.com

Amabook
Accede a la compra de
todas nuestras novedades en
diferentes formatos: papel,
digital, audiolibro
y/o suscripción.
www.amabook.com

Redes sociales
Sigue toda nuestra
actividad. Facebook,
Twitter, YouTube,
Instagram.